U0107460

感叹诗学

作家出版社

敬文东

1968生于四川省剑阁县，文学博士，现为中央民族大学文学与新闻传播学院教授。主要有《流氓世界的诞生》《指引与注视》《失败的偶像》《随"贝格尔号"出游》《事情总会起变化》《牲人盈天下》《艺术与垃圾》《皈依天下》《感叹诗学》等专著，有《写在学术边上》《颓废主义者的春天》《梦境以北》《网上别墅》《房间内的生活》等随笔、小说和诗集，另有《被委以重任的方言》《灵魂在下边》《诗歌在解构的日子里》等文集。

敬文东

所谓传统，就是人们"顶多能创造一种私人的、本质上可改变的过去"，因为"过去模仿现时远甚于现时模仿过去"。

——马泰·卡林内斯库（Matei Calinescu）

目 录

兴与感叹

作为一种内爆型延伸的兴

在漫长的中国诗学史上，赋、比、兴是先贤时俊们颇多提及的概念，衡文论诗者对之青睐有加，积攒的文献更是车载斗量。现代学者普遍相信，早在与古人缘悭一面的甲骨文中，已有"兴"字出没，毫无躲闪、犹豫、恍惚之意，也无彷徨、羞涩、板滞之态。商承祚认为，甲骨文中的"兴字象四手各执盘之一角而兴起之"①——在此，"兴起之"算得上点睛之笔。杨树达与商氏恰可谓英雄所见"略"同，却也"略"有差异。他认为，"兴"字更可能"象四手持帆之形"②。在此基础上，兴的大多数现代研究者倾向于承认："象四手""执"物（无论"盘"还是"帆"）之"兴"，很可能与远古时期的祭祀活动关系密切，甚至等同于，或者干脆就是

① 商承祚：《殷契佚存》，金陵大学中国文化研究所，1933年，第62页。
② 杨树达：《积微居金文说》，中华书局，1997年，第90页。

祭祀①。赵沛霖在详细考察过兴的发生、发展史后，很是明确地说："兴的起源植根于原始宗教生活的土壤中，它的产生以对客观世界的神话为基础和前提。"② 种种功夫过硬的证据，还有肌肉发达的迹象足以表明：兴极有可能是远古时代的中国人特有的原始宗教仪式，他们"群体性的举盤牲、旋游、呼叫构成'兴'的初始涵义的基本内容，这正是上古时代乐舞用于祭礼活动的真切写照，因亦是'兴'的内涵之所由来了……'兴'起源于古代的乐舞祭祀活动，它标志着这一活动过程中的生命感发状态，并意图凭借这一感发的力量以沟通天人。"③ 中国的上古先人们更愿意相信：兴依靠特有的"生命感发状态"，能够神人以和，能够天人相通，能够协调乾坤与阴阳，最终，能够抵御、调教或驯服命运，甚至能化命运中的厄运部分为可承受、可吸啜之物。

在不少时刻，马歇尔·麦克卢汉（Marshall McLuhan）的见解总是值得期待："嗓音在把空气和空间塑造成言语模式的功能出现之前，完全可能有一种不大专门化的用叫喊、咕哝、体姿和指令等表情达意的方式，一种以歌舞表情达意的方式。"④ 中国先民们早在鸿蒙初辟之际，在"言语模式"将生而未全生、"将飞而未翔"⑤ 的临界点上，就"群体性地举盤牲、旋游、呼叫"，正与麦克卢汉嘉

<hr>

① 参阅陈世骧：《中国文学的抒情传统：陈世骧古典文学论文集》，生活·读书·新知三联书店，2015 年，第 101—140 页；参阅周策纵：《古巫医与六诗考》，上海古籍出版社，2009 年，第 132—143 页。古人没有见过甲骨文，故基本上没人从宗教的角度解析兴（参阅彭锋：《诗可以兴》，安徽教育出版社，2003 年，第 52—126 页）。
② 赵沛霖：《兴的源起》，中国社会科学出版社，1987 年，第 5 页。
③ 陈伯海：《释"诗可以兴"》，《华中师范大学学报》2006 年第 3 期。
④ 麦克卢汉：《理解媒介》，何道宽译，译林出版社，2011 年，第 100 页。
⑤ 曹植：《洛神赋》。

许、推崇的那种"表情达意的方式"遥相呼应，只因为"口头传统突出的是说话像身势语，身势语像'寒暄'（phatic communion）"①。和其他更复杂、更理性的方式比起来（比如成熟、缜密、整饬和谨严的语言文字）②，原始"乐舞"很可能更贴近先民们较为粗糙、较为本能，也有几分任性和执拗的小心田；文辞简约的"歌"与动作简易的"舞"两相搭配，则和先民们尚未充分"人化"的内心世界振幅相同，并且比邻而居，却又算不得"诗意地栖居"（用"羲皇上人"等语汇去描写古人的生存状态，大致上出于不满世事的后人的刻意杜撰③，"虽颂皆刺也"。④）。由此，拥有"生命感发状态"和"感发力量"的**宗教－祭祀之兴**，抢在"言语模式"完全固定、成型之前，跃迁为上古先民们的内心的外化形式，突变为中国古人的心愿的外部造型，并且在"举盘牲、旋游、呼叫"的过程中，为内心和心愿下了一个形象化、动态化，但最终是声音化的"转语"⑤，具有强烈的视听效应（尤其是听觉效应⑥），感动、感染了神灵，让神灵乐于吐露生存的谜底，泄露命运的代码⑦。此等风度

---

① 弗兰克·秦格龙（F. Zingrone）等编：《麦克卢汉精粹》，何道宽译，南京大学出版社，2000 年，第 97 页。

② 李泽厚认为，和西洋的文字乃记载语言之工具相反，汉字是乃语言的统帅，不能说先于语言，但能领导语言（参阅李泽厚：《由巫到礼，释礼归仁》，三联书店，2015 年，第 159—164 页）。其复杂性自非乐舞可比。

③ 参阅陶渊明：《告子俨等疏》。

④ 陈子龙：《陈忠裕全集》卷二一。

⑤ 所谓"转语"，可参阅《景德传灯录·百丈怀海禅师》。

⑥ 有关这一点，麦克卢汉有精辟的论述："原始人生活在一架暴虐的宇宙机器中，其暴虐性远远超过了重文字的西方人所发明的一切机器。耳朵世界的拥抱性和包容性远远胜过眼睛世界的拥抱性和包容性。耳朵是极为机敏的。眼睛却是冷峻和超然的。耳朵把人推向普遍惊恐的心态。相反，由于眼睛借助文字和机械时间而实现了延伸，所以它留下了一些沟壑和安全岛，使人免受无孔不入的声音压力和震荡。"（麦克卢汉：《理解媒介》，前揭，第 180 页。）

⑦ 参阅周冰：《巫·舞·八卦》，中央编译出版社，2008 年，第 3 页。

昭示的情形，可比成千上万年后的现代人幸运得多——

啊，你终于如预言所说的无语而来，

无语而去了吗，年轻的神？

（何其芳：《预言》）

作为概念的"**内爆**"（implosion）和"**外爆**"（explosion），是麦克卢汉著名的观念发明物，在为其学说看家护院、保驾护航那方面，非常管用和得力，但又常常令"头脑"糊涂的人，一时半会儿摸不着"头脑"。饶是如此，麦氏的中国研究者还是就内爆和外爆的含义，做出过准确、清晰的解读：

> 麦克卢汉将媒介对人体的延伸划分为两种不同性质的延伸：在倚重动力机器的机械时代，人类完成了运动器官和身体本身在空间范围内的延伸，这是一种人体动力学体系的"外爆"型延伸，而实现人的身体在空间范围内不断延伸的机器，就是人类世代创造的"体能机"；在倚重电子媒介的电子时代，人类完成了感觉器官和中枢神经在全球范围内的延伸，这是一种智能体系的"内爆"型延伸，而实现人的意识在全球范围内瞬态化延伸的机器，就是人类在 19 世纪中叶以来创造的"智能机"。[①]

即使是严格依照这样的解读，即使是对这种解读方式猴学人样般亦步亦趋，仍有理由将兴看作内爆型延伸和外爆型延伸的统一体。

---

① 李曦珍：《理解麦克卢汉》，人民出版社，2014 年，第 44—45 页。

这样讲，从表面上看，很可能是吃了豹子胆，或恶向胆边生，事实上并无攀附麦氏之嫌，更未不解风情地误解麦氏。令人吃惊的是，作为人的特殊延伸，兴似乎更倾向于自己的内爆特性，无须乎苦苦挨到"19世纪中叶以来"。虽然兴没能让中国的先民们完成"感觉器官和中枢神经在全球范围内的延伸"，却让他们的感觉器官，尤其是中枢神经系统，延伸至整个宇宙洪荒。并且，绝对是在一个猝不及防、电光石火般的"瞬态化"之间，就到达了神灵的居所，和神灵接上了关系，获取了命运的信息，还有生存的遗传密码——又何止"小小"一个可以"让苍蝇碰壁"的"寰球"呢①。同兴的内爆特性相比，它更显而易见的体力性外爆特征因为过于原始和粗糙，反倒不值一提，更无须考量。

作为兴的表达形式，原始乐舞更愿意与不"掺"杂质的激情"掺"和在一起，所谓"乐舞兴情"②。虽然"激情是理性的一个对冲，用以释放人类不能以理性语言说出的各种无意识"③，但它似乎更应该成为兴的营养，或更应当被看作兴的肠胃：对于宗教-祭祀之兴，激情意味着能量，意味着爆发力。不用说，只有深陷于"生命的感发状态"，兴才有力气成为人的内爆型延伸（物），才能因为自己的激情（这奇特并且奇妙的中枢神经系统），而感化神灵，而感动宇宙洪荒。这种内爆型延伸方式的关键要领，就是要在一个"瞬态化"之间，依靠不掺杂质的激情，而非奥·帕斯（Octavio Paz）所谓"批判的激情（critical passion）"④，将神灵整体性地纳于

① 毛泽东在《满江红·和郭沫若同志》中有言："小小寰球，有几个苍蝇碰壁。"
② 陈伯海：《释"诗可以兴"》，《华中师范大学学报》2006年第3期。
③ 冯强：《诗歌与行动》，于坚主编：《诗与思》第2辑，重庆大学出版社，2015年，第4页。
④ Octavio Paz, *Children of the Mire*, Harvard University Press, 1991, P. 3.

自身。李泽厚从哲学－人类学（而非科学实证）的角度，十分笃定地认为：以乐舞为基本形式的巫术祭祀"不是某种被动的请求、祈愿，而是充满主动精神（从行为动作到心理意识）的活动成了关键……它是身心一体而非灵肉两分，它重活动过程而非重客观对象。因为'神明'只出现在这不可言说不可限定的身心并举的狂热的巫术活动本身中……'神'的存在与人的活动不可分，'神'没有独立自足的超越或超验性质"①。看起来，简陋、粗糙、原始，但棱角分明的宗教－祭祀之兴，比"19世纪中叶以来"的"智能机"反倒更进一步，更胜一筹。依麦克卢汉之见，"智能机"延伸了人的中枢神经系统，其"内容"（当然是所谓的）为信息，而信息快速、迅捷，眨眼即至，以至于完全取消了时间和空间的界限，在不由分说间，便将"小小寰球"微缩为更加渺小的村落（global village）——至少在人的心理感觉上就是这样。依麦克卢汉惯常的思路，宗教－祭祀之兴同样延伸了人的中枢神经系统，却又不仅仅以"神"（或"神明"）为其"内容"，还部分性地参与了对"神明"（或"神"）的创造——李泽厚的哲学－人类学描述，正与麦氏的传播学观点遥相呼应。但更为重要的，还是宗教－祭祀之兴自作主张，创造了"神明"理当秘藏的底牌，进而得陇望蜀，不可思议地变秘藏为谜底。变秘藏为谜底更有可能是兴的目的之所在，是激情渴望达致的目标，但又不是约瑟夫·布罗茨基（Joseph Brodsky）所谓的"押韵咒语"②。谜底不似信息那般眨眼即至，而是从一开始，就与中枢神经系统融为一体、不分彼此，以至于从根本上，取消了"眨

---

① 李泽厚：《己卯五说》，三联书店，2008年，第164页。
② 参阅约瑟夫·布罗茨基：《悲伤与理智》，刘文飞译，上海译文出版社，2015年，第5页。

眼"所表征的那瞬刻的光阴，比电光石火间的"瞬态化"更胜一筹，恰如一首藏族民谣所唱：

在看得见你的地方，我的眼睛跟你在一起。
在看不见你的地方，我的心跟你在一起。

对麦克卢汉有过良多启示的爱德华·霍尔（Edward T. Hall）说得既实在，又富有诗意："延伸物的进化却比生物体身体的进化快得多。汽车和飞机是从人脑中的梦想演化而来，经过许多简单而不完备的形态以后，它们演化成了我们今日所熟知的复杂的机器。"① 作为人的精神性延伸，兴的演化与纯粹物质性延伸物（比如汽车、飞机）的演化同中有异：兴自诞生以来，也许在其形式和程序等方面，会变得复杂、精致，甚或考究，但就宗教仪式自身的角度或意义而言，就其内爆型延伸（物）的性质来说，不会有任何实质性的演化和改进。事实上也不需要任何演化与改进，因为"起源即目标"②，因为只有人的需要，才是一切技术进化的施精者，或助产士。汽车、飞机被复杂化后，除了性能更稳定、可靠，最起码还能增进速度，继而神话速度，以至于唆使现代人依赖速度，有瘾于速度；兴即使被无限复杂化后，也不可能提高人神以和的效率，更遑论波及到天人相通的速度，因为兴本来就意味着对"眨眼"的否定，意味着心与"神"（或"神明"）零距离相处——被一"心"念叨着的东西，一定会时时刻刻零距离存乎于念叨者的"心"头，

————————

① 爱德华·霍尔：《超越文化》，何道宽译，北京大学出版社，2010年，第25页。

② 卡尔·克劳斯（Karl Kraus）：《以我狭窄的视野》，《倾向》1994年秋季号。

比"眼睛跟你在一起"还要直接与坦率。所谓"瞬态化",不过是谦虚、客气或保守的说法而已。零距离不依赖、不需要任何机制上的改变,也根本无所谓是否改变。

一切人造物和受造物都将死亡,唯有死神不死。但这种情形,并非意味着宗教–祭祀之兴不会在其他演化线路上有所进益,或有所改变。从作为学术新贵的人类学角度观察,人类逐渐走出蒙昧状态几乎是必然之事——考古学方面的证据无疑来得更确凿,也更醒目①。依麦克卢汉之卓见,语言确实当得起"人的第一延伸物"之美誉,无论是从时间先后顺序上来说,还是从重要性的角度上来说,情形都将如此。麦克卢汉的表述很清晰:"言语是人最早的技术,借此技术人可以用欲擒故纵的办法来把握环境。语词是一种信息检索系统,它可以用高速度覆盖整个环境和经验。语词是复杂的比喻系统和符号系统,它们把经验转化成言语说明的、外化的感觉。它们是一种明白显豁的技术。借助语词把直接的感觉经验转换成有声的语言符号,我们可以在任何时刻召唤和找回整个世界。"②和其他受造物迥然有别,人类所能拥有的一切形式的延伸,都必将是语言这个第一延伸物的阶段性产品——麦克卢汉及其讲英语的前辈奥斯汀(J. L. Austin)都乐于如此暗示③。饶是如此,语言的吊诡、怪

①　参阅苏秉琦:《中国文明起源新探》,辽宁人民出版社,2011年,第109—143页;参阅易华:《齐家华夏说》,甘肃人民出版社,2015年,第3—20页。
②　麦克卢汉:《理解媒介》,前揭,第77页。
③　卡尔·波普尔(Karl Popper)也暗示了语言是一切延伸物的延伸物:"动物的进化大部分(虽然不是全部)通过器官(或行为)的改变或新器官(或行为)的出现来进行。人类进化的大部分通过发展人体或人身之外的新器官来进行,生物学称为'体外地'或'人身外地'进行。这些新器官是工具、武器、机器或房子。"(卡尔·波普尔:《客观知识》,舒伟光译,上海译文出版社,1987年,第274页)另可参阅奥斯汀:《如何以言行事》,杨玉成等译,商务印书馆,2012年,第8—25页。

异之处，还是被一向算无遗策的麦克卢汉给揪了出来："语言之于智能犹如轮子之于脚和人体。轮子使人的肢体更轻盈、快速地在事物之间移动，使肢体的卷入越来越少。语言使人延伸和拓展，却又使人的官能割裂。人的集体意识或直觉，由于言语这种意识的技术延伸而被削弱了。"① 正是在此基础之上，麦氏的同胞兼膜拜者特伦斯·戈登（Terrence Gordon）才敢判定：语言"既延伸人体，又'截除'人体。增益变成了截除"②。而"自我截除不容许自我认识（Self – amputation forbids self – recognition）"，于是，"集体意识或直觉"被"削弱"后形成的"麻木"，就是恰如其分的结果，甚或理所当然的结局③。因为语言从正面加固了意识，强化了理性，增益了经验，所以，作为一种原始的宗教－祭祀方式，作为言语稀缺状态（而非饱和状态）下的宗教－祭祀仪式，以乐舞为根本外形与内核的兴渐渐失去作用，最终进入它自身的"麻木"状态，就是再自然不过的事情。有不断发展、跟进和越来越咄咄逼人的语言撑腰，愈加理性的中国先民对兴的依赖必定越来越少，兴留给他们的记忆也会愈加寡淡。但在兴的内心深处，却从未放弃对新型演化方式的渴望，对新路途的期许，类似于西方人所谓的"永生的意志"（the will endure）④。宗教－祭祀之兴拒绝消逝于人的记忆；它渴望自己的转世灵童的热切度，远甚于无勇气渴望自己转世灵童的现代中国人——

　　　　我有革履，仅能走世界之一角，

---

① 麦克卢汉：《理解媒介》，前揭，第100页。
② 特伦斯·戈登：《〈理解媒介〉（增订评注版）序》，麦克卢汉：《理解媒介》，前揭，第7页。
③ 麦克卢汉：《理解媒介》，前揭，第59页。
④ 斯宾格勒（Oswald Spengler）：《西方的没落》，齐世荣等译，商务印书馆，2001年，第34页。

生羽么，太多事了呵。

（李金发：《题自写像》）

在已被成功破译的甲骨卜辞中，有非常著名的一段话："癸卯卜，今日雨？其自西来雨？其自东来雨？其自北来雨？其自南来雨？"① 近人萧艾从宗教－祭祀仪式的角度，就这段卜辞有过一番别出心裁，又富有创意的解析，但似乎更应该说成极具灵感的猜测："主卜者领唱'今日雨'时，陪卜的贞人遂接着念：'其自西来雨？''其自东来雨？'……如此一唱一和，祈求之祭事宣告完毕，音乐、舞蹈、诗歌的表演，也至此结束，是之谓'巫风'。"② 从发生学和历史主义的角度观察，"巫风"必定建立在"兴起之"（商承祚语）——亦即激情与虔诚——的基础之上；宗教－祭祀之兴则是"巫风"的突出形式，更有可能是"巫风"的先行者，或原始形态③。也许是有鉴于此，今人傅道彬才给出了一个看上去颇为合理的阐释学判断，似乎为宗教－祭祀之兴在自我"麻木"之外，找到了它渴求中的新路途（或称转世灵童），还迎合了语言的欲望及其一再张扬的自我：

看似寻常的祈雨卜辞其实是宗教祭祀中的诗歌孑遗，原始兴舞与歌诗一起表现着宗教祭祀的庄严与宏大，祭祀与歌舞的不断重复，积淀在早期人类的情感世界，成为引发人类兴致的心理结构……诗总体现着原始人类热烈而兴

---

① 郭沫若：《卜辞通纂》第 375 片，科学出版社，1982 年，第 368 页。
② 萧艾：《卜辞文学再探》，《殷都学刊》编辑部：《全国商史学术讨论会论文集》，1985 年，第 249 页。
③ 参阅林河：《古傩寻踪》，湖南美术出版社，1997 年，第 155—244 页。

奋的生命情感，风习既久，兴便是兴趣兴致是诗的情感内容，从而演变成诗的艺术形式，兴于是成了诗的同义语①。

傅氏的观察和判断意味着：紧随着语言的发展与饱和，宗教－祭祀之兴从很早开始，就已经从其"麻木"状态中出走，并宿命性地转换为世俗之兴，亦即**诗之兴**——诗之兴是宗教－祭祀之兴的记忆形式；民众集体参与的宗教－祭祀仪式，则以孑遗者的身份，以其转世形态，存乎于无神论的歌诗之中，成为与其出源处既依稀相关，又基本上截然两样的内爆型延伸②。尽管 C. B. 刘易斯（C. B. Lewis）大煞风景地认为："人民在口头传说的形成中，既没有角色，也没有命运"③，但只要诗之兴存在，人民究竟拥有一个什么样的人间名号，大可以忽略不计。

这种突变很可能至晚发生于西周早期。《易》曰："鸣鹤在阴，其子和之。吾有好爵，吾与尔靡之。"④台湾学人蔡英俊对这十七个字进行的阐释与解说，采用的，正是世俗之兴（亦即诗之兴）遵循的思维线路："听着一对鹤鸟唱和，因而起兴，于是这一对男女也说出：'我有好酒，来共醉一下吧。'"⑤从此，诗之兴（亦即世俗

① 傅道彬：《诗可以观》，中华书局，2010 年，第 161 页。
② 或许麦克卢汉的论述能帮助我们理解从宗教到世俗的变化："所谓'神圣的'宇宙其实是口语词和听觉媒介支配的宇宙。相反，'世俗的'宇宙是受视觉符号支配的宇宙。由于钟表和字母把世界切割成视觉片段，所以它们扼杀了事物相互联系的音乐。视觉符号使宇宙经历了一个非神圣化的过程，并造就了'现代社会不笃信宗教的人'。"（麦克卢汉：《理解媒介》，前揭，第 180 页）
③ 转引自弗兰克·秦格龙：《麦克卢汉精粹》，前揭，第 47 页。
④ 《周易·中孚》九二。
⑤ 蔡英俊：《抒情精神与抒情传统》，蔡英俊主编《中国文学的情感世界》，黄山书社，2012 年，第 55 页；另可参阅黄玉顺：《易经古歌考释》，巴蜀书社，1995 年，第 274—275 页。

之兴）洗尽铅华，褪尽了神学色彩，不再沟通天人，因为古旧的中国早已天人分际，但可以沟通人、事、物，最终相通于情①；诗之兴不再强调神人以和，因为神早已淡出中国古人的视野，却又不仅仅是因为语言的发达与跟进，但它倡导情景交融、物我相涉——物我两忘只是物我相涉的极端化，或突出形式。事实（而非逻辑）能够证明，对于后世的汉语诗歌（无论新旧或古典与现代）而言，宗教－祭祀之兴如此这般的转换是关键性的，甚至是致命性的。所以，孔子才说："诗可以兴"，或"兴于诗"②。此中情形，或许正应了赵沛霖的断语："从兴产生以后，诗歌艺术才正式走上主观感情客观化、物象化的道路，并逐渐达到了情景相生、物我浑然、思与境偕的主客观统一的完美境地，最后完成诗歌艺术特殊本质的要求。"③

滋生与创化

商承祚对"兴"字的精彩释读，不仅在他那个时代迅速得到了正面的响应④，至今仍予人以启示："兴字象四手各执盘之一角而兴

① 李泽厚认为，中国文化是一个世界的，是没有彼岸存在的，情正充当"道"的作用，所谓"道由情生"，这正是和两个世界的西方文化大异其趣的地方（参阅李泽厚：《历史本体论》，三联书店，2008 年，第 106—116 页）
② 有必要指出的是，孔子所谓"诗"专指《诗经》；夫子之兴也不是诗歌技巧意义上的，而跟德行教化有关。此即二程之言："夫子言'兴于诗'，观其言，是兴起人善意，汪洋浩大，皆是此意。"（《二程集·遗书》卷十一）张载也说："兴己之善，观人之志，群而思无邪，怨而止礼义。入可事亲，出可事君；但言君父，举其重者也。"（《张载集·正蒙·乐器》）
③ 赵沛霖：《兴的源起》，前揭，第 184 页。
④ 比如，郭沫若等人就倾向于商承祚"盘"的结论，而否定杨树达"帆"的结论（参阅郭沫若：《卜辞通纂》，前揭，第 272—273 页）

起之"的重心或关键之处，并不在于身体性的四人（或两人）"四手"，不在于动作/行为性的"执盘"，也不在于作为施力部位的四个"盘之一角"，而在于"身体性""动作/行为性"和"施力部位"相互共谋产生的结果——"兴起之"。"兴起之"的字面意思，应当是"兴"而"起"之，或者是"起"而"兴"之。"起"与"兴"恰相等同，至少也是一体两面。商承祚的释读，很是"明"确地"暗"示了这一结论。从宗教－祭祀的角度观察，"兴起之"更愿意强调的，是激情，是充沛和热烈的精力，是"酣畅"到"淋漓"状态的情感投入。但最终，是指向兴本该享有的根本特征：滋生与创化。这既是《毛传》和《说文》能够训"兴"为"起也"的根源所在，也是它们敢于做出如此训释的勇气源泉所在[①]。滋生与创化由此成为兴的秘密，或本质。它是中国的先民们能够上通神灵的法宝，是他们用于打开天门的钥匙，亦即清人龚自珍所谓的"人之初，天下通，人上通；旦上天、夕上天；天与人，旦有语、夕有语"[②]。虽然《毛诗》和《说文》依据的立场，完全是世俗层面上的，但它们居然无缝对接般，承续了兴在宗教意义上的态度，在神学意义上的心愿。其情其行，确实当得起令黑格尔兀自骄傲不已、洋洋得意的德语词汇——"奥伏赫变"（Aufheben，即"扬弃"）[③]。

一如傅道彬、赵沛霖认为的那样，作为宗教－祭祀之兴的新道途，作为宗教－祭祀之兴的今生今世（或转世灵童），滋生与创化并非完全丧失了宗教－祭祀之兴的前生前世所曾拥有的遗传密码，

---

① 《毛诗》在《大雅·大明》的"维予侯兴"句下有云："兴，起也。"
② 龚自珍：《定庵续集·壬癸之际胎观》。
③ 参阅钱钟书：《管锥编》，中华书局，1986年，第1页。

也并非没有其前世前生为其制造的阴影、胎记，或暗号。看起来，忘川之水（或孟婆茶）并未在宗教－祭祀之兴的转世长途中，洗尽其记忆，抹尽其秉性，尽毁其基因与密码。有鉴于此，日本学者白川静才敢放胆做结："具有预祝、预占等意义的事实和行为，由于作为发想加以表现，因而把被认为具有这种机能的修辞法称为兴是合适的。"[①] 尽管白川氏将精神性的内爆之兴仅仅定格于"修辞法"的层面，确实显得短视和浅陋，但抓住兴的"发想"特征，却又分明显示了他的朴实和机敏。或许是出于对"发想"的器重，或许是出于对"发想"的歉意，白川氏才在同一本书的另一处，有意突出了兴的身高，以及它的丰腴体态："比喻是兴的发想的堕落形式。"[②] 但这更有可能是因为比喻和神灵无关，和"兴起之"绝缘，也与宗教－祭祀仪式无涉，只跟纯粹世俗层面上的修辞学接壤，失去或褪尽了宗教－神学的色彩。如此放言无忌、大胆贬损比喻的白川静很可能会同意：兴即"发想"，即"感发"，即"兴起之"，但最终是滋生与创化。

在兴的前世（即宗教－祭祀之兴）和兴的今生（即诗之兴）之间，除了有限度的延续和承接，除了今生对前世的记忆，并不存在逻辑上的因果关系——"扬弃"从不基于这种关系，也从不依赖于这种关系。有关因果关系这类极易令人恍惚，也极易惹人犯错的问题，仍然可以求助于麦克卢汉。只不过麦氏在这个问题上的敏锐和深度，有一半来自同样说英语的大卫·休谟（David Hume）："单纯的序列里不存在因果关系。一事物紧随另一事物出现时，并不能说

---

① 白川静：《中国古代民俗》，何乃英译，陕西人民美术出版社，1988 年，第 49 页。

② 白川静：《中国古代民俗》，前揭，第 46 页。

明任何因果关系。尾随发生的只有变化，岂有他哉（nothing follows from following except change）。"① 傅道彬给出的阐释学判断，并未将兴的前世与今生间的关系处理为"前"因"今"果，很是高明；从兴的前世过渡到兴的今生，所能发生和拥有的，看起来只有变（change），并且是突变——很"突出"的变，而不是很"突然"的变②。"突然"之变既有违实际，也显得夸张与浪漫——"突然"无疑抹去了兴的前世与今生之间的时间间距。诗之兴的前世，正是华夏先民们的"受宠的模式"，也是他们心目中的"伺服机制"（servo - mechanism）③，只因为他们在面对大自然和命运时，总是处于惊恐、惊惧、惊悚之中。其目的，就是要在人的内爆型延伸中，取消人神之间原本无限遥远的区隔与距离，胜似（而非神似）于"智能机""眨眼"间，就取消了时空界限，变寰球为村落④。而"尾随发生"的，则是宗教 - 祭祀之兴的今生，是其转世灵童（即诗之兴）。诗之兴与其前世或许关系密切，却不必然是其前世种下的"果"——来自浮屠而后起的因果报应之说，不会有任何像样的解释力。在这里，既不存在奥·帕斯所谓的"初始时间"（primordial time）⑤，也不存在"初始时间"从中作梗；既不存在费诺罗萨（Ernest Fenollosa）和本雅明（Walter Benjamin）大加称颂的"原初语言"（Adamic lan-

① 麦克卢汉：《理解媒介》，前揭，第 22 页。
② 参阅陈世骧：《中国文学的抒情传统：陈世骧古典文学论文集》，前揭，第 101—140 页。
③ 参阅麦克卢汉：《理解媒介》，前揭，第 6 页、第 58 页。
④ 麦克卢汉很讥诮地描述过地球村的情形：在地球村的时代，"多元化时间接替了大一统时间。今天，在纽约美餐、到巴黎才感到消化不良的事情太容易发生了。旅行者还有这样日常的经历：一个小时前，他还停滞于公元前 3000 年的文化中，一个小时后，他却进入了纪元 1900 年的文化了。"（麦克卢汉：《理解媒介》，前揭，第 177 页）
⑤ See Octavio Paz, *Children of the Mire*, Harvard University Press, 1991, P.36.

guage)①，也不存在失去"原初语言"后有可能招致的祸患。

"尾随发生"的诗之兴，是中国古典时期的衡文论诗者不可或缺的工具，甚至是作诗者和评诗者心中共同的神祇。两千多年来，他们对诗之兴有太多的依赖、依靠和依恋②。对此，深知媒介之精髓（或"猫腻"）的麦克卢汉持理解和首肯的态度："如果要使用技术，人就必然要为技术服务，必须把自己的延伸当作神祇或小型的宗教来信奉。"③ 同样作为人的精神性、内爆型延伸，诗之兴将大不同于宗教－祭祀之兴。诗之兴的目的，就是要在一个"瞬态化"之间（其实连一个"瞬态化"都是多余的、不需要的），在没有任何神秘性撑腰、鼓劲和呐喊的情况下，迅速沟通人、物、事，从中滋生或创化某种特定的心理性力量，以取消（或部分取消）人、事、物之间的界限，以达致情景交融的境地，神似（而非胜似）于宗教－祭祀之兴取消了人神之间的区隔。一句话，作为一种性质相同，但目的、目标有异的内爆型延伸，宗教－祭祀之兴转化为诗之兴，诗之兴尾随宗教－祭祀之兴，正等同于由乐舞兴情转化为诗以启悟④；而滋生与创化的用处，则由人神以和、天人相与，转化为世俗性的人与物、事相交通，相往还，最终相通于情，以至于以情为本、以情为教⑤。

---

① 参阅石江山（Jonathan Stalling）：《虚无诗学》，姚本标译，中国社会科学出版社，2013年，第43页。
② 参阅蔡英俊：《比兴物色与情景交融》，大安出版社，1986年，第109—166页。
③ 麦克卢汉：《理解媒介》，前揭，第62页。
④ 参阅陈伯海：《释"诗可以兴"》，《华中师范大学学报》2006年第3期。
⑤ 郑玄《周礼注疏》卷二十三有云："赋之言铺，直铺陈今之政教善恶。比见今之失，不敢斥言，取比类以言之。兴见今之美，嫌于媚谀，取善事以喻劝之。"郑氏显然走的是美刺的路数，是经学家解诗。真德秀说："古之诗，出之性情之真。先王盛时，风教兴起，人人得其性情之正，故其间虽喜怒哀乐之发，微或有过差，终皆合于正理。故《大序》曰：'变风发乎情，本乎礼义。发乎情，民之性也；本乎礼义，先王之泽也。'三百篇诗唯其皆合正理，故闻者莫不兴起其良心，趋于善而去于恶，故曰'兴于诗'。"（真德秀：《西山文集》卷三十一）这是理学家解诗。俱为本书所不取，特此说明。

无论从词源学的角度看，还是从实际操作的角度观察，宗教－祭祀之兴和诗之兴都应该是矢量（vector），而非毫无方向，或处处都可能是方向的标量（scalar）。叶嘉莹女士也许说得很正确：作为一种禀赋奇异的内爆型延伸（物），诗之"兴是由物及心的"①。这与宗教－祭祀之兴的"施力"方向刚好相反。后者是在乐舞兴情的过程中主动出击；而乐舞兴情必定首先接受内心的驱遣与提调，必定被内心所浸泡。因此，宗教－祭祀之兴注定要先兴情于心，而后外及于物；注定会由内而向外投射，类似于立普斯（T. Lipps）的审美移情说（aesthetic empathy theory）暗示的那般，极具主观能动性②。唯其如此，中国的上古先民们才能在"群体性的举盘牲、旋游、呼叫"时，在心醉神驰中，让乐舞兴情的自己与"神明"相和于心田，继而让"神明"诞生、进驻于心田。唯其如此，才能将"神明"，尤其是"神明"拥有的底牌或秘密，给情感充沛、热情洋溢地制造出来。至晚在西周早期，诗之兴已褪尽了宗教－祭祀之兴的神秘色彩，唯余满目苍茫的世俗功效，在主动出击那方面势必会大打折扣。诗之兴必须先有外物感染心田，必须有外物敲打内心，由物及心，以至于心生感慨，及至感慨最终被声音化，因而具有相当程度上的被动性。毕竟所有的感慨，都是不折不扣的语言事件，而语言是有声的，恰如董仲舒所言："鸣而施命谓之名；名之为言，鸣与命也"③。钱钟书对此有精辟的解释："曰'字'，谓声出于唇吻……曰'名'，谓字之指事称物，即'命'也。"④

---

① 　叶嘉莹：《叶嘉莹说诗讲稿》，中华书局，2008 年，第 21 页。

② 　参阅里普斯：《移情作用、内摹仿和器官感觉·再论"移情作用"》，伍蠡主编《现代西方文论选》，上海译文出版社，1983 年，第 1—17 页。

③ 　董仲舒：《春秋繁露·深察名号》。

④ 　钱钟书：《管锥编》第二册，中华书局，1986 年，第 404 页。

看起来，被动性才是诗之兴的重要特征，甚至可以称之为在辨识度层面上的头号特征——"尾随而来"的，确实只有变化。但被动性在滋生与创化的效果那方面，却不存在任何消极特性。或许是洞悉了这一秘密，晋人挚虞才敢从直观洞见的层面上，直截了当地给出结论："兴者，有感之辞也。"① 晚出的钟嵘更为具体地道出了被动性的渊源所在，尤其是道出了被动性的一般性结构模式："气之动物，物之感人，故摇荡性情，形诸舞咏"② ——由"气"至"物"而及之于"人"。但也许刘勰之言，才算得上更为通透，才真的道尽了"物色之动"对人心与诗歌所具有的致命作用："岁有其物，物有其容，情以物迁，辞以情发。一叶且或迎意，虫声有足引心；况清风与明月同夜，白日与春林共朝哉！"③ 从刘勰那些不乏慷慨激昂的语气中不难发现，与宗教－祭祀之兴的主动出击颇为相似，诗之兴的被动性反倒拥有一个积极并且明确的目的：人在被动性地"触物"过程中"以起情"；而被动性地由"物"及"心"，同样是为了"动情也"④。这种看似消极，却并不萎靡、猥琐和塌败的被动性，历经数千载光阴，在秦汉、魏晋时人完全难以想象的现代汉诗中，虽面容有异，却不曾真的有过性质上的任何变更⑤。

---

① 挚虞：《文章流别论》，欧阳询：《艺文类聚》卷五十六。

② 钟嵘：《诗品·序》。

③ 刘勰：《文心雕龙·物色》。

④ 胡寅：《斐然集·致李叔易》引宋李仲蒙。

⑤ 今人陈丽虹认为，现代汉诗在使用兴方面与古典汉诗有所区别，主要是在"触物兴情"之外增加了"触物兴思"（参阅陈丽虹：《赋比兴的现代阐释》，中国美术学院出版社，2002 年，第 98—103 页），但就"起也"那方面，并无质的改变。今人张松建敏锐地观察到，"19 世纪末期一直到二战结束后，现代主义构成了西方现代诗与诗学的主流，关于'情感逃避'之类的声音堪称大宗，而相比之下，抒情主义却牢牢奠基为现代中国诗学之霸权结构，这个差异，值得深思。"（张松建：《抒情主义与现代中国诗学》，北京大学出版社，2012 年，第 7 页）排开其他种种原因，现代汉诗对"兴"的广义性继承、变形式使用，不能不说是根本性的，因为"兴"的根本在抒情。

近人刘大白暗示过诗之兴拥有滋生与创化的能力：所谓诗之兴，就是"借着合诗人底眼耳鼻舌身意相接构的色声香味触法起一个头"①——

是飘落深谷去的
幽微的铃声吧，
是航到烟水去的，
小小的渔船吧，
如果是青色的珍珠，
它也已堕到古井的暗水里。

（戴望舒：《印象》）

"铃声""渔船"分别和"深谷""烟水"两相搭配，"珍珠"与"古井的暗水"相互依偎，共同撞击着有"心"人的"心"灵，并由外及内，"强迫"着滋生或创化了戴望舒不无感伤的诗情；戴望舒则因势利导、借力打力，顺势利用了这种被动性，饱享了内爆型延伸方式带来的激情，终得以与诸物毫不凝滞地相交通，与诸事没有滞碍地相往还，以至于情景交融，却不至于物我两忘。是诗之兴的"被动"性——而非其他东西——"主动"滋生与创化了诗行，直至整体性的诗篇；从古及今，汉语诗歌——无论新与旧或古典与现代——都得感恩于既世俗又被动的诗之兴。但似乎更应该说成：新旧汉诗都得深度感激"尾随"宗教-祭祀之兴而来的滋生与

___

① 刘大白：《六义》，《古史辨》第三册，上海古籍出版社，1982年，第686页。

创化①。

"兴"字在被早期的小学家训释为"起也"之外，还大可以被训作"生也"②。滋生与创化正不妨看作"生也"的展开形式，还是扇形而非线性的展开：线性的展开注定是一维而无面积可言的展开。周策纵对"生也"的解释很富有想象力，其解释本身就蕴含着不俗、不凡的诗情画意："'兴'似乎是指一种不知其时的神秘生育或怀孕。"③ 这种性质和样态的"生育或怀孕"，容易让人联想到后稷之母"履大人之迹"而生稷④，正是被动地借助了外物伺机而动甚或蠢蠢欲动的那种主动性，得益于那种不乏善意的侵略性。周氏对兴的训释，仍然指向兴的被动特征，从性能上更接近于诗之兴，背离了宗教－祭祀之兴。而"不知其时的神秘生育或怀孕"，正是戴望舒被动面对"铃声""渔船"而酝酿诗情时的实际情形：是"铃声"和"渔船"伙同"深谷"和"烟水"，还有"珍珠"与"古井的暗水"，"迫使"戴望舒生育或怀孕；而怀孕或生育诗情的地方，只可能是区区方寸，亦即叶嘉莹所谓"由物及心"的那个"心"。此中情形，恰合诚斋先生的感叹："大抵诗之作也，兴，上

---

① 朱一新认为："诗至杜韩，握拳透爪，实为前此所无。所谓子美集开诗世界也，犹颜柳之书，尽变古人面貌，而至今学书者，莫不由之。古诗比兴居多，自杜韩出，而赋体多于比兴，太白诗犹有汉魏六朝遗义，未可以伶俐少之。"（朱一新：《无邪堂答问》卷四）但赋体并不影响此处所论及的兴的实际用途。今人流沙河的看法很精辟："一首诗总不能没有赋，因为赋是主体。兴（以及比）可以或缺，仍能成其为诗；无赋则不成其为诗矣。"（流沙河：《流沙河诗话》，四川文艺出版社，1995年，第218页。）如果删掉兴而只剩下赋，太直白；如果删掉赋，就是"朦胧诗"或"象征派"，太晦涩（流沙河《流沙河诗话》，前揭，第220页。）

② 参阅《广雅·释诂一》；参阅《大戴礼记·夏小正·五月》"匽之兴，五月翕，望乃伏"之小传。

③ 周策纵：《古巫医与六诗考》，前揭，第134页。

④ 王充：《论衡·恢国》。

也……我初无意于作是诗，而是物是事适然触乎我，我之意亦适然感乎是物是事，触先焉，感随焉，而是诗出焉，我何与哉？天也。斯之为兴。"① ——诗之兴出自天意，却不存在任何神秘色彩，更说不上苏格拉底（或柏拉图）所谓的诗神附体。

杨万里（即诚斋）将兴和已成之诗间的关系描述得颇为直白：触于物、感于人而成其诗。这是内与外两相交通、两相往还的结果，也是里应外合、彼此呼应唱和的结局，正应了革命年代那句人人熟知的老生常谈："堡垒最容易从内部攻破。"没有"心"对外物无所驻"心"地等待，或暗自期许，没有"有情郎"和"有意妹"的有意邂逅，兴将不成，诗将不得。在此，诗之兴（亦即滋生、创化）具有前后相续、首尾相接的两层含义。首先，滋生、创化（亦即诗之兴）具有的本能，令外物撞击人心，让人心有感、有触于外物，使心、物同时动荡。在此，心充当了"堡垒"内部的潜伏者，等待着与外物里应外合，攻破"堡垒"。这情形，恰如神秘的"生育或怀孕"首先得有能够着床、怀孕的子宫，得有具备生育能力的女人——一个巴掌肯定拍不响，"只手之声"也仅存于禅门公案，唯有"心耳"（亦即内在之耳）可与得闻。郑敏有感于秋田里"金黄的稻束"而心旌摇荡，兴发之时，颇为自然地"想起无数个疲倦的母亲"；而在心摇神驰之际，她甚至能"看见那皱了的美丽的脸"（郑敏：《金黄的稻束》）。性质相似的情形，几十年后也出现在海子的笔下：

丰收之后荒凉的大地
人们取走了一年的收成

---

① 杨万里：《答建康府大军库监门徐达书》。

取走了粮食骑走了马

留在地里的人，埋得很深

（海子：《黑夜的献诗》）

"丰收之后荒凉的大地"乃起兴之物；尾随秋天而来的丰收，不仅可以"兴发"喜悦之情，也能"兴发"对土地的感伤、悲悯和同情，郑敏、海子远非特例①。当此之际，相较于已成之诗，兴的滋生、创化作用既是基础性的，也是准备性和初发性的，白川静恰如其分地谓之为"发想"。它由外及内，以达到类似于——也仅仅是类似于——宗教－祭祀时的迷狂状态为目的。紧接迷狂状态而来的，是流淌在纸张上的诗行，却又像一个猝不及防、料想之外的"天意"。因此，兴的第二层含义，乃是滋生、创化诗行，直至出落为整个水灵灵的诗篇。没有这一层含义，或失却了"兴者，起也"与"兴者，生也"，诗之兴将毫无意义；脱胎于宗教－祭祀之兴的滋生、创化不过是自作多情，连"自了汉"的档次都够不上。所谓"心中有诗"或"心中的诗"，顶多是一种比喻性的说法，最多是一种礼貌性的托词，常见于中国当下的诗歌社交场所，或流行于大江南北的诗歌红包批评。它最真实或最善意的所指，不过是内心的迷狂状态，也停留于这一状态，仅止于诗之兴的第一层含义，尚未被语言化和声音化。哪怕诗之兴发（或发想）时的迷狂状态真如宗教－祭祀之兴那般充沛、酣畅，也只能说明诗歌的临盆愿望是何其迫切，却跟成型的诗篇没啥直接关系。作为一种秉性奇异的内爆型延伸，诗之兴必须依靠它的第二层含义，才能真的延伸人的中枢神

① 参阅尚永亮：《生命在西风中骚动——中国古代文人与自然之秋的双向考察》，陕西人民教育出版社，1989年，第45—80页。

经系统，才能在感于物的同时，从情感（而非制造"神明"）的角度理解物，与物共振、共舞而生情——这才是诗的终极目的，诗之兴的终极目的。

对于无所驻心却又时刻等待着有感于物，准备和外物一道攻破诗之"堡垒"的区区方寸（即心）来说①，兴是一种强迫性的工具，类似于凡间尘世之人为讨生活而被迫使用的机器。与人相比，机器更具有主动性：它在强迫人使用它（诱惑是一种性质特殊的强迫）；人只是在被动中，利用了机器的主动性：这与诗之兴在性质上恰相等同。人（即心）在使用作为内爆型延伸物的诗之兴时，总是不断受到诗之兴的修改和使唤。心（即人）在千百年来不间断地有感于外物后，也在琢磨着如何让诗之兴更加精致化、复杂化，尤其是如何让诗之兴更能听从心（即人）的使唤——现代汉诗的炮制者对此心情更为急迫。这情形，类似于麦克卢汉所说："人们不再问先有鸡还是先有蛋；突然之间，人们似乎觉得，鸡成了蛋想多产蛋的念头（a chicken is an egg's idea for getting more eggs）。"② 人（即心）在被诗之兴千百次主动击打后，终于修炼成为诗之兴渴望更多、更好之自己的那个优质"念头"。依爱德华·霍尔的卓越识见，作为文化的特殊组成部分，这等"念头"主要是在某类文化形成的氛围中"习得的"（acquisition），而不仅仅是"学习的"（learning）③，虽然有可能首先是"学习的"。当此之际，心（即人）更倾向于成为诗之兴的生殖器官，"正如蜜蜂是植物界的生殖器官，

---

① 钱钟书结合古今儿歌中的实例，认定宋人李仲蒙"触物起情谓之兴"的说法最切近歌诗之理（参阅钱钟书：《管锥编》，前揭，第62—65页）。

② 麦克卢汉：《理解媒介》，前揭，第22—23页。

③ 参阅爱德华·霍尔：《无声的语言》，何道宽译，北京大学出版社，2010年，第33页。

使其生儿育女，不断衍化出新的形式一样。"① 来自于宗教－祭祀仪式的诗之兴在现代汉诗中获取的新形式、新用途，大体上可以看作人（即心）被"念头"化后的自然结果；远古时期的诗之兴为表达现代经验而产生的新变体，为适应现代汉诗而生成的新变形②，也可以看作人被"生殖器官"化后的必然产物。近人宗白华很坦率地承认过自己的念头身份，尤其是他的生殖器官身份：

> 黄昏的微步，星夜的默坐，大庭广众中的孤寂，时常仿佛听见耳边有一些无名的音调，把捉不住而呼之欲出。往往是夜里躺在床上熄了灯，大都会千万人声归于休息的时候，一颗战栗不寐的心兴奋着，静寂中感觉到窗外横躺着的大城在喘息……无限凄清之感里，夹杂着无限热爱之感。似乎这微渺的心和那遥远的自然，和那茫茫的广大的人类，打通了一道地下的深沉的神秘的暗道，在绝对的静寂里获得自然人生最亲密的接触。我的《流云小诗》，多半是在这样的心情下写出来的③。

兴的声音化

和宗教－祭祀之兴试图破译命运密码的目的相差悬殊，诗之兴的追求很务实：它的根本在"情"；滋生与创化的根本主旨，也在

---

① 麦克卢汉：《理解媒介》，前揭，第63页。
② 参阅张雨：《诗教之殁与审美之维——当代诗歌中的比兴研究》，中国社会科学出版社，2015年，第144—189页。
③ 宗白华：《美学与意境》，人民出版社，1987年，第177页。

生"情"与化"情"。不用说，这仍然是"乐舞兴情"的孑遗，是宗教－祭祀之兴给后世留下的"尾随"性（而非因果性）遗产。赵沛霖精研过兴的前世与今生，其表述称得上点穴准确：兴"深刻地反映着诗歌艺术与宗教观念和宗教意识之间的内在联系"①。单就兴"情"、生"情"和化"情"，以及兴、情、诗三者间的关系而言，陈世骧的言辞很有可能来得更直接，也更坚决和更明快："所有的兴都带着袭自古代的音乐辞藻和'上举欢舞'所特有的自然节奏"，而"以兴为基础的作品"，"无疑正是现代人之所谓的'抒情诗'（the lyric）"②。李泽厚数十年来的研究工作和思维理路清楚地表明：作为一种不存在彼岸世界，也不存在超度与救赎的文明样态，中国文化内部最根深蒂固的传统之一，乃是被绝对的上帝观念所鄙夷的**情本体**③，所谓"《六经》皆以情教也"："《易》尊夫妇，《诗》首《关雎》，《书》序嫔虞之文，《礼》谨聘奔之别，《春秋》于姬姜之际详然言之"④。而以情为教、以情为本正和古老的巫史传统死生相依；巫史传统则以"发想"为其总体特征的宗教－祭祀之兴为主要依据⑤。有了这等质地优良的铺垫与铺陈，陈世骧影响深远的**中国文学抒情传统说**，方能从逻辑的角度上稳稳站立；站立的基础无他，正在于宗教－祭祀之兴的转世灵童——诗之兴。

作为人的内爆型延伸（物），诗之兴从情感（或曰抒情）的维

① 赵沛霖：《兴的源起》，前揭，第23页。
② 陈世骧：《中国文学的抒情传统：陈世骧古典文学论文集》，前揭，第124页、第133页。
③ 对此问题，刘小枫曾于1980年代后期用四十多万字的篇幅进行了详尽的阐释，几乎全盘否定了情本体（参阅刘小枫：《拯救与逍遥》，上海人民出版社，1988年）。
④ 龙子游：《〈情史〉叙》。
⑤ 参阅李泽厚：《己卯五说》，前揭，第156—188页。

度，将人的中枢神经系统和整个世界（亦即他人、事、物而不涉及神灵①）连结起来；人的中枢神经系统（或心）则随时无所驻心地等待着，与整个世界处于酣畅共振的状态。诗歌临盆、出生的愿望如此迫切，如此枕戈待旦，乃是因为"人禀七情"，拥有"应物斯感"的能力②。对于漫长的中国诗歌史，情感是人与世界的中介，或桥梁：这就是诗之兴的本质。有人说："兴，本是古老诗歌的一种类型"③；也有人不无极端地认为"诗言志"的实质为"诗言兴"④。都是看中了诗之兴的抒情特性，以及诗之兴在情感方向上的**矢量式延伸**。在此，兴（或滋生与创化，或诗本身）首先是体，其次是用；是诗之兴的体而非其他任何东西，导致或决定了诗之兴的用（或称器）；体用不二（而不是体用两分）是典型的中国式思维。虽然这种思维的前提，是体先用后，但这个前提却处于暗中，处于潜伏（而不是埋伏）状态，初看上去，像是没有这个前提一样。体具有先在性和优先性，强硬、绝对，但通达，还不乏温情。诗之兴（亦即滋生、创化）之所以拥有前后相续、首尾相接的两层含义，是因为诗之兴必须首先具有生"情"、化"情"、兴"情"的本体论功用，其次，才具有乐于被本体论功能掌控、驱遣的技术性之用（或器）。吕正惠对兴在中国诗歌史上的命运，有过悲观的断言："'兴'的观物方式，自《诗经》以后，只有民间歌谣和极少数的诗人（如杜甫）身上保留下来。至于一般文人传统的诗，几乎完全在

---

① 即使是兰波（Arthur Rimbaud）极力主张诗人等同于通灵者，也是无神论的意义上的通灵者（参阅兰波：《地狱一季》，王道乾译，春风文艺出版社，2000年，第29页）。

② 刘勰：《文心雕龙·明诗》。

③ 刘传新：《中国诗歌之本》，《东岳论丛》1989年第2期。

④ 参阅王一川：《从古典诗学中活移——兼谈诗言兴的现代性意义》，《文化与诗学》（第一辑），上海人民出版社，2004年，第223页。

'物色'论的笼罩之下。"① 像致歉于兴的白川静一样，吕氏也倾向于在"用"与"器"的层次上，处理或观察诗之兴，只将诗之兴看作观物、感物的方式，而不是将之从本体论的角度等**同于诗**，以至于从根本上否定了诗之兴在其后的诗歌史上具有生"情"、化"情"、兴"情"的本体论功用。吕正惠没能看出体先用后这个潜伏着的前提，只承认诸如"山丹丹花开红姣姣／香香人才长得好"（李季：《王贵与李香香》）这种观物起兴的方式，吕氏的悲观因此是必然的②。只是不知道他看到如下几行常被引用（但不一定优秀）的现代汉诗后，又该做何种断言：

> 我来到扬子江边买一把莲蓬；
>
> 手剥一层层莲衣，
>
> 看江鸥在眼前飞，
>
> 忍含着一眼悲泪——
>
> 我想着你，我想着你，阿小龙！
>
> （徐志摩：《我来到扬子江边买一把莲蓬》）

不用说，宗教－祭祀之兴乃是上古先民们的内心的外化形式，也是他们的心愿的外部造型。和宗教－祭祀之兴迈上它的转世长途遥相呼应，这一外化形式和外部造型必须声音化，亦即**感叹化**，方

---

① 吕正惠：《抒情传统与政治现实》，华中师范大学出版社，2011 年，第56 页。
② 反倒是毛泽东准确地看到了兴的本体论功用，因此，在新时代仍然需作诗用兴："诗要用形象思维，不能如散文那样直说，所以比、兴两法是不能不用的，"以此通过"形象思维的方法，反映阶级斗争与生产斗争"。（毛泽东：《毛泽东给陈毅同志谈诗的一封信》，《诗刊》1978 年第 1 期。但此信写于1965 年 7 月 21 日）

能得到充足而且最终形态的表达①。挚虞所谓的"兴者，有感之辞也"，就很务实地着眼于兴的声音化，毕竟所有言辞都是有声的；即使是拥有被动性的诗之兴，也无法否认或遗弃它自身的声音性。兴的声音化正与感叹相等同：唯有感叹，方能让内心的外化形式，让心愿的外部造型，处于真资格的完成状态之中，亦即首先经由听觉（而非视觉）被感知（即"有感之辞也"）。依今人李零之见，在古代，听觉的重要性有甚于视觉："圣是聪明的意思。古文字，圣人的圣，本来写成左耳右口，和听是同一个字，圣人是听天下之政的人，要特别聪明。……聪是耳朵灵，明是眼睛明。俗话说，眼见为实，耳听为虚，其实听比看，知道的事要多得多。古人更强调耳朵。"② 有声的感叹是物质（物理）性和精神性的统一体，是它们的双重变奏：感叹既是气流性的声波，又是被动性地"应物斯感"后主动滋生、创化出来的抒情效应，进而将人、物、事连接在一起，终将与"情"相交通。尾随宗教－祭祀之兴而来的诗之兴，必定首先是有声的。宋人郑樵说得十分精准，一语道破了诗、兴、声三者间的关系："夫诗之本在声，而声之本在兴"③；语言无论是否处于或饱和或寡淡的状态，首要特征也在于有声音存在④；而诗之兴从本体论的角度上，意味着人的抒情性和内爆型延伸。这三个方面的因素交互作用，致使诗之兴不仅是抒情的，也是有声的，因而必然

---

① 当代诗人吕约有一首长诗，题作《叹息国》（《汉诗》2016 年第 2 期），对叹息（感叹的主要形式）与家国、与人民以及与诗的关系做了很好的感叹。全诗最后一节的第一行最能说明问题："唉，这首诗也只是一声短短的叹息。"

② 李零：《丧家狗》，山西人民出版社，2007 年，第 342 页。另可参阅高明：《帛书老子校注》，中华书局，1996 年，第 139 页。

③ 郑樵：《通志·正声序论》。

④ 参阅索绪尔（Ferdinand de Saussure）：《普通语言学教程》，高名凯译，商务印书馆，1980 年，第 100—102 页。

是感叹的——滋生与创化正和感叹相等同。感叹不仅是抒情的精华，也是声音的精华，更是抒情和声音在体用不二的维度上唯一的交集。正是这一事实，致使与诗以及跟滋生、创化相等同的兴必须跟感叹生死相依，所谓"合则齐美，离则两伤"：

> 此万有之精英为地。
>
> 地之精英为水。
>
> 水之精英为草木。
>
> 草木之精英为人。
>
> 人之精英为语言。
>
> 语言之精英为《梨俱》。
>
> 《梨俱》之精英为《三曼》①。

朱自清说得很笃定："因为初民心理简单，不重思想的联系而重感觉的联系，所以'起兴'的句子与下文常是意义不相属，即是没有论理的联系，却在音韵上相连着。"② 朱氏敢于如此断言，大有可能是他不承认诗之兴对宗教-祭祀之兴有承继关系，不承认诗之兴与诗相等同这个通常情况下主动潜伏——而不是埋伏——起来的结论。朱自清的观点并无新鲜、新奇之处。大多数现代学者倾向于承认，是宋人苏辙开启了"兴涉声而不涉义"的解释方向："夫兴之为体，犹曰其意云尔，意有所触乎当时，时已去而不可知，故其

---

① 《五十奥义书》（修订本），徐梵澄译，中国社会科学出版社，1995年，第72页。依徐梵澄先生的注释，《梨俱》（Rg. Veda）、《三曼》（Aāma. Veda）皆为赞颂之词，而赞颂恰可看作感叹的组成部分。

② 朱自清：《关于兴诗的意见》，《古史辨》第三册，前揭，第684页。

类可以意推，而不可以言解也。"① 明人徐青藤正可谓苏辙的隔代知音，但又比苏辙说得更详尽、更抒情（煽情?）："诗之兴体，起句绝无意味……乐府盖取民俗之谣，正与古国风一类。今之南北东西虽殊方，而妇女、儿童、耕夫、舟子、塞曲、征吟、市歌、巷引，若所谓《竹枝词》，无不皆然。此真天机自动，触物发声，以启其下段欲写之情。"② 苏、徐二氏之言自有其精妙、精辟甚或精致之处，但仍然只在纯粹技术（亦即用、器）的层面，处理和观察诗之兴。苏辙、徐渭都承认：所谓"起也"，正是因为心对人、物、事在被动性中终有所感；但他们不愿意承认：表面上的无"义"，更可能"意味"着"意"在言外，亦即钟嵘所谓的"文已尽而意有余，兴也"③。"意有余"当然是"起也"或"有所触乎当时"滋生、创化出来的东西，亦即徐渭所谓"触物发声，以启其下段欲写之情"。而滋生与创化，正好是诗之兴的根本；作为一种至为精彩的表面现象，"兴涉声而不涉义"很容易忽悠、欺骗漫不经心的观察者。

仅从用、器或纯粹修辞 - 技术的层面看待"兴不涉义"，马上就会迈入苏、徐、朱等人中之龙自设的陷阱，直至无力自拔；如从体在用先（即本体论）的角度看待"兴不涉义"，"兴不涉义"当即就会焕发出新的气象，拥有新的气度："兴不涉义"全心全意指称的那个"义"，恰好表征着一种根本性的**元义**（meta - meaning），亦即关于意义的意义，直至意义的源头活水。诗之兴作为一种禀赋特异的内爆型延伸（物），其"特异"的"禀赋"正在于此：它从

---

① 苏辙：《栾城应诏集》卷四。
② 徐渭：《徐渭集》卷十六。
③ 钟嵘：《诗品序》。

抒情（或情感）的维度，沟通人、事、物，令物、事、人相与以和，以看似无义的声音为音响装饰，让有"心"人总是处于白川静再三称道的"发想"状态，最终，让无"义"的声音滋生、创化了有"义"的诗行与诗篇，类似于宗教－祭祀之兴在看似无"义"的"举盘牲、旋游、呼叫"的迷狂中，滋生、创化了有"义"的"神明"。对此，麦克卢汉可谓点穴精准："技术的影响不是发生在意见和观念的层面上，而是坚定不移、不可抗拒地改变人的感官比率和感知模式。"① 作为麦克卢汉意义上的特殊技术，诗之兴拥有一种潜伏着的尾随性智慧：它将宗教－祭祀之兴表面无意义（meaning）而最终滋生意义的"本领"，给奇迹般承继了下来，以至于在人与事、物相与以和的当口，改变了"人的感官比率和感知模式"，直至将"兴不涉义"之"义"修改为元义，并依靠元义滋生、创化了诗篇，让被兴发、发想起来的情得以语言化和声音化，并落实于纸面，而不仅仅处于"心中有诗"的那种原始、待生状态②。在此，元义拥有一种类于由物联网（internet of things）促发而成的"极致生产力"（extreme productivity）③，看似羸弱，实则威力无比。

有关起兴或发想的实际情形，诚斋先生说得可谓恰如其分："是物是事适然触乎我，"④ 远非郑樵认为的那样，唯有"鸟兽草木乃发兴之本"⑤。清人冯班有限度地纠正了郑樵的失误："古人比兴

---

① 麦克卢汉：《理解媒介》，前揭，第30页。
② 吕正惠对"兴不涉义"有过不太有力的批评（参阅吕正惠：《抒情传统与政治现实》，前揭，第55—56页），这主要是因为他批评的立足点依然是技术层面的。
③ 参阅杰里米·里夫金（Jeremy Rifkin）：《零边际成本社会》，赛迪研究院专家组译，中信出版社，2014年，第36—55页。
④ 杨万里：《答建康府大军库监门徐达书》。
⑤ 郑樵：《正声序论》。

都用物，至汉犹然。后人比兴都用事，至唐而盛。"① 事实上，无论两周还是汉唐，无论是宋明还是眼下，用于起兴、发想与感发的，不仅有物（即"鸟兽草木"），更有数不清的人，以及千奇百怪的事。物、事、人或单独作用于心，或以不同的比例相互混合作用于区区方寸，才有千姿百态的诗之兴出现。现代汉诗在这一点上，更是花样繁多到无所顾忌，以至于有人误以为诗之兴外在于现代汉诗，被现代汉诗所遗弃；或误以为诗之兴已经人老珠黄到令现代汉诗不屑一顾的田地。《诗经》以后的汉语诗歌（无论新旧或古典现代）用于起兴、发想的，早已不限于"鸟兽草木"所昭示的范畴；依照诗之兴的本体论特征，或本体论特性自身的脾性，其范围倾向于无所不包，更何况现代汉诗在词汇的选择上，几乎是毫无禁忌的②。作为一种禀赋卓异的内爆型延伸，诗之兴总是与声音性和抒情性的感叹联系在一起，跟气流与声波相偎依。中国历史上最有名的感叹（至少是最有名者之一），很可能为孔子临终前所发：

> 孔子病，子贡请见。孔子方负杖逍遥于门，曰："赐，汝来何其晚也？"孔子因叹，歌曰："太山坏乎！梁柱摧乎！哲人其萎乎！"因以涕下③。

从起兴、发想或内爆型延伸（物）的角度观察，"孔子病，子贡请见"可以被认作促使孔子起兴的初始性之"物"；"孔子方负杖逍遥于门，曰：'赐，汝来何其晚也？'"则可以被大而化之地当作

---

① 冯班：《钝吟杂录》卷四。
② 参阅敬文东：《指引与注视》，中国文史出版社，2001 年，第 114—120 页。
③ 《史记·孔子世家》。

促使孔子起兴的加固性之"物";声调激昂的"太山坏乎！梁柱摧乎！哲人其萎乎"，无疑是初始性之"物"伙同加固性之"物"，共同滋生出来的诗篇，共同创化出来的抒情——这就是司马迁所谓的"孔子因叹"，而且抒情的浓度之高以至于"因以涕下"。作为一种内爆型延伸，诗之兴既然等同于感叹，或必须被看作声音化的感叹，寄居于孔子临终之叹的初始性起兴之"物"与加固性起兴之"物"就可以被省略，仅代之以一个古色古香的叹词，便已足够。叹词是感叹的记号（sign），在纸面上等同于感叹：声波与气流被叹词纳于自身，并被叹词隐藏了起来。就诗之兴创化与滋生诗情、诗行、诗篇那方面来说，这个可以将诗之兴声音化的叹词，在古曰——

呜呼，

噫嘻，

噫吁嚱……

在今则曰——

啊，

哦，

呀，

唉……

感叹与诗

感叹之由来

至晚从初民时期开始，人类已经拥有感叹的能力。从民族志和人类学的角度观察，感叹极有可能是人类最早获取的本能，但似乎更应该说成最早习得的本领之一[1]——此后再不断得到强化（而非庸俗性的进化）[2]。因为未知，尤其是因为未知之物拥有的"无所不在性"（ommipresence）[3]，保罗·纽曼（Paul Newman）推测过："人类说出的第一个词很可能是否定的。"[4] 依照纽曼的天才直觉，人类最早的感叹对象，乃是陌生之物组成的未知之海。一万只初放

---

① 参阅列维-布留尔（Lucien Levy-Bruhl）：《原始思维》，丁由译，商务印书馆，1986 年，第 400-418 页。

② 参阅李泽厚：《实用理性与乐感文化》，生活·读书·新知三联书店，2008 年，第 197—200 页。

③ G. S. Kirk, *Myth*: *Its Meaning and Function in Ancient and Other Cultures*, Cambridge University Press, 1971, P. 249。

④ 保罗·纽曼：《恐怖：起源、发展和演变》，赵康等译，上海人民出版社，2005 年，第 X 页。

的眼睛也无法将它看透，一万颗未经世事的心脏也仅供用来为它跳动。所谓感叹，首先是初民们在恐惧心理支配（而非定义）下的惊诧感，恰如埃利斯·卡内提（Elias Canetti）所说："人最畏惧的是接触不熟悉的事物。"① 美国猛女卡米拉·帕格利亚（Camille Paglia）专事人类性活动研究与分析，她说得更干脆："人类生命开始于逃跑和恐惧。"② 不熟悉意味着未知，未知意味着不确定，不确定意味着处处可能都是陷阱，都是深及脖子而非仅仅与腰相齐的危险，他们因此不得不求助于宗教－祭祀之兴。对于长期跟森林打交道的原始初民，除了他们数量有限的同类③，顶多还有被他们追逐的猎物，一切都是他们不熟悉的，一切都令他们畏惧。甚至一个小小的梦境，也能把他们大大地吓坏④。但悖谬或吊诡之处刚好是：唯有"恐惧才是生存的保证"⑤。

闻一多对初民时期的语言有过极富灵感的想象："原始人最初因感情的激荡而发出有如'啊''哦''唉'或'呜呼''噫嘻'一类的声音，那便是音乐的萌芽，也是孕而未化的语言。"⑥ 诸如"啊""哦""唉"或"呜呼""噫嘻"一类叹词，是初民们在语言极不饱和（或曰极度单薄）时，采取的权宜之计——一如麦克卢汉坦陈的那样。这类叹词表征着初民们面对高深莫测之外物时的惊讶，

① 卡内提：《群众与权力》，冯文光等译，中央编译出版社，2003 年，第 1 页。
② 卡米拉·帕格利亚：《性面具》，王玫等译，内蒙古大学出版社，2003 年，第 1 页。
③ 依德斯蒙德·莫里斯（Desmond Morris）的估算，原始先民与现代人的总数之比接近于 1 比 10 万（参阅德斯蒙德·莫里斯：《人类动物园》，刘文荣译，文汇出版社，2002 年，第 2 页）。
④ 参阅拉法格（Paul Lafargue）：《思想起源论》，王子野译，三联书店，1978 年，第 121—122 页。
⑤ 刘慈欣：《三体Ⅲ：死神永生》，重庆出版社，2010 年，第 389 页。
⑥ 闻一多：《神话与诗》，上海人民出版社，2005 年，第 148 页。

就像卢梭（Jean－Jacques Rousseau）或哈维兰（W. A Haviland）认为的，即使是作为神秘之物的语言，也不过是这种激烈情感的伴生物①。但它首先相中或默认的，却是格罗塞（Ernst Grosse）的精辟之言："人类最初的乐器，无疑是嗓声。"② 不用说，彼时的嗓声尚无能力将"空气和空间塑造成言语模式"。声音性或气流性的惊讶，不过是初民们在激情洋溢中（恐惧当然是激情中的激情），对宇宙、星辰的应答，对森林、山川的唱和，只因为"山林、川谷、丘陵能出云，为风雨，见鬼怪，皆曰神"③。初民们最初听见的"天籁"（natural cry）④，因此必定是可怕的，而不是审美的，绝不有类于"不言"之"大美"。此等唱和与应答有情、有声，而无文，恰如刘勰所言："声含宫商，肇自血气。"⑤ 惊讶是我们树上的祖先对未知之海的惊悚，对陌生世界的战栗，跟肾上腺激素、心跳相连，也跟口腔、舌头和嘴唇搅合在一起——这种肉体上的三位一体早于宗教－祭祀之兴而发生，还来不及具有神学意义。在无边的惊讶中，初民们对叹词——感叹的记号——迫切而大剂量的需求，恰如 T. E. 休姆（Thomas Ernest Hulme），最早的意象派诗人，在面对加拿大大草原壮美的景色时由衷地说过的："我第一次感到诗的必须性和不可避免性。"⑥ 中国的智者们早已有言："凡音之起，由人心生也。

---

① 参阅卢梭：《论语言的起源》，洪涛译，上海人民出版社，2003 年，第 60—70 页；参阅哈维兰：《当代人类学》，王铭铭等译，上海人民出版社，1987 年，第 290 页。

② 格罗塞（Ernst Grosse）：《艺术的起源》，蔡慕晖译，商务印书馆，1987 年，第 217 页。

③ 《礼记·祭法》。

④ 参阅张隆溪：《道与逻各斯》，冯川译，江苏教育出版社，2006 年，第 4 页。

⑤ 刘勰：《文心雕龙·声律》。

⑥ 彼得·琼斯（Peter Jones）：《〈意象派诗选〉导论》，彼得·琼斯编：《意象派诗选》，裘小龙译，漓江出版社，1986 年，第 168 页。

人心之动，'物'使之然也。"① 和诗之兴一样，人之声也具有被动性，需要外"物"主动出击。初民们面对外"物"时的惊讶感，首先跟保罗·纽曼强调的恐惧心理有关；但也有可能在恐惧中，掺杂着对外物的少许惊奇，挑逗、刺激着人类化而未育（而非"孕而未化"）的好奇心。这种饱含颤抖和哆嗦神态的有声惊讶，作为感叹最初的样态、最原始的形式，就如同宗教－祭祀之兴反对"突然"之变那样，势必延续了难以被考量、被估算的岁月，尽管它在时间的流逝中，有可能因为不断现身于世，从而大大降低自己的"震惊值"（shock value）②。

　　虽然语言的源起也许永远不会有谜底③，虽然判定语言诞生于非洲，仅仅是个大胆、美好且不乏善意的猜想④，但似乎唯有语言出现后，所有可以期待、嘉许或恼人的情形，才会得到根本性的改观。有声的感叹也不可能例外，因为"有了语言，人类的思考空间就不以现实为限，可以自由地造出反事实的情况"⑤。在此，语言的实质恰好是"荷尔德林意识到的：人类拥有了最危险的东西"⑥，但这仅仅是因为语言世界虽然平行于现实世界，却能够转瞬间（或一个"瞬态化"之间），制造出众多以至于无穷个可能世界⑦。乔

<hr />

① 《礼记·乐记》。

② G. Hughes, *Swearing：A Social History of Foul Language*, *Oaths and Profanity in English*, Penguin Press, 1998, P. 193

③ 陈嘉映提出了语言起源的另一种思路，而且跟一切种类的神秘主义无关：即"信号—囫囵语—语句"理论，可供参考（参阅陈嘉映：《思远道》，福建教育出版社，2000 年，第48—50 页）。

④ 参阅朱大可：《华夏上古神系》，东方出版社，2014 年，第50—56 页。

⑤ 梅广：《释"修辞立其诚"》，《台大文史哲学报》2001 年11 月第55 期。

⑥ 参阅钟鸣：《笼子里的鸟儿与外面的俄耳甫斯》，《当代作家评论》1999 年第3 期。

⑦ 参阅 Austin, *Truth*, *Philosophical Papers*, Oxford University Press 1950, P. 121；参阅杨玉成：《奥斯汀：语言现象学与哲学》，商务印书馆，2002 年，第43 页。

治·斯坦纳（George Steiner）对掌握了语言的人类处境有过上好的推测："人类拥有了语言……就挣脱了寂静。""在先前的寂静中，人类声音收获的是回声；但在冲破寂静之后，人类的声音神奇而愤怒，神圣而亵渎。这是从动物世界的陡然割裂……"① 寂静被冲破后，或者，人从"动物世界"进驻于"人类动物园"② 之后，"反事实的情况"，还有复数的可能世界，就会逻辑性地出现③，却不是教皇诏书上的"本城和世界"（urbiet orbi）④；作为"神奇而愤怒，神圣而亵渎"的一般性结果（说"后果"也许更好），对陌生之物（主要是自然界）的感叹，必将让位于对凡间人世（即人类社会自身）的感叹；跟恐惧相伴相生的惊讶（即感叹的最初形式），必将让位于对人间事务的**慨叹**（即感叹的高级形式），恰如北征的桓温遇见多年前亲手种植的小柳树"皆已十围"时，乃"慨然曰：'木犹如此，人何以堪！'"⑤ 当此之际，"啊""哦""唉"或"呜呼""噫嘻"……也必将获取不同于初民时代的语义。作为一种看似原始的内爆型延伸，叹词不再是"最原始的歌"或"音乐的萌芽"，不再是"孕而未化的语言"，而是跟命运、凡间尘世以及心跳多方勾连的感叹。在感叹的所有形式中，慨叹很可能是最主要或最打眼的部分，拥有诸多不同质地的腰围和面容：诸如喟叹、赞叹、悲叹、

---

① 乔治·斯坦纳：《语言与沉默》，李小均译，上海人民出版社，2013 年，第 44 页。培根的有趣言辞在此可以作为参照："据说潘或山野之神专拣回声女郎厄科为妻（而不爱任何别的言语或噪音），因为只有回声才是真正的哲学，哲学忠实地翻译世界的语词……"（转引自麦克卢汉：《理解媒介》，前揭，第 81 页）

② 德斯蒙德·莫里斯：《人类动物园》，前揭，第 2 页

③ 参阅陈嘉映：《何为良好生活》，上海文艺出版社，2015 年，第 252—257 页。

④ 参阅约瑟夫·布罗茨基：《悲伤与理智》，前揭，第 45 页。

⑤ 刘义庆：《世说新语·言语》。

哀叹、伤感、惋惜、感激……不一而足①；纯粹声音性的"长啸"（还不必夸张性地"仰天"），则是慨叹的极端化，也是感叹中的醇品，所谓"心有郁结者""狭世路之阨僻，仰天衢而高蹈，邈娇俗而遗身，乃慷慨而长啸"②。就慨叹本身来说，**肯定性的面容**（比如赞叹）和**否定性的面容**（比如哀叹）二分天下；两者的和合，又构成了它的本有疆域，既不多，也不少，更不存在"部分是最多的，比全体还多出一个"（欧阳江河：《游魂的年代》第17首）这种诡异的情形。叹词不屑于装神弄鬼，虽然它有可能来自鬼神的惊吓。

感叹（尤其是慨叹）之声从初民时代起，越过漫长、悠远的岁月，被认为不增不减，未曾有过质的变化。马建忠说得非常笃定："叹字者，所以鸣心中猝然之感发，而为不及转念之声也。斯声也，人籁也，尽人所同，无间乎方言，无别乎古今，无区乎中外。乃旁考泰西，见今英法诸国之方言，上稽其罗马、希腊之古语，其叹字大抵'哑''呵''哪'之类，开口声也；而中国伊古以来，其叹字不出'呼''吁''嗟''咨'之音，闭口声也。然声有开闭之分，而所以鸣其悖发之情则同。"③ 以马氏之见，从森林中的初民到钢筋、水泥鸽子笼里的现代人，始终不变或未变的，是感叹者发出的音声；变化了的，则是随语言不断饱和而不断成长、复杂起来的世道人心，以至于世道人心最终不得不修改了感叹之声的含义——斯坦纳乐于如此暗示。

同熙熙融融的凡间人世甫一照面，涉世未深者会像初民面对神秘莫测的外物那般，不乏模样相似的惊悚心理、神色酷肖的惊讶感，

---

① 参阅郭攀：《叹词、语气词共现所标示的混分性情绪结构及其基本类型》，《语言研究》2014年第3期。

② 成公绥：《啸赋》。

③ 《马氏文通》"叹字九之七"。

还有深刻的疑惧、寡淡而腼腆的好奇。慌忙中，有可能把"啊""哦""唉""呜呼""噫嘻"……操练一个遍，哪怕仅仅是在内心里，在脑海的最深处。而在内心或脑海的最深处，有叹词的海洋，有尚待发育的感叹。经由语言的浇灌、哺育和照料，有出息、有抱负的初来乍到者几经修习，必将成为老练者、饱经沧桑者，甚或真资格的诡诈者，毕竟他们厕身其间的，是作为人情世故大讲堂——或许更应该称之为"演武堂"——的华夏大地。早在道术"已"为天下裂的时代（甚至更早），小人社会就已经跃迁为华夏大地更恰切、更根本的实质，从此再也未曾变更过，更不曾逆转过①。而"小人社会嘛，就像它的字面意思公开昭示的那样，总是板着扑克牌中的国王脸、王后脸或小丑脸，致力于阻碍每一个人接近他高尚、正派的愿望，破坏和侵蚀高贵愿望之达成的'波莉安娜假设'（Pollyanna Hypothesis），促成和呼唤小人社会的黑暗伎俩，以便完成对它自身的建设"②。按其"本意"（或"本义"），小人社会总是以它尖细悦耳的嗓音，召唤每一个刚刚上路的新手；初来乍到者如果不顺应小人社会的呼吸节律迅速成长，就只能自取灭亡，最起码也将穷愁潦倒，遭人耻笑——失败是不被允许的，也是不被同情的。因此，小人社会总是最后的胜利者，暗中决定甚或公开修改了感叹的走向。

在语言哺育下，当惊讶让位于慨叹，慨叹已经不再是少年式的疑惧，而是面对荒芜世事的百感交集，在一个猝不及防的瞬间，难以用任何像样的言辞予以恰切的表达——对光阴流逝的感叹暂且不

① 参阅敬文东：《牲人盈天下——中国文化的精神分析》，广西师范大学出版社，2011 年，第 382—391 页。
② 敬文东：《梦境以北》，台湾秀威书局，2015 年，第 11 页。

计算在内。但它终将作为鸡精（或味精），被添入因污染而味道愈加寡淡的饭菜与时蔬。此中情形，恰如清人刘鹗，鸿都百炼生，《老残游记》的作者，对人生的哭泣真相所做的生动揭示："吾人生今之时，有身世之感情，有家国之感情，有社会之感情，有种教之感情。其感情愈深者，其哭泣愈痛：此鸿都百炼生所以有《老残游记》之作也。"① 说完这些表情激越的言辞之后，鸿都百炼生（即刘鹗）放弃了"枪扎一条线"的布阵法，运用"棍打一大片"的战术，宣称古往今来一切伟大的著述无一不是哭泣：

> 《离骚》为屈大夫之哭泣，《庄子》为蒙叟之哭泣，《史记》为太史公之哭泣，《草堂诗集》为杜工部之哭泣；李后主以词哭，八大山人以画哭；王实甫寄哭泣于《西厢》，曹雪芹寄哭泣于《红楼梦》。王之言曰："别恨离愁，满肺腑难陶泄。除纸笔代喉舌，我千种想思向谁说？"曹之言曰："满纸荒唐言，一把辛酸泪；都云作者痴，谁解其中意？"名其茶曰"千芳一窟"，名其酒曰"万艳同杯"者：千芳一哭，万艳同悲也。

面对荒芜沧桑的"时事"，或者令人百感交集的"世事"，哭泣不过是慨叹的极端化（另一个极端化是狂喜）；哭泣声（"声"在此可以理解为记号）则是叹词的极端化（另一个极端化是大笑甚或狂笑）。它们"长"存于日常生活，但不"常"在，却又并非不足为训，更非师出无名。以洪都百炼生之见，那仅仅是因为"哭泣者，

---

① 刘鹗：《老残游记·自叙》。

灵性之现象也，有一分灵性即有一分哭泣，而际遇之顺逆与焉"①。让人倍觉不安的是，灵性似乎永远不成问题（真资格的疯癫患者除外）；而对于从古及今的中国人，"际遇之逆"在数量、质量以及深度与广度上，都远超"际遇之顺"。"际遇之逆"由此代替"鸟兽草木"，成为诗之兴（或"兴起之"）的主体部件，成为触发人心，让人心达致兴发状态的主力部队。这种亘古不变的现实境况，与并非白板一块的心理场域反复撕扯、磨合与谈判；其累积加叠，终于造就了一个文明古国**以哀悲为叹**的美学原则②。这个令人心上来冰，又向来不乏美学吸引力的抒情原则，这种起兴或"兴发之"的方式，几乎被后起的现代汉诗给完好地承继了下来：

> 啊。我不独身贫——心更贫，
> 贫像个太古时的
> 没有把刀斧的老百姓。
>
> （柯仲平：《这空漠的心》）

之所以有如许感叹——无论惊讶还是慨叹——存乎于人心，之所以以哀悲为叹的美学原则能大行其道，数千年来被中国读书人追捧有加，大有可能是因为沧桑世事中，"确"有大量不"确"定性在四处游荡，在伺机袭击中国人，无论他（或她）是初来乍到者，还是人生段位高不可攀的诡诈者（比如姜尚、鬼谷子或老聃，还有其他众多不便被点名者）。这一点，跟生活在树上的初民，跟惊讶时发出"啊""哦""唉""呜呼""噫嘻"一类"噪声"的树上祖

---

① 本段所引刘鹗的文字，均出自刘鹗：《老残游记·自叙》。
② 参阅钱钟书：《七级集》，生活·读书·新知三联书店，2002年，第115—132页。

先，没啥性质上的区别。那仅仅是一种因为自然"正确"（natural right），所以能够享有自然"权利"（natural right）的"事物"。而不确定性的另一个名字，顶好是神秘，最好是命运。何况世事沧桑、人生多舛，诚所谓"不如意者十之八九"；"春风得意马蹄疾"或"际遇之顺"，固然值得在兴发之后以欣喜的语调进行感叹（比如"白日放歌须纵酒"），但它在数量上的少之又少以至于无，它总是倾向于被其反面所取代的"脾"性、所替换的"癖"性，反倒更值得以发想的方式进行感叹，哭泣就是对这种哀悲境地的心理覆盖（比如"无端歌哭因长夜"）。作为对诗之兴的声音化，感叹的实质是抒情，并且是高度浓缩的抒情，拥有极强的爆发力，所谓"诗者……情动于中而形于言"①。感叹是人类在心理学上的远古遗孑，是人类在情感上进化不掉的盲肠，更是被进化法外施恩的租界——或许，这正是宗教－祭祀之兴转化为声音性的诗之兴的原因所在。李泽厚据此认定：中国传统文化和中国人一道，更倾向于"以'情'为人生的最终实在、根本"②；而对于多情之人（即刘勰所谓"人禀七情"），发自肺腑的声音性感叹，这诗之兴的声音形式，自有其分量："一声叹息，黄昏更加了苍茫。"（臧克家：《难民》）而感叹自诞生之日起，就从正反两个方面（即肯定与否定）不断得到强化（而非庸俗性的进化）。甚至在颓废、玩世那方面，也不曾真的有过例外：

> 咳　现在我一边跑一边又不跑
> 跑下去是一件多好玩的事啊一路上什么东西都在跑

---

① 《诗大序》。
② 李泽厚：《实用理性与乐感文化》，前揭，第54页。

像西北风一样呼呼喘着白气

喂 是不是要累死了？

（马松：《游戏》）

抒情传统

1949 年，山川鼎革之际，陈世骧正游学美国，无缘东返，乃在渴念中追溯中国文学批评的源头活水时，借助于瑞典人高本汉（Bernhard Karlgren）和闻一多的学术工作下结论说，《诗经》中凡三见的古"诗"字，其原始语义碰巧有三："'足'（foot）、'止'（to stop）、'之'（to go）。"① 对于这个看似唐突的结论，陈先生有过温文尔雅、从容不迫的解释："止""之"之义截然相反，类似于数学或逻辑学中的 A 和 – A，却能存乎于同一个古"诗"字②，那仅仅是因为先民们"手之舞之，足之蹈之"③ 的时候，"足"（foot）在有规律地一动（to go）一停（to stop），以至于成全了"手之舞之，足之蹈之"。足的动停相续、相依指称的，刚好是歌、诗与舞蹈暗中维系其性命所需的节拍，或节奏④。格罗塞对此有上好的建议：在初民时代，有如宗教 – 祭祀之兴一般，诗与音乐、舞蹈三位

① 陈世骧：《中国文学的抒情传统》，前揭，第 16 页。对这个结论周策纵有不同的看法（参阅周策纵：《弃园诗话》，世界图书出版公司，2014 年，第 166—168 页）。

② 关于一词多义且各义间相互反对的精彩论述，请参阅钱钟书：《管锥编》，前揭，第 1—8 页。

③ 《诗大序》。

④ 参阅张柠：《感伤时代的文学》，新星出版社，2013 年，第 132—156 页。

一体①；三者必须以"足"发出的"之"与"止"等动作为前提，听取"止"与"之"给出的声音性号令相与行动，才能让自身得到井然有序的展开与繁衍。足生发的动作/行为（即"之"与"止"）、动作/行为生成的音与声，像有节奏的战鼓，像正常状态下不为人关注的心跳，是那个三位一体的总司令，其号令不得违背。

本乎于此，王德威才可以放胆直言："'抒'（发散展延）古字同'杼'（编织形构）；'抒情'和'杼情'，兴发和蕴藉，之和止，恰恰道尽情、物、象三者相与为用的关系。"② ——"兴发"始终指向对情感的滋生与创化。虽然王德威的语气在简洁中，有过于乐观、笃定之嫌；虽然来自词源学维度上的解释，尚不能自称有病治病，无病强身，更何谈包治百病；但抒情和有规律的节奏（或节拍）是新旧汉语诗歌的根本，却是不可动摇的结论或信条③。尽管"诗歌是节奏的艺术"④，尽管对于诗歌而言，"老的节奏只是老的情绪的回响……一种新的节奏意味着一个新的思想"⑤，但此等骁勇彪悍之言强调的，还在节奏和意义生成之间的关系上；而无论是"老"还是"旧"，无论是对于"新的思想"，还是"老的情绪"，节奏都必须存在，也将必然存在——因为事情本来就是这样的。而这样的信条或结论，早已包藏于古"诗"字的原始语义，像一枚晶莹剔透的熟

---

① 参阅格罗塞：《艺术的起源》，前揭，第 156—233 页。

② 王德威：《抒情传统与中国现代性》，生活·读书·新知三联书店，2010 年，第 56 页。

③ 无论 1990 年以降现代汉语诗人在写作中如何提倡"伪叙事""客观化"，都不能抹掉诗歌的抒情特性（参阅敬文东：《指引与注视》，前揭，第 7—13 页；参阅敬文东：《诗歌在解构的日子里》，北京大学出版社，2008 年，第 43—48 页）。

④ 切斯瓦夫·米沃什（Czesław Miłosz）：《诗的见证》，黄灿然译，广西师范大学出版社，2011 年，第 33 页。

⑤ 庞德：《〈意象主义诗人（1916）〉序》，彼得·琼斯编：《意象派诗选》，前揭，第 168 页。

鸡蛋，被眼明手快的陈先生等人率先剥开了；更何况维柯（G. Vico）早已"'明'确"地"'暗'示"过："出生和本性就是一回事，"①卡尔·克劳斯（Karl Kraus）也曾笃定地断言："起源即目标。"②

或许是无神论的中国不存在古希腊号为伊西斯（Isis）一类的诗歌神祇，也就没有普鲁塔克（Plutarque）转述过的伊西斯的自负、得意之言："不曾有凡人揭开过我的面纱。"③ 很可能是有感于"萧墙"内外对新诗合法性持之以恒的质疑④，废名乃于 1930 年代中后期在北大的"新诗课"上，给他忙于赶路，却不太愿意过多直接回应质疑行为的同行加油鼓劲，顺便一举揭开了诗歌的"面纱"："我发见了一个界限，如果要做新诗，一定要这个诗是诗的内容，而写这个诗的文字要用散文的文字。以往的诗文学，无论旧诗也好，词也好，乃是散文的内容，而其所用的文字是诗的文字。我们只要有了这个诗的内容，我们就可以大胆地写我们的新诗，不受一切的束缚……我们写的是诗，我们用的文字是散文的文字，就是所谓的自由诗。"⑤ 依废名之见，新诗（或称现代汉诗）等同于自由诗，不源（或缘）于散文的文字，而源（或缘）于诗的内容——诗的内容终

---

① 维柯：《新科学》，朱光潜译，人民文学出版社，1986 年，第 12 页。

② 卡尔·克劳斯：《以我狭窄的视野》，《倾向》1994 年秋季号。

③ 参阅皮埃尔·阿多（Pierre Hadot）：《伊西斯的面纱》，张卜天译，华东师范大学出版社，2015 年，第 2 页。

④ 对新诗的质疑几乎伴随着新诗诞生到现在的全部历史。20 世纪初年，梅光迪在读过胡适初作的几首白话诗后致信胡适，予以全盘否定（参阅吴奔星等编：《胡适诗话》，四川文艺出版社，1991 年，第 108 页）；毛泽东对新诗的诟病更让人耳熟能详，甚至到了 20 世纪 90 年代，成就颇著的新诗诗人郑敏先生还著文攻击新诗存在合法性的问题（参阅郑敏：《世纪末的回顾：汉语语言的变革与中国新诗创作》，《文学评论》1993 年第 3 期）。

⑤ 废名、朱英诞：《新诗讲稿》，陈均编，北京大学出版社，2008 年，第 12—13 页。郭沫若的观点可以同废名的看法相互发明："诗的本质专在抒情，抒情的文字便不采诗形，也不失为诗。"（郭沫若：《论诗三札》，杨匡汉、刘复春编：《中国现代诗论》，花城出版社，1985 年，第 60 页）

将化散文的文字为诗的文字；"以往的诗文学"之所以也是诗，不源（或缘）于诗的内容，而源（或缘）于诗的文字（即语言或形式，比如格律、词牌或曲牌）——诗的文字终将化散文的内容为诗的内容①。这两者都涉及到节奏和节拍的秘密，像命运或命运密码那般，应和着古"诗"字遥远的词源。

对于何为诗的语言（暂时不谈诗的内容），陈世骧很早就有过一番想象："诗人操着一种另外的语言，和平常语言不同。……我们都理想着有一种言语可以代表我们的灵魂上的感觉与情绪。诗人用的语言就该是我们理想的一种。那末我们对这种语言的要求绝不只是它在字典上的意义和表面上的音韵铿锵，而是它在音调、色彩、传神、形象与所表现的构思绝对和谐。"②台湾学者周英雄从结构主义诗学处借来的一个术语，也许与诗的语言（或陈世骧所谓"另外的语言"）差堪匹配："语言的自指性"（language calling attention to itself）。这个术语的意思是："另外的语言"（或诗的语言）要求读者关注语言本身甚于关注语言传递的字面含义，亦即诗的语言大于语言自身，或溢出了语言自身③。闻一多似乎愿意从字词构成这个更根本、更本土化的角度，去看待问题："诗的语言与散文的语言之差异，在文句之有无弹性。虚字减少则弹性增加，可是弹性增加以后，则文句意义的迷离性、游移性也随之增多，换言之，就是对文字理解的准确性有所丧失。"④和陈世骧、周英雄的语言理想主义

---

① 施蛰存认为李白在写古风、歌行体时，"有时把散文句法也用到诗歌里来了"。施氏认为，唯有李白这样的大才，才可能让散文句法入古诗而免于失败。这也反证了废名的观点（施蛰存：《唐诗百话》上，陕西师范大学出版社，2014年，第133页）。

② 陈世骧：《对于诗刊的意见》，《大公报·文艺》1935年12月6日。

③ 参阅周英雄：《结构主义与中国文学》，东大图书公司，1983年，第124页。

④ 徐希平整理：《闻一多西南联大授课录》，北京出版社，2014年，第85页。

相差较远，闻氏的语言历史－现实主义暗示的是："准确性有所丧失"很可能约等于"诗的语言"之特点，反倒更能够从根子上呼应"诗无达诂"这个古老的诗学观念；是诗的文字与诗的内容，感染或同化了非诗的内容和非诗的文字，才造就了辉煌灿烂的旧诗与前程远大的新诗——这的确是个极富才情的观察，极为高明的洞见。

从逻辑秩序上——而非时间先后上——观察，戴望舒或许更有能力为废名的观点给出另外的理由，虽然从表面上看，这个理由有些秀气与柔弱，恰如戴望舒的身材，有似"纤细的下午四点"（柏桦：《以桦皮为衣的人》)，或"一个细瘦的秋天"（柏桦：《李后主》)。同样在 20 世纪 30 年代，热衷于西洋诗学好一阵子的戴望舒，更愿意反视他祖国的诗歌传统与精神；在"青鸟不传云外信，丁香空结雨中愁"编织成的感伤、凄清氛围中，构想一种既能超越时代，又能贯通古今的诗之精髓。戴望舒颇为大胆地认为，正因为有了相对不变、不惧时光磨砺，而且具有普遍持久性的诗之精髓，诗（歌）才能得以存在——无论是古典汉诗（旧诗），还是现代汉诗（新诗)①。考诸戴氏的本"义"（或本"意"），诗之精髓并不是指从诗"体"上抽取下来，或剥离开来的单独之"诗"，也不是指"诗"之要素，或柏拉图意义上的"诗"之理念。所谓诗之精髓，或许就是张枣在说"人类的诗意是一样的"② 时强调的那个"一样"。诗之精髓意味着诗意的可公度性、可直观感知性；意味着诗意经得起时光的摩擦与拿捏，有类于语言哲学中屡被称道的摹状词或特称描述语（discription），几经改写变形，却不变诗之初衷，不

---

① 参阅戴望舒：《戴望舒作品新编》，王文彬编，人民文学出版社，2009 年，第239 页。

② 参阅陈东东：《张枣：我要衔接过去一个人的梦》，《收获》2015 年第 3 期。

改诗之性情。诗之精髓一说，能将诗的内容（而非散文的内容）和诗的文字（而非散文的文字）统一起来；或者，它兼顾了内容和语言，比废名的言说更浓缩、更简练，也更能抗击来自新诗合法性方面的嘘声和质疑声。

几十年后，捷克汉学家普实克（Jaroslav Průšek）也有过类似于戴望舒那样的猜想，只不过比后者更感性、更直接。普实克倾向于以脍炙人口的作品为出发点，去讨论问题，去获取理论结果，因为作品越脍炙人口，理论结果就可能越有说服性或公信力。普实克猜测说，在白居易的《卖炭翁》中，大有可能隐藏着一个看不见，但能够被直觉所感知的**抒情基址**（basic lyrical ground – plan）。抒情基址的任务，是为全诗的主题、情感走向和诗意范畴划定界限，或给出一个大致的轮廓，类似于有军队设防的边境线。在稳固、妥当的抒情基址之上，才是一个较为完整的故事①。普实克据此猜测：是抒情基址而不是别的东西，保证了《卖炭翁》对简单故事的简单叙述不仅没有削弱诗歌本有的抒情性，亦即质朴、本分的叙事没能打扰抒情和破坏抒情，或降低抒情的浓度，反而更加"饱有"了抒情性②——这一脚踏实地而又颇富想象力的理论构拟，似乎也能运用于"三吏""三别"，以及一切看似"叙事"、甚至因叙事而看似放逐抒情的古典汉诗。蔡英俊在《诗歌与历史》一文中的论述，正可以为普实克的抒情基址一说补足血肉：

（一）尽管在古典诗歌发展的过程中确实有着"叙述"

① 以钟嵘之见，阮籍的《咏怀诗》（组诗）每首都是抒情诗，以至于"陶性灵，发幽思"（钟嵘：《诗品》），但第33首等篇通篇都在叙述却不影响抒情，就在于抒情基址的存在。

② 参阅陈国球：《结构中国文学传统》，华中师范大学出版社，2011年，第61页。

的功能以及"叙事诗"体式，但在"言志"与"抒情"的创作理念的主导下，"叙述"与"叙事诗"往往只是第二义的创作表现。（二）乐府诗与古诗所形成的"叙事诗"传统，虽然保持着"叙事"的成分与功能，但在诗歌的表现手法上并不出现或特别强调情节的铺陈与细节的描绘。（三）如就"诗史"此一概念的发展而论，其最终仍与"比兴"的手法合流，而在创作的目的上接近史学论述传统所揭示的"褒贬"与"寄托"的作用①。

　　如果不做过于迂腐的逻辑演算、过于琐碎的学理纠缠，普实克的抒情基址大体上类同于——甚至约等于——戴望舒的诗之精髓。它或潜藏于语言文字之下，或溶解于语言文字之中，是一种可以给诗之为诗奠定基础和定性的东西。诗之精髓或抒情基址就像诗歌添加剂，只要被注入任何文字与故事，那些故事与文字立马就会变而为诗，至少也能跟诗比邻而居。和诗之精髓功能相似，抒情基址也能为废名的"天启式"言说提供另一种表达形式，能将诗的内容和诗的语言统一起来。作为一个颇具包孕性的概念，诗之精髓和抒情基址不仅能将诗的内容（而非散文的内容）形式化，还能将诗的语言（而非散文的文字）内容化。最终，它能把废名既精彩，又不乏割裂开来的言说给弥合起来，就像它未曾被割裂一般。

　　陈世骧在翻译《文赋》中的"选义按部，考辞就班"一语为英文时，极富机心地译"班"为 order（即秩序）。看起来，陈世骧对柯勒律治（Samuel Taylor Coleridge）为诗下的定义深有会心，也说得上别有用心：诗 = 用最佳的秩序安置最佳的词汇（Poetry = the

———————

① 蔡英俊：《语言与意义》，华中师范大学出版社，2011年，第164页。

best words in their best order）。对此，陈世骧学术思想的研究者陈国球深有感慨："这个定义本身并非特别高深，但陈世骧再进而追问'最佳秩序'从何而来，以谁的观点来判定，所以他再从柯勒律治的文学传记第十八章找答案（Biograhia Literaria，ChapterXVIII）。柯勒律治在此非常热心地细论'秩序'的意义，指出这'秩序'来自诗人的内在力量（inner power）；诗人必须有此能力'去措置内心的经验'（to order his inner experience）。"①陈世骧（至少是翻《文赋》为英文时的陈世骧）可以作证：无论对于现代汉诗，还是古典汉诗，在"最佳的秩序"上（即"班"）"安置最佳的词汇"（即"辞"），既是诗人的基本工作，也是诗歌写作的最低伦理，大体上等同于废名所谓"诗的文字"（或被内容化了的形式）；依靠"内在力量"去"措置内心的经验"，则大体上等同于废名所谓"诗的内容"（或被形式化的内容）。在从外部遭到人、事、物的兴发或发想后，诗的内容被包孕于声音性和精神性兼具的感叹（尤其是慨叹）；或者，感叹（尤其是慨叹）就是诗的内容之核心，是它的微缩形式。这些看起来十分简单的技术指标，以及指标间按特定比例而来的相互搭配，无不指向诗的本源与实质："诗言志"和"诗缘情而绮靡"②；或指向诗之为诗正在于它以诗之精髓（或抒情基址）为根

---

① 参阅陈国球：《结构中国文学传统》，前揭，第90—91页。

② 对于"志"与"情"之间的辩证关系、历史关系，陈世骧有过精辟的判断：陈世骧所说："'诗言志'被掌控在公元1世纪左右的道德家手中，并被推向极端……从公元3世纪开始，钟摆又明显摆向相反的方向。在反驳对诗歌目的的道德主义阐释时，陆机发明新词'诗缘情'，认为诗歌生于情、为了情，取代了被滥用的'诗言志'。但是，表面上对立的这两句话的相互撞击，带来了某种新的变形（metamorphosis），与一个被某些历史学家称为中国文化转型期的历史时期相呼应。'情''志'二字的意义在互补中携手联合，以情感的目的性为基础来阐释诗歌与文学。"（陈世骧：《中国文学的抒情传统》，前揭，第30—31页）若干年后，陈世骧的追随者，台湾学者蔡英俊有过"英雄所见

底，亦即指向诗**即抒情**这个素朴，却并不简单的结论①。最终，它指向了**诗＝抒情＝感叹**（即诗之兴）这个暗中一直存活的恒等式，它跨越古今而不曾稍有变更。希尼（Seamus Heaney）断言过，包括诗歌在内的所有艺术之所以还有存在的必要性，就在于艺术能让读者"成为敏感的人"（to be sensitively human）②；所谓"敏感"，不用说，正主要（而非完全）地存乎于抒情或感叹③。

启程于甲骨文的叹词

据信，早在甲骨文中，就有叹词出没——那无疑是对"兴"字穿梭于甲骨文的绝佳呼应。殷王室对来自上天的旨意屡有感叹④，并且全盘垄断了上天的旨意⑤；《尚书》《论语》等早期汉文典籍，则给叹词提供了一大片施展拳脚的空间，一大把伸展手足的机

略同"般的看法，算得上陈氏观点的孤岛回声："魏晋以降，缘于现实哀乐之刺激，中国诗人发现了以情感为生命内容与特质的自我主体。并由对个人生命特质之肯定，建立了六朝'诗缘情'之说。汉《诗大序》所重视所强调的'志'，是本于政治教化的社会群体共同、社会公众的志意。'缘情'说则在文学的根源上建立了文学的精神特质即个人生命性质的观念。"（蔡英俊：《比兴物色与情景交融》，前揭，第30页）

① 参阅陈世骧：《中国文学的抒情传统》，前揭，第22—31页。
② 希尼：《希尼诗文集》，吴德安译，作家出版社，2000年，第3页。
③ 排斥抒情的抽象艺术的荒唐性此处无论，但可参阅敬文东：《皈依天下》，未刊稿，2012年，北京。
④ 参阅沈丹蕾：《今文〈尚书〉的语气研究》，《广西师范大学学报》2001年第3期。
⑤ 参阅敬文东：《牲人盈天下——中国文化的精神分析》，前揭，第34—35页。

会①——看起来，闻一多对叹词的猜测，确实拥有近乎天才般的气度和准确性。"叹词是用来表示说话时一种表情的声音。常独立，不必附属于词或语句；以传声为主，本身也没什么意思；"② 叹词"虽然是词类系统中最不重要的部分，却可能是起源最早的词类之一"③；"叹词就是表示感叹、招呼或应答的词"④ ……诸如此类关于叹词的言说，如斯种种对叹词的描述与算计，谨守着语法学的立场，恪守着语法学家的职业道德与操守，绝不自乱家法，原教旨主义的味道和成色十分浓厚，却不愿意将目光越过语法学的藩篱，或职业道德的屏障，以便向外窥视、打探。因此，这种种冷静的职业性言说，也就无视叹词同人心相偎依、与命运相厮守的事实，更无从顾及叹词自远古时代起就为自己认领的体温——那惹人心动、心悸、心脏为之狂跳的温度。

叹词表示的，是一种"混整性情绪义"，亦即"一种尚停留在心理上模糊、笼统的情绪性感知状态的意义"⑤。只需直观即可发现，叹词首先跟心理有关，也攸关于心理（想想树上的初民面对未知之物时的惊诧感，想想惊诧感带来的心率变迁），但首先得有可用于起兴的物与事。叹词是某人"甫"一照面于——有时更可能是"猛"一照面于——某个特殊境遇时的瞬间性心理反应，具有真切

① 比如《尚书·无逸》："周公曰：'呜呼！厥亦惟我周太王、王季克自抑畏。'"再比如《尚书·文侯之命》："呜呼！有绩予一人用绥在位。"刘淇《助字辩略》"呜呼"条："呜呼"可为"叹美之辞""伤感之辞"，或者只是叹词，"非有所赞美伤痛也。"而《论语》中的叹词可参阅安清跃《〈论语〉中的语气词》，《信阳师范学院学报》1989 年第 2 期。
② 黎锦熙：《新著国语文法》，商务印书馆，2000 年，第 21 页。
③ 郭锡良：《汉语史论集》，商务印书馆，1997 年，第 212 页。
④ 杨树森：《论象声词与叹词的差异性》，《中国语文》2006 年第 3 期。
⑤ 郭攀：《叹词、语气词共现所示的混分性情绪结构及其基本类型》，《语言研究》2014 年第 3 期。

（而非假装）的迫不及待性。感叹发源于感觉的皮肤，起于感觉的最表层、最末梢，像飔风萌发于青萍之末，但更像疾风掠过草丛，先于理智整理、打扮后方才姗姗来迟的整齐情绪，类似于婴儿因口渴大声叫嚷着喝水，情绪粗糙、散乱、不加修饰。总之，那是顺着本能的方向发出的呼叫，直接同心绪瞬时相连，呼应着心室的一张一合。涂山之女的侍从对一过、再过、三过家门而不入的大禹，伤心时发出的"候人兮猗"；夏王孔甲，禹的第十四代孙，面对受伤的义子情急之下发出的"呜呼"[①]；孔子在闻听颜渊之死时喊出的"噫"[②]；李太白面对被秦岭阻断的蜀道发出的"噫吁嚱"（李白：《蜀道难》），近人郭沫若面对再次升起的太阳发出的赞美之声"哦哦"（郭沫若《日出》）……都是一个"瞬态"间，仓促起兴而近乎本能的心理反应，但似乎更应该说成没多少道理好讲的直觉，一种起于本能、并且内在于人的内爆型延伸。所谓直觉，就是未被理智打扰或污染的感觉，常常具有无从解释的准确性和预见性。而"直觉反应的现场性和瞬间性，是叹词使用的重要动因……因为是直觉反应，所以大脑来不及仔细搜词编句，以简短的叹词代替复杂的感叹句，是更自然的选择，这也正是叹词作为替代形式的用武之地"[③]。叹词不仅是震荡着空气和树叶的呼声，不仅是感叹本身，更是对感叹之内容的浓缩，或一个复杂语句的替代物，恰如庄子所说："夫言非吹也，言者有言。"[④] 从这个既善解人意，又颇具直观性的角度出发，叹词可望越过语法学的屏障与家法，以便展示自己的体温，显示自己的用处，将"本身也没什么意思"的判词归还给判定

---

① 《吕氏春秋·音初》。
② 《论语·先进》。
③ 刘丹青：《叹词的本质——代句词》，《世界汉语教学》2011年第2期。
④ 《庄子·齐物论》。

者，直接充当兴发与发想之物，以至于诉诸听众或读者的心扉，令"知音"者既能"知"其"音"，也善"知"其"音"，亦即钱钟书所谓的"奏乐以生悲为善音，听乐以能悲为知音"①。就这样，滋生、创化于诗之兴的以哀悲为叹，其实质正暴露在钱钟书的语言枪口之下。

作为中国现代最早的语法学家，马建忠对叹词的体温感领悟甚深。他揪住叹词与人心相偎依，与人心有感于外物而起兴这个古老的事实不放，说得既鞭辟入里，又简明扼要："凡虚字以鸣心中不平者，曰叹字。""凡兹诸字，皆所以记心中之声，发于口而未言者也，而所以记心中之感，矢诸口而为声者，则唯叹字。叹字者，所以记心中不平之鸣也。"②之所以有马氏强调的"不平之鸣"，以钱钟书妙解韩愈"夫物不得其平则鸣"的高见，是因为人"弗学而能"的"七情"（亦即喜、怒、哀、惧、爱、恶、欲③），像"水汩于沙"④那般，打破了心性上本然的宁静（其实质是有感、有触于物而起兴）⑤，乃有块垒寄寓胸腔，发而为声，是为感叹（即惊讶或慨叹，但主要是慨叹）。感叹的抒情性即由胸腔而来；它是心的活动结果（"不平即鸣"）。感叹不可能是罗兰·巴尔特（Roland Barthes）称颂的零度，因为零度代表着平静和"人生而静"，不是"感于物而动"⑥；感叹必将有冷有热，因为冷热被动性地来源于外物的主动撞击，因为冷热就是"不平"，"不平"带动了声带，也启动了声带（"鸣"），但其难度显而易见。茨维塔耶娃为此而有言："我

---

① 钱钟书：《管锥编》，前揭，第946页。
② 《马氏文通》"叹字九之七"。
③ 《礼记·礼运》。
④ 李翱：《复性书》上。
⑤ 参阅钱钟书：《七缀集》，前揭，第122页。
⑥ 《礼记·乐记》。

的困难是在诗的写作中……怎样运用词语来表现呻吟：nnh，nnh，nnh……"①

被语言浇灌后的人类处境该是何等模样，麦克卢汉和乔治·斯坦纳知之甚深；在长度上难以被准确估量的岁月嫁风娶尘后，作为诗之兴的声音化（或声音化的记号），叹词也不再是闻一多所谓"孕而未化的语言"。依麦克卢汉和斯坦纳所见，如今，叹词早已和擅长表情达意，和热衷于述说世界、世情的语言打成一片，成为语言大家族的特殊组分，特殊着语言的大家族。对此，王力有过精辟的评述："情绪的呼声是表示各种情绪的。自然，极微妙的情绪绝对不是呼声所能传达；它只是表示一种大概的情绪，未竟之处是须待下文整句的话来说明的。"② 诚如王先生所言，感叹不早不晚，不前不后，正好生发于心理（或心智）上某个、某些个有感于物而猝不及防的时刻；紧随叹词蜿蜒而至的语句，则是对感叹的理性详解，是对直觉的理性介入和干预，也是对情绪的装饰、整理与修剪，但又必须同感叹两相匹配，与叹词互相致意，默契、和谐，而且心照不宣。《离骚》中每一个带"兮"的诗行，都是值得分析的好例子：

> 纷吾既有此内美兮，又重之以修能。
> 扈江离与辟芷兮，纫秋兰以为佩。
> 汩余若将不及兮，恐年岁之不吾与……

至少从表面上看，或者，从后起的语法学角度观察，此时此地的"兮"已经够不上叹词；按近人杨树达的观点，"兮"乃"语末

---

① 转引自王家新：《黄昏或黎明的诗人》，花城出版社，2015年，第9页。
② 王力：《中国现代语法》，商务印书馆，2000年，第326页。

助词，无义"①，因为它被屈大夫依楚国认可的语法要求置于句尾②，就像有人错误地认为"兴涉声而不涉义"。以现代语法学者的眼光观察，"兮"在"泥鳅鳝鱼一般齐"③的诗句中，"不做任何句法成分，不与句子中的其他成分发生任何关系，仅表示某种语气，是属于句子层面上的一个语用成分。"④ 但闻一多灵感丰沛的学术工作，却足以改变这一看似无从变更的论断。这得力于闻先生的诗人本性；他像马建忠一般，念念不忘"兮"与心跳相厮守、与命运相依偎、与人心有感于物而起兴这个古老的事实。闻一多认为："古书往往用'猗'或'我'代替兮字，可知三字声音原来相同，其实只是啊的若干不同的写法而已。……严格地讲，只有带这类感叹虚字的句子，及由同样句子组成的篇章，才合乎最原始的歌的性质。因为，按句法发展的程序说，带感叹字的句子，应当是由那感叹字滋长出来的。借最习见的兮字句为例，在纯粹理论上，我们必须说最初是一个感叹字'兮'，然后在前面加实字，由加一字……递增至大概最多不过十字……感叹字是情绪的发泄，实字是情绪的形容、分析与解释。前者是冲动的，后者是理智的。由冲动的发泄情绪，到理智的形容、分析、解释情绪，歌者是由主观转入了客观的地位……感叹字必须发生在实字之前，如此的明显，后人乃称歌中最主要的感叹字'兮'为语助，语尾，真是车子放在马前面了。"⑤ 依这等"路见不平拔刀相助"的侠客之见，上引《离骚》中的"兮"，不过是语词卧底而已：它像无名英雄，像潜入国民党心脏处

① 杨树达：《词诠》，中华书局，1979 年，第 172 页。
② 马建忠认为，"叹字既感情而发，故无定位之可拘。在句首者其常，在句中者亦有之，句终者不概见焉。"（《马氏文通》"叹字九之七"）
③ 老威：《底层访谈录》，长江文艺出版社，2000 年，第 373 页。
④ 翟燕：《清代北方话语气词研究》，山东大学出版社，2013 年，第 1 页。
⑤ 闻一多：《神话与诗》，前揭，第 149 页。

的共产党人，以语气词的公开身份甘居人后，只是为了掩护或隐藏自己暗中居于人前的叹词真面目，以便为可公度的诗意传递它需要的情报，送上它喜欢的秋波。因此，上引那几行诗大体上可以做如是解——

> 啊，我的内部既有了这样的美质，
> 我的外部又加以美好的装扮。
> 啊，我把藤芜和白芷都折取了来，
> 和秋兰纽结着做成了个花环。
> 啊，我匆忙得就像是在赶路一般，
> 怕的是如箭的光阴弃我飞掉……①

此处依闻一多之见，将"兮"（即"啊"）置于句前，以便符合闻先生心目中"兮"的原始功能与真相，以免于诸如"车轮放在马前面"一类的低级失误②。从纯粹句法构成上来说，是心有触于物、事而来的"兮"滋生或创化了"兮"后面的所抒之情，直至诗行、诗篇现身于世；所抒之情因为有"兮"存在，才有了可生长性，并且可生长性总是与"兮"两相匹配。在这个问题上，吕叔湘可谓闻一多的知音："感叹词就是独立的语气词，我们感情激动时，感叹之声先脱口而出，以后才继以说明的语句。后面所说的语句或为上文所说的感叹句，或为其他句式，但后者用在此处必然带有浓

---

① 译文采自郭沫若，"啊"字为本文作者所添。参阅郭沫若：《郭沫若全集》文学编第五卷，人民文学出版社，1984 年，第 308 页。
② 关于"兮"的历史变迁，请参阅苏慧霜：《二南、楚歌、乐府——楚地南音探微》，《励耘学刊》2011 年第 2 辑，第 58—80 页。

郁的情感。"① 吕氏所谓的"情绪激动",正是韩愈宣称的"物不得其平则鸣",但它能滋生或创化在情绪方面恰如其分的语句。所谓恰如其分的语句,刚好是感叹声的延续,像是它错落有致的回声——但肯定不是乔治·斯坦纳所谓的动物性回声。在此,感叹对抒情、诗行与诗篇的滋生和创化作用,正与宗教 - 祭祀之兴的转世灵童相等同。而郭沫若《日出》一诗中的"哦哦",和《离骚》中的"兮"性质相等,也专为滋生与创化的功能而设,更是为了用"实字"构成"情绪的形容、分析与解释",变闻一多所谓"冲动的"为"理智的"。但归根结底,是为了引出与自己门当户对、两小无猜般的强烈情感②:

> 哦哦,环天都是火云!
> 好像是赤的游龙,赤的狮子,赤的鲸鱼,赤的象,赤
> 　的犀。
> 你们可都是亚波罗底前驱?

　　无论古典汉诗还是现代汉诗,都是人有感于外物、外事后,向人间尘世设疑、发问。其目的,不外乎歌咏宇宙山川,抒发对人情物理的情与义。因此,包孕于感叹之中的"诗的内容",有理由更

---

① 吕叔湘:《中国文法要略》,辽宁教育出版社,2002 年,第 317 页。

② 语言学家刘丹青对此有过很准确的表述,不过,他是从纯粹语言学层面上说的:"叹词在词类系统中与代词的属性最相近,是进入了词类库藏的句子。其所能代替的句子有陈述句、疑问句、祈使句、感叹句等各种句类。感叹只反映叹词所代句子中的一类,它甚至可能不是主要的类。"(刘丹青:《叹词的本质——代句词》,《世界汉语教学》2011 年第 2 期)"叹词的实质是代句词,代替句子、小句或有话语标记功能的简短小句;叹词的语义就像实词中的代词一样,相对空灵;至于它的功能,就是其所代句子的交际功能、语用功能。"(刘丹青:《实词的叹词化和叹词的去叹词化》,《汉语学习》2012 年第 3 期)

倾向于"说明的语句",或具有"说明"能力的"下文整句"——很难想象诗仅仅由单音节或双音节的叹词构成。但"下文整句"或"说明的语句"必须既包含"情绪的呼声"（王力），也应当包含"感叹之声"（吕叔湘）。它们是等同于诗之兴的发想创化或滋生出来的，是叹词的儿女，也是与叹词恰相般配的回声。在这里，既无下嫁的情事存在，也无高攀的行为发生。权臣和珅奉恩旨自缢之前，仰首观天，俯首视地，叹气说："我是个痴人。"① 虽掩藏了叹词，却掩藏不了慨叹。唯有饱经世事沧桑的人，才会在面对山河大地时眼睛湿润却不哽咽地说："唉，三川四野，一叹而已。"② "一叹"既支持了"唉"，也呼应了"唉"的滋生与创化能力，但条件是：存在着可以用作发想、起兴的"三川四野"，以及皇天后土。感叹与心相偎依，它的实质是抒情；而诗本身就是抒情的代名词。因此，**由诗之兴引发的感叹必将是诗的实质，是诗之精髓或抒情基址③**。叹词是感叹的代码或记号，叹词因此顺理成章地是诗与抒情的象征，**是诗之为诗的根底所在，也是诗之精髓或抒情基址的微缩形式④**。它像一个没有重量与体积的质点，依靠特有的创化与滋生作用，能开出或汪洋恣肆，或云淡风清，或回环往复的诗意，像它从古至今不曾改变的音声（无论是马建忠所谓的开口呼还是闭口呼），为人间提供可公度的诗意，对抗着时间的磨砺与拿捏。因此，才有阮籍为诗歌构筑的一般性造型："登武牢山，望京邑而叹，于是赋

---

① 参阅缪荃孙：《艺风堂杂钞》卷三，和致斋相国事辑。

② 简繁：《沧海之后》，人民文学出版社，2015 年，第 495 页。

③ 此处需要解释的是：说感叹等同于兴，是就兴的本体论角度观察所得；说感叹得之于兴，是就兴的器、用层次观察所得。

④ 王敖对郭沫若早期诗歌中呼语法（apostrophe）的精彩分析可以为本文此处的结论作证（参阅王敖：《抒情与翻译之间的呼语——重读早期郭沫若》，《新诗评论》2015 年第 1 期）。

《豪杰诗》。"①

依张枣之见，卞之琳写于1935年的名作《圆宝盒》，可以被当作元诗（meta - poetry）来看待，并暗中呼应了元义②。而"在希腊语中，meta（'元'）既指'在……之外或之后'（类似拉丁语中的 post），又指地点或性质的改变（与拉丁语中的 trans 相关），即运输和（或）超越，如 metaphor（隐喻）一语的词根所见。"③ 青年卞之琳凭靠出色的直觉，弄懂了 meta 兼具的 post 和 trans 之意，以至于能够一语道破诗的谜底：它就是圆宝盒，来自看似遥远，却近在眼前的"天河"。圆宝盒除了能装进"全世界的色相"，还能装进"你昨夜的叹气"。在《圆宝盒》中，"全世界的色相"和"你昨夜的叹气"处于并列、平行的关系中。尽管从体量上看，"全世界的色相"似乎远大于"你昨夜的叹气"；但平行、并列关系更愿意暗示和支持的是："叹气"如果不比"全世界的色相"更重要，起码也应当同等重要。作为一首关于诗的诗（即元诗），《圆宝盒》只有突出"叹气"，或让"叹气"与"全世界的色相"居于同等位置，才算摸准了诗的实质和内里。相对于诗的功能，"全世界的色相"被纳入其间原本不在话下；叹气却能突出感叹的气流特性，还额外支持了元义发挥其功能。气流特性被当作感叹的指代、表情或外貌，是因为它公开示人的直观性类似于初民们用"头"指代"人"，因为在森林中，初民们只能看见别人的头，身体的其余部分则被树木给遮住了④。卞之琳的暗示在此极为重要：叹气

---

① 《晋书·阮籍传》。

② 参阅张枣：《朝向语言风景的危险旅行》，《上海文学》2001年第1期。

③ 爱德华·索亚（Edward W. Soja）：《第三空间》，陆扬译，上海教育出版社，2005，第41页。

④ 参阅维柯：《新科学》，前揭，第182页。

在以其看不见却不绝如缕的气息，支撑着感叹（即诗，即诗之兴）的大厦，类似于戴望舒所谓的诗之精髓，或普实克所谓的抒情基址。

但无论在古典汉诗中，还是在现代汉诗中，叹词出现的频率都不高，甚至连偶尔抛头露脸的机会都不太多[①]。秦汉以后的古典汉诗基本上没有叹词出现，就像有人认为诗之兴早已消失于漫长的中国诗歌史，更不用说存乎于现代汉诗。闻一多对此有极为准确、具体的解说："'兮'字在《楚辞》里可说是虚词的总代表，它的用法是半省半不省的办法。就整个文学史眼光来看，这种用法出现在由古诗进步到汉魏诗的过渡时期，就是说它处于将虚字逐步减少的半途中。"[②] 闻先生尚未说出，或来不及说出的内容可能是：当由"半途"达致全程结束，诸如"兮"一类的叹词也就完全从古典汉诗中退出来了。以近人朱谦之的看法，"到了孟子时代，音乐界上起了一个顶大的变动，就是重在器乐而不重歌乐，于是《诗经》也渐渐成为纸上的文章了；所以看了全部《孟子》，除了把诗句附会王道，实在没有一回讲到诗的音乐的。"[③] 郑樵也有上好的言说："古之诗曰歌行，后之诗曰近古二体。歌行主声，二体主文。诗为文也，不为声也。"[④] 和叹词从诗中退出一样，歌、诗分途的情形看上去也将

---

① 此种情形也存乎于英国文学。戴维·洛奇（David Lodge）写信安慰自己病重的导师弗兰克·克莫德（Frank Kermode），后者在回信中写道："这个消息，哎呀，是真的。为应付中学文凭考试，我读《日升之处》时，得知在金莱克的时代，已经没有人再说'哎呀'了，但有时候，只作为一个叹息声，它还是管用的。"（戴维·洛奇：《写作人生》，河南大学出版社，2015年，金晓宇译，第164页）

② 徐希平整理：《闻一多西南联大授课录》，前揭，第84页。

③ 朱谦之：《中国音乐文学史》，上海人民出版社，2006年，第125—126页。

④ 郑樵：《通志·正声序论》。

不利于诗的发展①，却对兴与感叹是诗的实质一说并不构成威胁，反倒让诗在失去外在的音乐靠山后，更需仰赖内部的感叹特质，依靠作为内爆型延伸的诗之兴。袁枚说得既笃定，又专断："须知有性情，便有格律，格律不在性情外。"② 所谓性情，不过是与诗之兴相碰撞后充当感叹的缘起；所谓感叹，不过以隐藏的方式，存乎于诗行之内，不需要时刻仰仗叹词的身段。它像浓淡不一的药水，把构成诗篇的每一行诗，把构成诗行的每一个汉字，甚至组成每个汉字的偏旁部首，都事先浸泡过，然后风干备用③。对于诗这个古老而新兴的文类来说，叹词的精神无处不在，它并不在乎是否亲自现身。因此，兴的精神无处不在，兴的元义无处不在，以至于研究现代汉诗的学者误以为诗之兴早已从现代汉诗中出走，竟至于不知所终。

关于叹词被隐藏，却能随时显露其精神与容貌的证据，可以来自类似于语言哲学上的改写。这种改写有可能破坏诗在形式上必须恪守的家法与章程（尤其是"近古二体"），却并不会让有感于物而来的诗意增加一分，或减少一毫。比如：可以将"生年不满百，常怀千岁忧；昼短夜苦长，何不秉烛游"改写为："生年不满百，唉，常怀千岁忧；昼短夜苦长，唉，何不秉烛游？"④ 也能够将"种子！

---

① 词（即长短句）的出现曾扭转过这一局面，但终究拗不过歌、诗分途的大势（参阅龚鹏程：《文学批评的视野》，华中师范大学出版社，2011 年，第 13—16 页）

② 袁枚：《随园诗话》卷一。

③ 这跟中国古典诗歌在形式上的格式化要求有很大的关系，汉以后尤其是齐梁之际对平仄关系的发现，更让古典汉诗从形式上未能给叹词留下位置，像梁鸿的《五噫歌》那样的诗篇极为罕见（参阅龚鹏程：《文学批评的视野》，前揭，第 3—16 页）

④ 刘丹青对吕叔湘断定叹词只能出现在实义句之前持有异议，也不同意马建忠叹词只可以出现在句前和句中。他认为，"叹词在句子的前、中、后都可以出现。"（刘丹青：《叹词的本质——代句词》，《世界汉语教学》2011 年第 2 期）

种子！/一次次推迟的青春的种子！"（柏桦：《种子》）改写为："啊，种子！种子！/一次次推迟的青春的种子！"[1] 有了这等质地优异的隐身衣或保护色，叹词只需在它认为必须出现的时候，或在许多人误以为它跟诗意没什么关系的时候，才会像江青女士期许的那样"偶尔露峥嵘"：

　　　　陟彼北芒兮，噫！

　　　　顾瞻帝京兮，噫！

　　　　宫阙崔巍兮，噫！

　　　　民之劬劳兮，噫！

　　　　辽辽未央兮，噫！

　　　　　　　　　　　　　　（梁鸿：《五噫歌》）

---

① 台湾学者李翠瑛从修辞学角度认为叹词较少出现于现代汉诗的"原因在于语汇的发展与技巧的丰富使得语言的表达有更多的选择，有更多的可能性与更多的写作技巧，感叹修辞格的使用成为一段历史，虽然它也曾经担任过重要的情感表达的地位"（李翠瑛：《流动的语词——从"感叹修辞"到诗歌语言之创新与变化》，首都师范大学诗歌研究中心等：《纪念新诗诞生百年·新诗形式建设学术研讨会论文集》，2015 年 10 月 30 日—11 月 2 日，北京卧佛寺，第 196 页）。不过，本文谈论的叹词并不是修辞学意义上的叹词，它是本体论的。

诗与叹词

经验与形式

早在新诗（或称现代汉诗）草创胎动之际，同胡适一道留学美国的梅光迪，就曾讽刺过胡适首倡的白话诗："所谓白话诗者，纯拾自由诗（verslibre）之余唾。而自由诗与形象主义（今译意象主义——引者注），亦堕落派之两支，乃倡之者数典忘祖，自矜创造。亦大欺国人矣。"① 梅氏还曾专门写信挖苦胡适："读大作如儿时听《莲花落》，真所谓革尽古今中外诗人之命者！"他本着**旧诗心理**（或称**旧诗情结**）的基本精神告诫胡适："文章体裁不同，小说词曲固可用白话，诗文则不可。"② 梅光迪为维护国语和旧诗的尊严下手狠辣，初看上去招招致命，细察之下，却并没有他念想中的步步见血③。情

---

① 梅光迪：《评提倡新文化者》，《中国新文学大系·文学争论集》，良友图书印刷公司，1935 年，第 129 页。

② 转引自吴奔星等编：《胡适诗话》，前揭，第 108 页。

③ 参阅潘颂德：《中国现代新诗理论批评史》，学林出版社，2002 年，第 25—27 页。

况一如梅光迪指斥的那样，新诗（白话诗）确实从形式与媒介上，双双取代或背叛了古典汉诗。出现这等不幸局面的原因之一，恰如梅光迪的对手兼老友胡适所言：在寻找诗之精髓和抒情基址时，在追捧以哀悲为叹的美学原则之际，旧诗更愿意秉承古叹词"呜呼"倡导的基本精神，更乐于遵循或尾随"兮"塑造的情绪范型，习惯于"对落日而思暮年，对秋风而思零落，春来则唯恐其速去，花发又唯惧其早谢：此亡国之音也"①。一向平易的胡适此番把话说得不可谓不严重，但就古典汉诗本身的命运，或诗在现代中国的生死存亡而论，却未必跟实情毫不沾边②。

叹词的被格式化，感叹的被类型化，诗之兴在器、用层面上的被平面化，确实是旧诗行之久远、难以磨灭的特色；虽然诗之精髓和抒情基址至晚自《诗经》起就一直存在（《古诗源》辑录的早于《诗经》的散句暂且不计算在内），但大体上都被认为是固有的，甚或是较为固定的，而在形式和主题上，也似乎早早就被开发殆尽了③。闻一多据此认为，宋以后的古典汉诗纯属多余："明清两代关于诗的那许多运动和争论，都是无谓的挣扎。每一度挣扎的失败，无非重新证实一遍那挣扎的徒劳无益而已。"④ 几十年后，诗人西渡经过一番思忖和谋划，也有过较为愤激的指斥："对'具有特殊规

---

① 胡适：《寄陈独秀》，《中国新文学大系·理论建设集》，前揭，第39页。

② 在胡适说这话差不多二十年后，抗战时期的闻一多对旧诗有更苛刻的指责："旧诗，就是死文学，对今天求生存的抗日战争不但无用，而且有害……在今天抗日战争时期，谁若热心提倡写旧诗，他就是准备做汉奸！汪精卫、郑孝胥、黄秋岳，哪一个不是写旧诗的赫赫名家？"（徐希平整理：《闻一多西南联大授课录》，前揭，第3页）

③ 参阅吕正惠：《抒情传统与政治现实》，华中师范大学出版社，2011年，第29页。

④ 闻一多：《神话与诗》，前揭，第165页。

格的语言和文体'的极端偏好在长达几千年的重复强调中最终把中国文学变成了一个封闭的修辞系统。"① 即使在 20 世纪初年身居车水马龙、五光十色的美国，胡先骕作诗、填词时，也禁不住受制于"封闭的修辞系统"，臣服于"呜呼"与"兮"滋生、创化的情绪范型，记忆性或习惯性地使用诗之兴支持的兴发方式，炮制出了"荧荧夜灯如豆""袅袅余音，片时犹绕柱"一类很古意盎然，很古旧中国的句子②。但这等风范实在怪不得旧诗，也算不上旧诗的错，更不能为此责备胡先骕。因为这一切，与农耕中国数千年来缺少变化的生活节奏相关，和程式化的生命节律相呼应；旧诗中或饱满或相对干瘪的感叹，或显露或隐藏的叹词，还有起兴的方式，数千年来，与农耕中国恰成绝配，具有强大的惯性和美学吸引力，以至于古典汉诗自宋代以后，屡屡重复，难觅新路，但也好像无须乎新路。在梅光迪、胡先骕等人抱持不放的旧诗情结（亦即旧诗心理）中，诸如"呜呼""兮""噫嘻"一类古老的叹词，更乐于对新诗仰赖的"啊""呀""哦"进行监控，满含着敌意（关于"啊""呀"等词在新诗中取代"兮"等叹词的详论见下）；新诗或后进的叹词从一开始，就得到了诸如此类程度不等的监控。监控的力量不来自其他地方，正来自萧墙之内。

无论是从逻辑的角度观察，还是就事实的层面放眼远望，"新诗的出现自有其必然性。随着'天下'格局和'天干地支'的计时方式被彻底打破，可以用固定格式（比如律诗、绝句和词）进行书写的情感、可以用有限词汇进行吸纳与包裹的经验被强行修改，和

---

① 西渡：《废名新诗理论探赜》，《新诗评论》2005 年第 2 期。

② 胡适对此批评说："此词在美国所作，其夜灯绝不'荧荧如豆'，其居室尤无'柱'可绕也。"（胡适：《文学改良刍议》，《新青年》1917 年第 1 期）

'天下'格局、'天干地支'相匹配的格律化、古风化的情感与经验，也开始大幅度隐退；而新的经验和面对新经验产生的新的灵魂反应，却开始大规模出现，古诗被其他形式的诗歌样态所替代就是必然的事情，除非古诗能表达新的情感方式和经验——至少'诗界革命'已经证明古诗并不具备这样的能力。"① 用不着怀疑，新诗之所以视新晋的叹词（比如"啊"）为腹心，乃是"天下"和"天干地支"被"世界""世纪"取代后，中国人在文学上的战略性选择；新诗是中国文学现代性的样态之一，呼应了 1840 年以来中国人对现代性的巴望情绪——虽然不乏来自身心深处的刺痛。新一代中国人背靠新晋的叹词，将目光投向域外，为中国文学寻找与时代要求相般配的现代转向（modernity turn）；当此之际，或许他们当真是正确的：唯有外部的力量（比如自由诗即 verslibre），方能激发现代叹词（再比如"啊"）的生殖创化功能，才能让现代叹词怀孕、生产，以延续古老的诗之兴，以求得不同于"荧荧夜灯如豆"的现代体验。正是在这种逻辑样态中，幼嫩的新诗，还有同样稚嫩的叹词（比如郭沫若很有些虚张声势的"哦哦"），找到了对旧诗情结进行反击的后坐力；此中情形，恰如李金发在新诗草创胎动之年，在颤颤巍巍、欲言又止中，吐出的狠话和硬话：新诗"或使多少人不满意，但这不要紧，苟能表现一切……"②

　　和 20 世纪初期所有的文化保守主义者相同，梅光迪等人受制于"呜呼"和"兮"的古老精神，臣服于它们古意盎然的滋生、创化能力，不承认在诗和白话间，存在通约的可能性，也不相信诗之兴

①　敬文东：《用文字抵抗现实》，昆仑出版社，2013 年，第 173 页。
②　李金发：《〈微雨〉·导言》，北新书局，1925 年，第 1 页。

在性质上，拥有古今不变的可能性①。他们更不愿意相信，叹词作为诗之精髓和抒情基址的象征，诗之兴或感叹作为抒情基址和诗之精髓的浓缩形式，并没有被取消、被消融，也未曾因白话与新诗缔结秦晋之好而失效，反倒因为新晋的叹词引发了情感范型上的现代转换，更有能力将前所未有的新经验置入语言空间，用以表达"天下"主义的中国（或"天干地支"的中国）不曾有过的情、事、物。梅光迪们不愿意相信，诗不过是换了一种姿势，或换了一副面孔，继续同汉语长相厮守；诗意并没有质的变更，只是业务（即表现）范围扩大了，溢出了旧诗曾经苦苦守护的疆界，作为内爆型延伸的诗之兴顶多变得更为隐蔽。在"天下"格局破产后，旧诗和"呜呼""兮"不能表达的情感内容与范式，可以通过源自域外的自由诗（新诗）和后起的"啊""唉""哦""呀"……得到承载与呈现；由现代性定义过的新经验（尤其是从旧诗的角度看上去诗意寡淡、好生琐碎的经验），能被现代汉诗完好地吸纳，花样繁多到足以与现代经验的多样性旗鼓相当的程度②。作为诗之兴的声音化，作为声音化的记号，"呜呼"们是它的古旧形式，"啊"们则是它的现代面容。对此，王德威有过准确的观察："卞之琳和何其芳遥拟晚唐颓废风格的诗歌实验……梁宗岱在象征主义和古典中国'兴'的观念的影响下，对'纯诗'的提倡……"③ 都既是对诗之精髓和抒情基址跨越古今的赓续与呼应，也是对现代经验这个新娘子（或

---

① 参阅吴奔星等编：《胡适诗话》，前揭，第108页。

② 胡适在举过他自己的《〈应该〉》一诗中的片段后紧接着说："这首诗的意思神情都是旧体诗所达不出的。别的不消说、但说'他也许爱我，——也许还爱我'这十个字的几层意思、可是旧体诗能表得出的吗？"（胡适：《谈新诗》，《星期评论》"双十节纪念号"第五张，1919年）胡适这个例子也许能说明本文意欲说明的问题。

③ 王德威：《抒情传统与中国现代性》，前揭，第36页。

新郎官）的实验性处理，或战略性打发；那些看上去"大欺国人"的"数典忘祖"者，并没有因新娘（或新郎）西来，竟然忘记了戴望舒长久凝视过的自家传统。他们更愿意相信：诗之精髓和抒情基址既存乎于漫长的古典传统，也伏匿于现代汉诗自诞生以来的短暂经历，而且都被感叹或叹词所表征。相较于胡先骕 20 世纪初年在美国的书写，萧开愚 21 世纪初年在柏林遥承古典汉诗传统的新诗写作，或许显得既有趣，又富于象征意义：

> 哀哉流萤！惹出这一长串地震。
> 我们泰半仍在大营，嫣然地颓废，
> 风月摇曳精神。彩鸟儿倒拽天空，
> 来报佳音，垂枝乃是春困的慧根。

（萧开愚：《1979 年，我的一场对话》）

"兮"与"呜呼"新解？

出于对意象（image）这个新鲜事物的过于迷恋，美国的意象派诗人更愿意相信：诗歌的"外貌"（或形象）跟印刷术无关，跟叹词和感叹无关，甚至在散文和诗之间，并无"截然分明的界限"[①]；诗只需捉住几个具有视觉冲击力的意象，只需它们门当户对、郎才女貌般婚配在一起，就足够了。与意象派诸君子的看法相反，罗吉·福勒（Roger Fowler）更倾向于相信：物质性的印刷术并不绝对

---

① 庞德：《〈意象主义诗人（1916）〉序》，彼得·琼斯编：《意象派诗选》，前揭，第 165 页。

或必然外在于精神性的诗；在印刷方式与诗的形象（或"外貌"）之间，至少有互相暗示、相互指认，亦即彼此心照不宣的关系存在。福勒由是畅言：和古人对声律音韵的依赖不同，现代人"已经惯于阅读印在纸上的诗歌，因此甚至印刷方式也具有表现韵律的功能，这就是'视韵'产生的原因"①。"视韵"在此是个好概念，既具有形象性和概括性，还能暗示很多跟诗歌有关的东西。众所周知，现代汉诗和近代书报业一同兴起②，它在歌、诗分途的道路上进一步加剧后，从一开始，就是混合了视觉和听觉的**杂交艺术**③：眼睛紧盯着排列在纸张上的诗行，内心却自动响起了诗行发出的声音；无声之声则被深埋于内心的耳朵从旁候了个正着——这与被吟唱着的歌行是较为纯粹的听觉艺术迥然有别。杂交艺术意味着，只有眼睛和耳朵同时工作，平摊责任，以至于共尽义务，才能把握某首诗作的实质，才能理解叹词（或诗之兴）及其无所不在的隐蔽精神给出的教诲，才能对诗作的气流特征有所感知。所谓平摊责任，就是视觉有意识地与听觉混合、交融；所谓共尽义务，就是听觉与视觉有意识地彼此倾"听"，重"视"对方之所得，分享对方之所得。除此之外，视韵还乐于继续暗示：诗行与诗行间的排列关系（即印刷方式），首先是视觉的（"视"，"文"），但也必须同时是听觉的

---

① 罗吉·福勒：《现代西方文学批评术语词典》，袁德成译，四川人民出版社，1987年，第113页。

② 参阅姜涛：《"新诗集"与中国新诗的诞生》，北京大学出版社，2005年，第30—39页。

③ 简政珍在提到汪启疆的诗句"美如纤细的雪花落入大片的白"后所做的分析，颇能说明此处的问题。他说："这首诗照台湾诗集一般的习惯，是垂直排列，因而诗中'雪花落入'就有从上落下的感觉。再者，'白'隔了好几格后在最下方，显示雪花落到地上。"（简政珍：《现代诗分行与思绪、转喻的对应关系》，首都师范大学诗歌研究中心等：《纪念新诗诞生百年·新诗形式建设学术研讨会论文集》，2015年10月30日—11月2日，北京卧佛山庄，第50页）

（"韵"，"声"）。所谓排列关系，很可能就是柯勒律治认为（或倡导）的那样，在最佳的秩序上，安置最佳的语词，并从印刷形式上，体现秩序和词汇之间的恰切关系，怂恿两者间的比例朝近乎完美的方向迈进。因此，排列关系（亦即印刷方式）最终表征的，大有可能是对声音和诗意的调控，是对叹词（诗之兴）及其隐蔽精神的具象化；或者，抒情基址和诗之精髓正部分性地存乎于排列关系中，在视觉和听觉处同时得到展现。

诸如"兮"和"呜呼"一类远古时期的叹词，与结构精致、气质庄重的文言体系相呼应，被认为更适于表达典雅庄重，而非俚俗直白的内容①。它们常出没于秦汉以前的古典诗歌，是旧诗情结（或旧诗心理）的根基之所在，由它们滋生、创化的，则是和农耕时代相般配的情感范型，不太可能过多混迹于 20 世纪以来的现代汉诗。虽然从性质上说，现代汉诗和古典汉诗对诗之兴的声音化要求并无二致，但毕竟在发声方式上，依然存在着轻微的古今之别。这是不是因为"呜呼"和"兮"跟古汉语靠得更近，与文言表达系统早已结成同伙、同盟和朋党的关系，从而对现代汉语（白话）产生了较强的排异功能所致？"呜呼"和"兮"真的会像好女不事二夫那样，对文言体系从一而终吗？语词自有其命运，自有它运行的轨迹和规律，远非人力所能控制；不同的表述系统（比如文言系统与白话或称口语系统)②，似乎很难互换各自的成员为其他系统效力，或被其他系统所驱遣。而作为"眼睛偶像"（Eyes Idols)③ 的直接产物，"视韵"中"视"（"文"）的那部分，有可能等同于闻一多

---

① 参阅孙锡信：《近代汉语语气词》，语文出版社，1999 年，第 4—20 页。
② 参阅高友工：《美典：中国文学研究论集》，三联书店，2008 年，第 183—186 页。
③ 参阅朱大可：《中华上古神系》，前揭，第 385 页。

倡导的"建筑美"①；"韵"（"声"）的那部分，是否可以成为"兮"和"呜呼"的替代物或对等物，哪怕仅仅是存乎于内心的声音反应呢？这是一个暂时待解之谜。

1924年10月，按照被普遍接受的传记材料，鲁迅正深陷于精神苦闷之中——"两间余一卒，荷戟独彷徨"的形象，正是他精神苦闷的上佳写真。就在这个月的某一天，在写作《野草》诸诗篇之余，鲁迅写有一首自称"拟古的新打油诗"，名为《我的失恋》②。在这首面相滑稽，满是斜视眼神的诗作中，"兮"一共四次现身，分别位于每一节的最后一行的中间位置，令人好生侧目。据鲁迅讲，他写这首诗，原本是为了"讽刺当时盛行的失恋诗"③；但他是否在暗中讽刺刚从英国归来的"诗哲"徐志摩，虽然这个话题或设疑很有趣，也很有争议④，却并不重要⑤。在同一时期和许广平密度颇高的通信中，鲁迅倒是有过指向颇为明确的抱怨。他说：近些年来厕身于纸张之上的分行文字，"先前是虚伪的'花呀''爱呀'的诗，现在是虚伪的'死呀''血呀'的诗。呜呼，头痛极了！"⑥ 在此，"呜呼"的夸张和调笑效果很明显。"失恋诗"因青春年少倾向于滥用叹词，热衷于胡乱感叹和随意起兴，一有风吹草动就哭泣和感伤，

---

① 参阅闻一多：《闻一多全集》第2卷，湖北人民出版社，1993年，第137—144页。

② 参阅鲁迅：《三闲集·我和〈语丝〉的始终》。

③ 鲁迅：《二心集·〈野草〉英文译本序》。

④ 孙席珍就如此认为（参阅许杰：《〈野草〉诠释》，百花文艺出版社，1981年，第121页），但孙玉石却认为这样的看法并不正确（参阅孙玉石：《现实的和哲学的：鲁迅〈野草〉重释》，上海书店出版社，2001年，第55页）。

⑤ 张洁宇对这首奇怪的诗作另有解读，她认为它暗示了鲁迅对新诗的态度（参阅张洁宇：《一个严肃而深刻的"玩笑"——重读〈我的失恋〉兼谈鲁迅对新诗的看法》，《鲁迅研究月刊》2012年第11期）。

⑥ 鲁迅：《两地书·三四》。

确实让人生厌；也许正因为心存如此念想，鲁迅才"故意做一首用'由她去罢'收场的东西，开开玩笑的"①。考诸《我的失恋》的整体语境，便不难发现，此诗确有极强的玩笑成分，一如微缩版的《好兵帅克》或《巨人传》现身于华夏中土；既然是"开开玩笑"，叹词"兮"在反讽特性那方面，就理应具有模范带头作用，因为榜样的力量据说向来都是无穷的。否则，就无法和"呜呼"滋生、创化的幽默之言——"呜呼，头痛极了！"——相匹配。要知道，《我的失恋》中出现的"拟古"成分和较为浓厚的"打油"效果，正出源于对"兮"的语义榨取和调笑式运用。"兮"不但肩负感叹的重任，也有将诗意引向滑稽氛围的特殊使命。本着这号诗学目的，鲁迅不顾语词的排异性能，在以白话为主的语言氛围内，故意夹带古汉语常用的叹词，在较为明显的音响对比与音响冲突中，滋生出鲁迅一贯擅长经营的那种"不带笑意的幽默"②，在看似轻松的戏谑、调笑间，反而显得格外有力、有趣，无意中，还扩充、拓展了现代汉诗表情达意的新路数③。

或许，只有在杜甫的《茅屋为秋风所破歌》中，"呜呼"才算迈向了一整部中国古典诗歌史上最正确的道路，占据着人性最辉煌、最耀眼的位置④。陆志韦写于 1927 年的新诗《罂粟花》，也不惧排异反应，从音响形象和语义这两个方面，直接征用了"呜呼"，看

---

① 鲁迅：《三闲集·我和〈语丝〉的始终》。这首诗的结尾一节如下："我的所爱在豪家；/想去寻她兮没有汽车，/摇头无法泪如麻。/爱人赠我玫瑰花；/回她什么：赤练蛇。/从此翻脸不理我。/不知何故兮——由她去罢。"

② 参阅敬文东：《从身体说起：关于鲁迅的絮语》，《山花》2010 年第 2 期。

③ 谢冕主编的十卷本"中国新诗总系"之第一分卷（1917—1927）的主编姜涛先生就将《我的失恋》当作新诗收入该卷，这是非常有眼力的选择（姜涛主编：《中国新诗总系（1917—1927）》，人民文学出版社，2010 年，第 60 页）.

④ 参阅敬文东：《牲人盈天下——中国文化的精神分析》，前揭，第 342 页。

上去比鲁迅给"兮"委以重任还让人感到惊奇，却又无所谓道路是否最为"正确"："呜呼罂粟花，/我但愿忘了这世界的罪恶，/同你陌路相逢，便成兄弟。"依颜师古之见，"呜呼，叹辞也。或嘉其美，或伤其悲。其语备在诗书，不可具载。"[①] 清人刘淇对此也有几乎完全相同的看法[②]。而"嘉其美"者，譬如"呜呼！明王慎德，四夷咸宾"[③]；"伤其悲"者，譬如"呜呼曷归？予怀之悲"[④]。但无论是"嘉其美"，还是"伤其悲"，"呜呼"都攸关于古意，攸关于农耕时代（或"天下"主义时期）的中国制造的古典经验，和中国古人在农耕生活面前的灵魂震颤紧密相关，也跟典雅精致的文言表意系统两相勾连，在被动性地对应于主动撞击人心的起兴之物。而在陆志韦的《罂粟花》中，无论作为感叹，还是作为感叹之记号（亦即叹词），"呜呼"已经滋生和乐于创化的，都是典型的现代情绪。"罂粟"作为毒物或致幻剂的代名词，作为道德与法律上人人喊打的有害物品，在血红的 1927 年（想想北伐、四·一二事变和马日事变），不过是刚诞生不久的现代观念，被剪掉的脐带尚在不远处兀自散发着腥味和热气。而在罂粟与"呜呼"两相厮守的农耕中国，在更为漫长的时日内，罂粟是能够针对人体病灶猛下狠手的药物，珍贵、可靠，对中国古人充满了怜悯之情，与道德上的不洁与堕落没有丝毫干系[⑤]。《罂粟花》的抒情主人公希望自己能和"罂粟"成为"兄弟"，还刻意（甚或特意）将"罂粟"和"忘了这世

---

① 颜师古：《匡谬正俗》卷二"呜呼"条。
② 刘淇《助字辨略》"呜呼"条："呜呼"可为"叹美之辞"，可为"伤感之辞"。但他又认为，作为叹词的"呜呼""非有所赞美伤痛也"。这是个很难理解的结论，此处不予讨论。
③ 《尚书·旅獒》。
④ 《尚书·五子之歌》。
⑤ 参阅李时珍：《本草纲目》卷二三。

界的罪恶"两相牵扯，看中（或看重）的，正是"罂粟"的毒性具有的麻醉致幻作用，要的就是这种自我幻觉，或幻觉中的自我①；它看重（或看中）的，是"罂粟"被派定的现代意义，不是从远古时期起就获取的洁净语义和悲悯语义。在排列、印刷于纸张上的《罂粟花》中，"罂粟"一词被"视韵"关照，成功地进行了语义上的古今转换；陆志韦则暗中喝令这种转换本身，以及这种转换生成的语义紧张感，和古叹词"呜呼"相互界定，彼此激励，促使"呜呼"在滋生、创化现代情绪那方面越走越远，有意突出、夸张了罂粟（无论是作为实物，还是语词）身上获取的现代性，全不似"兮"在鲁迅那里因"玩笑"和音响冲突而滋生的戏谑感。它严肃、板正、情绪凝重，和能够治病救人的罂粟（即古典性）无关，却又分明遵循着以哀悲为叹的美学原则；它表征的，仅仅是中国人自20世纪初年就被迫认领的孤独感——一种难以得到救治的现代顽症（详论见下）。

一整部自胡适以来的新诗史有分教：除上举少量例证外，诸如"兮""呜呼"一类主要跟文言表达体系相勾连，跟农耕经验和月盈月亏相般配的叹词，遵照排异反应的基本诉求，更倾向于和现代汉诗划清界限——毕竟依靠"呜呼"的古今语义转换，依靠对"兮"的调笑式驱遣或语义榨取，无法成为新诗写作的主要手段。伴随着口语和文言渐次脱节与分途，汉语词汇（包括语气词、叹词在内）的各成分在中古时期（即魏晋南北朝时期），发生了很大的变化，整体趋势是由文转白、由雅转俗。诸如"啊""吗""呀"等新词汇，都是"顺"应大"趋势"的产物——诚所谓"顺"之者昌。

---

① 周作人对麻醉的赞扬正可以为陆志韦撑腰（参阅周作人：《看云集·麻醉礼赞》）。

它们是口语性很强的新成分，和"呜呼""兮"相比，被认为更适于表达俚俗直白的内容①。依照现代汉语（即现代白话）更乐于深入俗世的街谈巷议之脾性，依照现代汉语同现代性之间逻辑谨严的对称关系，新诗自有它乐于宠幸、乐于包养的叹词。"哦""呀""唉"……等后起之秀，仅仅是语词后宫中的"答应"或"常在"；"啊"初起于明代，大盛于有清以降，历史甚短，算不得锦衣玉食的世家子，也没有值得夸耀的履历与身世②，却算得上实实在在的练家子，其腰身和容貌反倒更有可能投合现代汉语的脾性，因此更有资格被册封为皇后，"哦""呀""唉"……等等，都得围绕在它的周围，以它为核心，甚至要察其言、观其色，以便确立自己的行动线路和方式；而热衷于过度渲染情绪的"啊啊""哦哦"，则因容颜夸张、火力强劲，将作为救火队员，在必要的时刻被征召入宫——假如后宫人手吃紧，皇上（亦即诗之兴）的需求无法得到充分满足的话。和"呜呼""兮"相比，这些词汇虽然都是叹词家族中的后进、晚辈，却个个功夫高强，身怀绝技，内外兼修，能滋生出现代汉诗需要的各种情绪，创化出现代情绪的各种范型，以供现代中国人细心品味——虽然新诗的食客们对此并不总是持满意态度。

和更为古老的"呜呼""兮"相比，后起或新晋的叹词在音响形象上与现代汉语恰相般配，更有能力滋生和现代汉语相俯仰、相交接的现代情绪，不必像陆志韦那样，需要借用"呜呼"在语义上的古今转渡，需要古今转渡产生的内在张力与"呜呼"相互配合、换手抓背，方能滋生诗人和《罂粟花》共同渴求的情感样态。这种

---

① 参阅崔山佳：《语气词"啊"出现在〈红楼梦〉前》，《中国语文》1997 年第 4 期。

② 参阅孙锡信：《近代汉语语气词》，前揭，第 173 页。

隔山打牛、隔靴搔痒的间接性，已经被多次证明阻碍了对现代经验的充分表达，尤其是顺畅表达。如果把"呜呼！有绩予一人用绥在位"①，改为"啊！有绩予一人用绥在位"，"拟'今'"（不是"拟'古'"）而"打油"的成色将十分浓厚，还额外会破坏古典情绪对特定叹词的依赖，尤其是破坏特定叹词制造的古典氛围，让人顿生滑稽之感，既穿帮，又穿越。如果将郭小川充满社会主义骄傲情绪的诗句"啊啊，你们这一代/将是怎样的/光荣"，改为"噫嘻，你们这一代/将是怎样的/光荣"，或者改为"呜呼，你们这一代/将是怎样的/光荣"②，就更不严肃，酷似周星驰的《大话西游》，类似于用新华社社论或新闻联播的语气朗诵"十八摸"，不仅从音响形象上冒犯了"题材决定论"，也从语气上，消解了郭诗本有的庄严性，颠覆了郭小川想尽力传达的社会主义主人翁严肃、板正的自豪感——尽管"噫嘻"原本可以用于赞美周成王的诗行中③，"呜呼"本身就兼具"嘉其美"的功能。究其原因，不过是白话体系和文言体系彼此间不可混搭；虽然白话系统中的"啊"后起，也相当于"兮"与"呜呼"④，却不能大摇大摆进驻文言体系，更不用说取代"兮"，或置换"呜呼"。视韵中"韵"（"声"）的那部分，在通常情况下，不能成为"兮"和"呜呼"的替代物或对等物——靴子虽新，毕竟不能戴在头上；后起之秀也许后来居上，毕竟无法直接接管老人们从前的辰光。

---

① 《尚书·文侯之命》。

② 如果将陆游所谓"蜀人见人物之可夸者，则曰'呜呼'，可鄙者，则曰'噫嘻'"（陆游：《老学庵笔记》卷八）考虑进去，喜剧效应可能更加明显。

③ 《周颂·噫嘻》："噫嘻成王！既昭假尔，率时农夫，播厥百谷。骏发尔私，终三十里。"

④ "兮"的古音正读作"啊"（参阅徐希平整理：《闻一多西南联大授课录》，前揭，第21页）。

作为现代顽症的孤独

新诗是中国文学在"被译介的现代性"这个大背景下①，进行战略选择、战略调整的结果，自有它不可让渡的必然性②；和现代汉诗一道前来的，则是同为现代性终端产品的**个人**（亦可称**单子之人**或**单子式个人**）。赵汀阳就现代性和个人间的关系，有过干净利落的申说：现代社会"创造了个人，想象了自我，使自我存在成为一种虚构的身份（identity）和价值标准的制定者"③。大卫·勒布雷东（David Le Breton）的表述或许更为有趣，也更性感："个人主义标志着封闭在自己身体内部的人出现了，它体现了他的与众不同，而这一与众不同又集中体现在脸部。"④ 从出处或来源上观察，个人和新诗"本是同根生"，它们认现代性（或现代社会）为"共母"，有如各诸侯国认周天子为"共主"。个人及其"脸部"和现代汉诗是结在同一根藤上的瓜，在现代性笼罩下相互对称、互相定义；除了少数极为特殊或十分危急的时刻（比如20世纪50年代至70年代，详论见后），不大可能弄出"相煎何太急"一类的恼人把戏。郭沫若等人在五四时期对个人的亢奋呼喊，对现代性的乐观撕扯，已经到了必须动用叹词新贵——"啊啊""哦哦"⑤——的程度。

---

① 参阅刘禾：《跨语际实践》，宋伟杰等译，三联书店，2002年，第35—46页。
② 参阅敬文东：《丰益桥的夏天——张后访谈敬文东》，《山花》2010年第7期。
③ 赵汀阳：《第一哲学的支点》，生活·读书·新知三联书店，2013年，第119页。
④ 大卫·勒布雷东：《人类身体史和现代性》，王园园译，上海文艺出版社，2010年，第35页。
⑤ 郭沫若在《立在地球边放号》中如是吼道："啊啊，不断的毁坏，不断的创造，不断的努力哟！/啊啊，力哟！力哟！/力的绘画，力的舞蹈，力的音乐，力的诗歌，力的律吕哟！"显得十分亢奋。

经过几代人不乏痛苦的努力，终于使个人成为中国人的内在标记。而个人的本质，或个人作为一种特殊的"人性"成分，则被均匀地植入了几乎每一个中国人的自我内核，有如该隐（Cain）额头上的记号①，再也无法被抹去。和（单子式的）个人成为中国人的主要存在样态性质相同，现代汉诗并没有把梅光迪等人放在眼里，也未曾买旧诗心理（或旧诗情结）的账，最终，成为现代中国唯一的诗歌式样。新诗有可能被诟病、被质疑，却不可能被动摇，更不用说被取代——必然性总是令人痛苦，只因为必然性无法被拒绝②。它拥有一种读起来颇为拗口的声音特性：必然性"拒绝"一切试图给予它的"被拒绝"。在当下，无论在阅读方面，还是写作方面，较之于后起的新诗，古诗据信都有更多的拥趸③。但那仅仅是误将黄昏认作黎明之举，在看起来悲壮的坚守中，不乏暗藏的喜剧效应；而新诗及其被掌控者，却没人将这种时光倒错的情形真当一回事④。

作为一个经典性的概念，个人最重要的特征，择其要者，无非是自恋和孤独。而在孤独和自恋间，却拥有一种互为因果的关系：因为自恋，所以孤独；因为孤独，所以自恋⑤。但孤独似乎更有资格被视作二者关系的终端产物，更应该得到重点照看，只因为"孤

---

① 参阅《旧约·创世记》4：15。
② 参阅舍斯托夫：《雅典与耶路撒冷：宗教哲学论》，张冰译，浙江人民出版社，2000年，第3页。
③ 吉狄马加在2005年的一次演讲中说过："在中国进行新诗创作的人，大概有一百多万人……写旧体诗词的人大概有四百多万人。"（吉狄马加：《一个彝人的梦想》，吉狄马加：《鹰翅和太阳》，作家出版社，2009年，第380页）
④ 参阅王尚文：《后唐宋体诗话》，中国社会出版社，2011年，第10—25页。
⑤ 本人对此问题有过详细论述，此处不再赘言（参阅敬文东：《艺术与垃圾》，作家出版社，北京，2016年）。个人并非只有自恋与孤独，何况中国的现代性本身有其混杂性，个人的特性就更为复杂了。文书限于题旨，只将笔头对准孤独。这可能削弱了新诗在书写上的复杂性，但也许能够更集中地显示出叹词之于新诗的关系——这才是本书的目的。

独被隐藏起来的含义，就是个人与个人之间，或单子之人间，拥有一种互为多余物的关系；互为多余物不多不少，正好意味着个人间的相互抛弃……所谓孤独，就是在抛弃别人时，也被别人抛弃。它与现代社会用过即扔的内在精神恰相吻合"①。因此，跟背靠"呜呼""噫嘻"等叹词的古典汉诗不一样，现代汉诗的表达重心，必将落实到个人的层面，尤其要落实到对孤独特性的关注上——有呼啸而至的现代性打底，唯有孤独，才算得上个人的根本处境；因此，现代汉诗的基本任务，就是动用新晋的叹词（比如"啊""哦""呀"等），尤其是动用叹词以及诗之兴无处不在的隐蔽精神，对孤独进行反复不断的慨叹——毕竟在现代中国，主动击打人心的物与事，主要来自于被孤独定义下的现代社会。依照新诗和个人之间获取的逻辑关系，依照它们从现代性那里得到的内在规定性或内在力量（inner power），新诗的情绪底色必将是孤独；每一首具体的新诗作品，无论其主题为何、主题如何，原则上都得到过孤独情绪的预先浸泡，就像组成诗篇的每一个字、词、句甚或偏旁部首，都事先得到过感叹或诗之兴的反复熏蒸，然后风干备用。哪怕看起来与孤独迥然不同甚或完全相反的主题，也不过是化了妆的孤独，或正处于微服私访状态的孤独，顶多是刚刚醒来的孤独，睡眼惺忪，打着呵欠。而那些新晋的叹词（尤其是它隐藏起来的精神），不过是从骨子里对情绪底色（即孤独）的应和、呼应，是现代汉诗对孤独（亦即情绪底色）的不断感叹。

　　作为新诗最早的倡导者和实践者，胡适关于现代汉诗的言论、行状和态度，都值得特别关注。在新诗的草创期，胡适令人惊讶地说过，尽管《关不住了!》是他对梯斯戴尔（Sara Teasdale）的"Over the Roofs"一诗的汉语译文，却可以被视为他在白话诗歌写作上

---

① 　敬文东：《论垃圾》，《西部》2015 年第 4 期。

的"新纪元"①。胡适之所以这样说，很可能是因为在翻译这首不那么优秀的英语诗歌时，他才算"找到了自己想象中一直想找到而又没能找到的'白话诗'的那种语言形态，包括句式、用词、口吻、调子等等"②。但《关不住了!》以爱情为主题，并对爱情寄寓厚望，也许值得后来者给予同等程度的重视③。《关不住了!》之所以寄厚望于爱情，正与现代人深广的孤独体验相关，何况爱情主题早已被现代人的情绪底色（即孤独）所浸泡，而爱情在更多的时刻，总被善意地认为有能力消除孤独。对此，欧阳江河有一个很著名的表述："两个人的孤独是孤独的一半。"（欧阳江河：《最后的幻象·草莓》）胡适固然首先是"从'文的形式'"考虑新诗问题，也反对"抽象的题目用抽象的写法"④，也许他由此真的找到了白话新诗需要的"语言形态"，但事实的力量有时未必一定大于逻辑的力量，明摆着的事情并非总是具有更强的说服力。当一种文体认领了诗的名号，意味着它同时认领了能够让诗成其为诗的抒情基址，或诗之精髓，感叹因此被内化、被纳于其身，叹词因此成为它的象征或微缩形式，不管这种文体对此是自觉的，还是不自觉的。同理，如果某种特殊的"诗体"接受了"新诗"的封号，依据新诗与个人间的逻辑关系，依照它对现代性迫不得已的忠诚，跟新诗一起到来的，必然是它的重心（即孤独），是它的基本任务（即对孤独的慨叹）。

---

① 参阅胡适：《尝试集·再版自序》。

② 树才：《一与多》，《世界文学》2015 年第 3 期。

③ 胡适用如下汉语诗行翻译 "Over the Roofs" 中的句子："一屋里都是太阳光，/这时候爱情有点醉了，/他说：'我是关不住的，'/我要把你的心打碎了!'"胡适的同时代人对这首诗的这几句话也有过翻译："春晖淡荡中，爱情为我说：不让我自由，便使你心裂!"（参阅胡怀琛：《小诗研究》，商务印书馆，1924 年，第 12 页）

④ 参阅胡适：《谈新诗》，《星期评论》"双十节纪念号"第五张，1919 年。

基本任务和重心才算得上新诗的潜意识和宿命性，是它无从摆脱的重负。无论胡适在申说《关不住了!》为其诗歌写作的"新纪元"时是否意识到这一点，都不影响潜意识、宿命性和重负早已内在于《关不住了!》——何况"潜意识"的基本含义，本来就是不让你"意识"到它的存在。而在"潜意识"中，《关不住了!》正"宿命性"地同孤独死死相连，无法为其所摆脱，因为与孤独问题比邻而居的，总是对解除孤独的渴望。胡适似乎是在有意无意间，给出了有力的暗示：孤独正以隐蔽的姿势，隐藏于现代汉诗的肇始处，并由此（也从此）成为白话诗歌写作的"新纪元"——"语言形态"并不是，也不可能是构成"新纪元"的全部因素，或唯一因素。

现代人性

作为人类独有的精神体验，孤独并不单单属于个人式的现代中国。阮籍为什么会"夜中不能寐，起坐弹鸣琴"（阮籍：《咏怀》第一首）？孤独使之然也。但较之于"天下"主义时期的中国，现代中国的孤独却要深广得多、普遍得多①——孤独几乎可以算作一种

---

① 笔者曾说过："农耕中国按亲疏、远近调配而成的'关系网'，外加小康理想中健康、亲切的人伦，大体上能保证每个人都处于关系之中。""和农耕中国遭遇到的情形几乎完全相反，现代社会乐于首肯的关系网，只能让落入'网'中的每个人都处于有关系的无关系中。在这张更多漠然与偶尔的温馨相交织的网络上，每个人的左右、上下、前后，都是同他关系密切的陌生人……爱、理解、安慰或温暖如此这般被轻易忘记，不能如此那般来自六方之人，自恋就有了支撑物，甚或合理性；虽然熟悉的陌生人不一定比'以他人为条件'的亲密之人更不好，或更好，但作为特定的镜像，熟悉的陌生人却决定了每个单子之人……那些无冕之群众（mass），必须独自承担虚无、孤独，以及心性上的寒冷与荒凉。像一句法国谚语所说：每个单子之人都像刺猬，靠得太近，不免互相倾轧；离得太远，不免感觉寒冷。不远不近既不倾轧，又不寒冷，却是生产误解的最佳距离。误解的结果，除了促使单子之人更加自恋以外，无非个人与个人间的相互厌恶、彼此抛弃。"（敬文东：《论垃圾》，《西部》2015 年第 4 期）

无可遁形的**现代人性**。在现代性笼罩下，现代中国人的几乎所有情绪范型，都将以孤独打底；而在孤独的显现方式上，古今也各有特点。张若虚对深陷于时光中的人类处境深有慨叹，但他遵从宫体诗的基本章程，隐藏了叹词和诗之兴，却又有意借重并加强了叹词和诗之兴无处不在的精神："江畔何人初见月？江月何年初照人？……不知江月待何人，但见长江送流水。……谁家今夜扁舟子？何处相思明月楼？"假如不用理会宫体诗的脸色，不尊重宫体诗对文体贞洁的看护，仅从加深诗意的角度考虑，作为诗之兴的声音化，"呜呼"完全可以加诸"江畔何人初见月"之前，宛如李德裕所说："譬如日月，虽终古常见，而光景常新。"① 陈子昂独立于天地间，遵照以哀悲为叹的美学原则，对自己形单影只的境况慨然有叹，却不曾半步有逾于古体诗本该遵从的家法。像张若虚一样，陈子昂也奉旨埋没了叹词的身影，以便响应闻一多的号召而增加文句的弹性，却未曾须臾埋没叹词所代表的诗之精髓，所表征的抒情基址："前不见古人，后不见来者。念天地之悠悠，独怆然而涕下。"和张若虚的遭遇相似，假如无视古体诗的颜面和操守，陈子昂尽可以把"呜呼"置于"前不见古人"之首，或者舍弃"呜呼"，将"兮"置于"前不见古人"和"念天地之悠悠"之尾。

看起来，中国古人的孤独更倾向于同时间发生关系，恰如屈原的咏诵："汩余若将不及兮，恐年岁之不吾与……"没有高楼、水泥和鸽子笼的生存环境，让古人对时间更敏感——时间似乎同他们更具直接性。古人被时间浸染，易逝却不舍，漫长而又短促，所谓"蜉蝣之羽，衣裳楚楚。心之忧矣，於我归处"（《诗经·蜉蝣》）。

---

① 李德裕：《文章论》，傅璇宗等：《李德裕文集校笺》，河北教育出版社，2000年，第673页。

孔子的"逝者如斯夫，不舍昼夜"，正可以被认作孤独意识在中国历史上的继往开来①。欧阳文忠公"可惜明年花更好，知与谁同"（欧阳修：《浪淘沙·把酒祝东风》）的叹息，"预支"了苦等在来年处的孤独，亦即孤独在来年的可"预知"性；曾国藩"千秋邈矣独留我"之叹，则道尽了人在时光中"前不巴村、后不着店"的孤绝意识。时间性的孤独既意味着光阴易逝、人生苦短，诚所谓"少壮几时兮奈老何"（刘彻：《秋风辞》）；也意味着面对时间的绵绵不绝，人的形单影只万难变更，正所谓"转烛飘蓬一梦归，欲寻陈迹怅人非"（李煜：《浣溪沙》）。如此，方有杜子美"莫思身外无穷事，且尽生前有限杯"（杜甫：《漫兴九首》其四）的浩叹。但愿这声悲切的浩叹，真能起到曹孟德"何以解忧？唯有杜康"（曹操：《短歌行》）的作用。慨叹就是杜康，就是消愁的老酒，但它拒绝成为陆志韦的罂粟，也不在乎远在未来处的"啊""哦""呀"满是鄙夷或同情的眼神②。

中国古人的孤独与时间更为相关，但也与旧诗的形制、体貌、个性，甚至丧葬规制相匹配；现代中国人的孤独因为被派定的个人特性（即现代人性），也许更攸关于空间，与新诗的腰身两相契合

---

① 但也有人训"逝"为"进"（比如扬雄），由此将"逝"和水之"源泉混混""盈科而后进"联系在一起，进而跟进德不息（而不是时间流逝）联系在一起（参阅杨立华：《获麟绝笔以后》，《读书》2004年第8期）。本书采用通常的解法。

② 不过，正如今人的观察，中国古人在早期（至少在中古时期）仅仅对大时段的流逝敏感："《古诗十九首》中由人生、生命而感发的时间意识还是一种粗放型的、大单元的时间概念。也就是诗中的时间单元较大，最常见的是以自然时令的春夏秋冬节候的变化为基本的节令时间单位，甚至以更长的时间段为单元激发生命感受……比一年四季更小的时间单元，如黑夜与白天，或将一天中的其他更小时间单位对举而产生的时间流逝感，在《古诗十九首》中是看不到的。"（何国平：《山水诗前史》，暨南大学出版社，2011年，第31页）

（新诗的丧葬规制目前尚不可得闻）。时间更有机会让古人意识到：他们只能占据时间链条上的某个点，并被孤悬于某个点，恰如顺治皇帝所说："未曾生我谁是我？/生我之时我是谁？/长大成人方是我？/合眼朦胧又是谁？"作为单子式个人的现代中国人，也许更容易经验到体制化的空间将他安置于不同的地方，彼此隔离，万难往来，宛若里尔克（Rainer Maria Rilke）所言："谁此刻没有屋，就不必再建屋/谁此刻孤独，就将终身孤独。"（里尔克：《秋日》，杨武能译）或许，正是高楼、立交桥、钢筋与水泥让现代中国人对空间更关切，却转移或大大削弱了他们对太阳的注意力、对月亮的兴趣、对植物的感受才能、对季节的敏感，时间因此对现代中国人不再具有直接性。他们倾向于朝钟表要时间，但更主要是向钟表求证时间。

关于体制化的空间有可能带来的问题，齐美尔（Georg Simmel）显得很乐观："墙是死的，而门却是活的。自己给自己设置屏障是人类的本能，但这又是灵活的，人们完全可以消除屏障，置身于屏障之外。"[1] 作为在思想深邃性方面备受尊崇的人物，齐美尔大约不愿意承认，时间从不改变空间的归属，空间的归属却有可能是个隐蔽的时间问题，正所谓"时间上的过去，即空间上的他者"[2]。空间与人的关系，并不仅仅关乎墙和门，甚至不仅仅是海德格尔想象的那样简单："此在本身在本质上就具有空间性，与此相应，空间也参与组建着世界。"[3] 但也许就是在这个看似简单、平易近人的基础上，亦即身体是现代人天然的空间界限或边界，詹姆逊（Fredric Jameson）才敢放言："后现代主义是关于空间的，现代主义是关于

---

① 齐美尔：《桥与门》，周涯鸿等译，上海三联书店，1991年，第4页。
② 商伟：《二十一世纪富春山居行：读翟永明〈随黄公望游富春山〉》，翟永明：《随黄公望游富春山》，中信出版社，2015年，第98页。
③ 海德格尔：《存在与时间》，陈嘉映等译，三联书店，1999年，第131页。

时间的。"① 但詹姆逊到底还是谨慎了一些，因为无须后现代到来，时间就已经先在地被空间吞噬；或者，唯有从空间的角度去定义时间，时间才更合乎人类进入现代社会以来的真实情境，而这，就是被大卫·哈维（David Harvey）反复称道的"时空压缩"（time-space compression）② ——空间整合了时间，或时间得到了空间的修整。在此基础上，约翰斯顿（R. J. Johnston）算是道出了现代生活中的一个小常识："现代人生存的最重要的事实是社会的空间差异，而不再是自然界的空间差异。"③ 是"社会的空间"（而不是时间）在定义现代人，因为时间总是"自然的"，即使在眼下，也未曾获取它的"社会"身份——钟表能抹去时间之于人的直接性，却没有能力破坏时间之于人的自然性。亨利·列斐伏尔似乎说得更为入木三分：社会的"空间不仅仅是被组织和建立起来的，它还是由群体，以及这个群体的要求、伦理和美学，也就是意识形态来塑造成型并加以调整的"④。个人从现代性这个娘胎处带来的孤独（即现代人性），必将感染这种性质的空间随身携带的所有症候；而在所有可能出现的症候中，空间给予人的陌生感（或异质感）显得尤为突出，它让孤独发酵为双倍或多倍的孤独。现代汉诗因为顺应自身的潜意识和本能，乃有如此慨叹：

撑着油纸伞，独自

---

① 詹姆逊：《后现代主义与文化理论》，唐小兵译，北京大学出版社，1997 年，第 243 页。

② 参阅大卫·哈维：《后现代的状况》，阎嘉译，商务印书馆，2003 年，第 300 页。

③ 约翰斯顿：《地理学与地理学家》，唐晓峰等译，商务印书馆，1999 年，第 127 页。

④ 亨利·列斐伏尔：《空间与政治》，前揭，第 66 页。

彷徨在悠长，悠长
又寂寥的雨巷，
我希望逢着
一个丁香一样的
结着愁怨的姑娘

（戴望舒：《雨巷》）

行到街头乃有汽车驶过，
乃有邮筒寂寞。
邮筒 PO
乃记不起汽车的号码 X，
乃有阿拉伯数字寂寞，
汽车寂寞，
大街寂寞，
人类寂寞。

（废名：《街上》）

　　雨巷、街头……这些看起来为现代人再熟悉不过的空间形式被陌生化了；或者：叹词的隐蔽精神，还可以用于起兴之物的现代产品，滋生与创化了空间的陌生化，陌生化则反过来衬托了叹词与诗之兴的隐蔽精神。在不乏固执与自恋倾向的抒情主人公眼中，在叹词悄然退场的诗性氛围内，这里竟然是没有丁香姑娘出现的雨巷，居然是盛纳"乃有"之后一连串无聊事物的街头。它们是不合常理的空间，尤其是不符合抒情主人公内心所愿的场域。总之，它们是被现代性体制化了的空间，既忙于和长于界定孤独的、单子式的个人，也被个人所界定。赵汀阳很现实地承认："现代人的孤独是无法解决的问题，孤独不是因为双方有着根本差异而无法理解，而是因为各自的自我都没有什么值得理解的，才形成了彻底的形而上的孤独。"[1] 对于他人（其实对于"我"也一样），每一个不值得理解的"自我"既没有分量，也没有意义，却处于约翰斯顿所谓"社会的空间"之中；一如众多思想家集体认可的那样：在现代性凝视下，时间的重要性已经让位于空间的重要性[2]。

在此，有理由认为福柯（Michel Foucault）的言论精辟之极："我们并非生活在一个我们得以安置个体与事物的虚空（void）中，我们并非生活在一个被光线变幻之阴影渲染的虚空中，而是生活在一组关系中，这些关系描绘了不同的地基，而它们不能彼此化约，更绝对不能相互叠合。"[3] 此时此刻，雨巷、街头盛纳孤独，意味着孤独。它们是关于孤独的，更是不能彼此化约、相互叠合的。此孤独和彼孤独虽然都是孤独，却互不理解、互不相识，更无法相互兑换。门并不必然指向外边，指向另一个可以理解的心灵，或另一个敞亮、明澈的处所。和张若虚、陈子昂听命于旧诗心理（或旧诗情结）性质相若，戴望舒和废名听从新诗的潜意识书写现代人的孤独体验时，也没有使用叹词。他们更愿意仰仗的，是叹词隐藏起来的精、气、神；更倾向于依靠的，则是隐蔽的叹词暗中拥有的滋生、创化能力。但他们的同辈诗人王独清脾气比较火暴，情绪较为激昂。他更想直接听命于叹词，以便让那些误以为叹词和诗意没有关系的人暗中警醒，让那些人盯着"偶尔露峥嵘"的叹词惊讶得

① 赵汀阳：《第一哲学的支点》，前揭，第 133 页。
② 参阅列斐伏尔：《空间：社会产物与使用价值》，王志弘译，包亚明主编：《都市与文化：现代性与空间生产》，上海教育出版社，2003 年，第 48 页。
③ 福柯：《不同空间的正文与上下文》，陈志梧译，包亚明主编《都市与文化》第 1 辑，上海教育出版社，2001 年，第 21 页。

说不出话来：

> 啊，冷清的街衢，
>
> 黄昏，细雨！
>
> （王独清：《我从 CAFé 中出来》）①

不可解除的东西唯有孤独

隐士陶渊明终于有忍不住不平淡的时刻："知音苟不存，已矣何所悲！"龚自珍对此有赞："莫信诗人竟平淡，二分《梁甫》一分《骚》。"萧开愚更是对乌有之处的某个人（知音?）发出了呼唤，以暗藏的"啊"，呼应了或显露或隐居的"呜呼"和"兮"：

> 薄冰抱夜我走向你。
>
> 我手握无限死街和死巷
>
> 成了长廊，我失去了的我
>
> 含芳回来，上海像伤害般多羞。
>
> 我走向你何止鸟投林，

---

① 秦晓宇对叹词对诗人的诱惑程度和诗人对叹词的抵御能力之间的关系有过有趣的描写："的确，八十年代，诗人中气十足，内心嘹亮，风在吼，马在叫，诗人在咆哮，喷射的诗句需要'啊'这种喷薄的口型来配合。而九十年代以来'啊'在诗歌中明显减少了，更多的时候诗人用哎、哦、噢来抒发感慨……我写了首诗《啊》。可这首关于'啊'的诗也没'啊'起来，'啊'第一次在诗中作了主语，但比起感叹词'啊'，嘴型小了很多。当家作主之后，'啊'反倒丧失了自我。"（秦晓宇：《七〇诗话》，敦煌文艺出版社，2006 年，第143—144 页）

我是你在盼的那个人。

（萧开愚：《琴台》）

　　比陶渊明千余年前遭遇的情形更紧张，但正像萧开愚千余年后恰如其分的体验，因为存乎于个人和现代汉诗之间的逻辑关系给出的暗示很直白：对孤独这个现代事实，这种现代人性的慨叹，同时意味着对解除孤独的渴望。陶氏的"知音"之叹，萧开愚正话反说的"我是你在盼的那个人"，都是在孤独压迫下的情不自禁之举。较之于古典时代"知音少，弦断有谁听"的尴尬局面（"续弦"是没有用的），现代人对解除孤独的渴望或许更严重，但也似乎更没有希望。不用说，渴望是愿望的加急形式，是愿望的精华部分，它在骨子里也是感叹式的。而解除孤独首先意味着对空间的突破（不是对时间的冒犯），意味着拆除高墙构筑的壁垒，宛若柏桦的吟诵："一些伪装的沉重与神圣/从我们肉体中碎身。"（柏桦：《美人》）。当寄居于肉体中的成见、偏见——它们"伪装"为"沉重与神圣"——被"碎身"，壁垒也就被拆除，彼此间能够看到的，是心；能感受到的，是和心相连、相关的交流。但这是可能的吗？

　　或许是长期受制于孤独，郑敏对解除孤独的渴求是真诚的，她在感叹中给出的假想性方案也格外令人动容："啊！人们是何等的/渴望着一个混合的生命，/假设这个肉体内有那个肉体/这个灵魂内有那个灵魂。"（郑敏：《寂寞》）和胡适（或梯斯戴尔）视爱情为心腹颇为相似，郑敏不仅让叹词（即"啊"）亲自出场，而且它滋生与创化的，也是灵肉之间的彼此融合。那是一个有肉、有灵的人，进住另一个有灵、有肉的人，亦即一个空间（肉身）进住另一个空间，两个不同的空间突破来自身体本身的现代边界或分界线，叠合为同一个空间。这是精神和肉体上的裸身拥抱，不是为了欢娱，不是为了生殖，而是为了解除现代人（即个人）的情绪底色。此处特别值得注意的，是郑敏使用的虚拟语气。考虑到叹词和叹词后面的内容是滋生和被滋生的关系，就不难判断："啊"必须首先是虚拟的，必须首先自己都不相信自己有能力解除孤独；而"假设"唯一真实、靠谱的意思，就是加重了语气的"不可能"。和郑敏相比，穆旦对"啊"的滋生、创化能力理解得相当准确，对"啊"的使用更自觉，也更能抵御来自旧诗心理的鄙夷眼神。但他并没有像布莱希特（Bertolf Brecht）赞扬卡尔·克劳斯所说的那样，不过是在"以自己的经历来显示他的时代毫无价值"[1]——穆旦好像没有这种同归于尽的决心，也没有这种普遍而极端的恐怖主义心理：

> 啊，永远关闭了，叹息也不能打开它，
> 我的心灵投资的银行已经关闭，
> 留下贫穷的我，面对严厉的岁月，
> 独自回顾那已丧失的财富和自己。
>
> （穆旦：《友谊》）

齐美尔的乐观只具有理想状态下的道德意义，对于孤独中的现代中国人，却不具备任何现实性，因为空间与孤独早已打成一片，恰成难分难解之势。这就是郑敏的"假设"为自己认领的伦理含义，得之于预先寄放在叹词（即"啊"）中的饥渴眼神。穆旦洞悉了感叹的有限性及其无奈感："啊，永远关闭了，叹息也不能打开它。"面对紧闭的房门，叹息的多样性无济于事，叹息本身也必将

---

[1] 转引自霍布斯鲍姆（Eric Hobsbawm）：《断裂的年代》，中信出版社，2014 年，第 122 页。

束手无策。和郑敏使用的虚拟语气相比，穆旦的慨叹更具直接性；作为诗之兴的现代型的声音化，穆旦之"啊"滋生与创化的，不再是虚拟语气中对解除孤独的渴求，而是对无法解除孤独这个既成事实与局面的慨叹。这种慨叹介乎于绝望和惋惜之间，但它比绝望更绝望，也比惋惜更惋惜。和穆旦更深沉的慨叹相比，鸿都百炼生的哭泣显得夸张、极端，却又不乏诚实与厚重——哭泣意味着自己对自己的同情，尤其是有能力对自己进行同情。孤独对应的表达状态不是哭泣。这不是说人在孤独时不能哭，而是说哭对解除孤独不但无用，反而会起到加深孤独的作用——现代汉诗凭靠自身的本能（或潜意识），从一开始就弄懂了这一点，并遵从了这一戒条。

被赞美的现代性

新诗发源于被迫的现代性，但它必须车过身来批判现代性，因为随现代性一并到来的孤独不招人待见。自己不喜欢自己的内在规定性，这是现代中国人（至少是一部分中国人）遭遇的普遍困境，酷似一个气色不佳的悖论；依德斯蒙德·莫里斯之见，"现代人的历史，就是现代人和自己的成就做斗争的历史。"① 造化弄人，莫过于此。面对孙大雨诸如此类的诗句："唉，白云收尽了向来的灿烂，/太阳暗得像死尸的白眼一般……"（孙大雨：《诀绝》）邵洵美称赞说：这样的叹词算是"捉住了机械文明的复杂"②。邵洵美很清楚，新诗本来就是现代性的亲骨血，"机械文明"及其"复杂性"，

---

① 德斯蒙德·莫里斯：《人类动物园》，前揭，第2页。
② 邵洵美：《诗二十五首·自序》，上海时代图书公司，1936年。

则是现代性的地标，或标志性成就；新晋的叹词能够无视旧诗心理投来的鄙夷眼神，正是因了它背靠现代性而来的天潢贵胄之身份。因此，新诗如果不针对现代性发声，就是失职之举。其实，邵洵美也写出了机械文明时代特有的孤独。沈从文对他的评论值得重视：邵氏"所表现的是一个近代人对爱欲略带夸张的颂歌。以一种几乎是野蛮的，直觉的单纯——同时又是最近代的颓废，成为诗的每一章的骨骸和灵魂，是邵洵美诗歌的特质"①。邵洵美的诗句可以为沈从文的精彩洞见作证："啊欲情的五月又在燃烧，/罪恶在处女的吻中生了；/甜蜜的泪汁总引诱着我/将颤抖的唇亲她的乳壕。"（邵洵美：《五月》）孤独引发忧伤，忧伤导致颓废，这样的情感线路，也许并不具有形式逻辑上的畅通感，却符合现代人以孤独为情绪底色的心理逻辑——"燃烧"着"欲情"的"五月"，并不是彼此交融后减少到"一半"的"孤独"，而是首先起于孤独，首先以孤独作为情绪底色，并且无法得到解除，连"她的乳壕"都起不到罂粟的麻醉致幻作用。但新诗对现代性展开的批判，大体上到此为止；叹词的否定功能也差不多限定在这个范围内。这种浮皮潦草的表述大致暗示的是：孤独固然令人厌恶，但现代性给现代中国人带来的坏处，好像仅此一桩。朱英诞说："如果现代都市文明里不复有淳朴的善良存在，那么，至少我愿意诗是我的乡下。"② 在此，"淳朴的善良""乡下"……都可以被理解为孤独的反面，可以被看作现代汉诗为自己认领的主要功用，对抗着现代性。

"与整体上主'静'的华夏文化性格大异其趣，与融'静'于慢节律的小康理想大不相同，西方文化对力的崇拜，对'竞于力'

---

① 沈从文：《论徐志摩的诗》，《现代学生》第二卷第二期，1932年8月。
② 朱英诞：《一场小喜剧》，《中国文艺》第五卷第五期。

的过度嗜好，源自杳不可闻的远古时期……被必然知识鼓励的飓风之‘动’（而非古典中国称颂的智者之‘动’），不仅是力的直接后果，还被认作农耕中国能够登堂入室于现代社会的首要条件。"[1] 尽管现代性在中国，确实带有几分被迫的性质，甚至不乏精神和肉体上的双重痛苦[2]，但几代中国人对现代性寄予厚望，希望借它强种富国，却是无须在此讨论的问题：

在喧闹的城市

——这社会主义的中心，

汽笛的声浪

豪迈地向西方

传播，

工人们不倦地

边走边谈着

明天的工作……

……

啊啊，你们这一代

将是怎样的

光荣！

（郭小川：《投入火热的斗争》）

轮船，火车，工厂，全都在对我叫喊：

---

① 敬文东：《论垃圾》，《西部》2015 年第 4 期。
② 参阅柯文（Paul A. Cohen）：《在中国发现历史》，林同奇译，中华书局，1989年，第 3—7 页。

抛开你的牧歌吧，诗人！

在这里，你应该学会蘸着煤烟写诗，

用汽笛和你的都市谈心……

（公刘：《上海夜歌（二）》）

汽笛、热情的工人、轮船、火车、工厂、煤烟、都市……都是中国的现代性乐于宠幸的关键词，笼罩在一派乐观、激昂、向上的情绪中。除了在慨叹孤独时，新诗对现代性颇有微词外，总体上对现代性持正面的态度；叹词的肯定功能也被慷慨大度地献给了现代性，像一个骄傲的牺牲，根本不把来自旧诗情结的鄙夷眼神放在心上——现代性在中国的急迫性具有无穷的力量，事实上也焕发了无穷的力量。虽然郭沫若曾感受到现代性带来的孤独（感受不到是不可能的），也曾动用过叹词的否定功能，但那仅仅来自肉体上的反应，近乎于心理本能。在他的"女神"时期，更多的是对现代性的呼唤，甚或颂扬①；他20世纪50年代以后的诗歌作品更是到了变本加厉的程度，虽然在诗歌质量上惨不忍睹。《凤凰涅槃》中的叹词"啊啊"，是对将死之凤凰的慨叹；它象征的，是一个老迈帝国正在经受蜕变带来的痛苦。郭沫若的目的很明确，诗之兴的目的也很明确；"啊啊"滋生的诗情无关乎绝望，甚至被它创化的哀悼情绪也攸关希望：这就是新生时的阵痛。而阵痛，被认作对新生所致的欢迎辞，或祝酒词。按照隐藏于《凤凰涅槃》中过于直白、简单的逻辑，按照"啊啊"接管的固有秉性，凤凰在火中死去，是为了

---

① 郭沫若在《日出》中写道："哦哦，摩托车前的明灯！/二十世纪底亚波罗！/你也改乘了摩托车了么？/我想做个你的运转手，你肯雇我么？"又在《笔立山头展望》中更热情地称颂现代性："一枝枝的烟筒都开着了朵黑色的牡丹呀！/哦哦，二十世纪当底名花！/近代文明的严母呀！"

在火中重生；破烂帝国经受的阵痛，乃是浴火重生的必经之痛——就算是国家主义层面上的"痛经"吧①。因此，作为救火队员被选入语词后宫的"啊啊"滋生与创化的，是一个关乎更生的故事；或者，更生的故事正是对"啊啊"进行解释的"下文整句"（王力），也是对叹词进行"说明的语句"（吕叔湘）。这个故事的终结处，就是现代性的起始处。"啊啊"正是对现代性的高声呼唤：死了旧帝国，是为了诞生崭新的中国。如果把《女神》看作整一的系统（这在文学逻辑上是完全可能的），《日出》中的"哦哦"、《立在地球边上放号》中的"啊啊"……就是对更生的欢呼，呼应了《凤凰涅槃》中的"啊啊"；而《天狗》中众多的语气助词"呀"，恰好是对《凤凰涅槃》中的叹词的正面应答，是对诗之兴在现代汉诗中的正确呼应。虽然**叹词即结论**（因为猝不及防时的呼喊预先给出了情绪上的结论），但它需要回声，顶好是来自某个、某些句子尾巴上的助词，因为**助词即答案**（语气助词是对某种特定情绪的共时性认可和加重）。是"女神"时期的郭沫若而不是其他人，才更有可能充任中国新诗史上透支叹词最得力的猛将，因为他愿意天真地相信，走向现代性就是走向进步，就是走向国家的富强；他相信，叹词犹如"好钢"，必须"用到"赞美现代性这个"刀刃上"。

在现代中国和现代性之间，确实拥有一种爱恨交加、"不是冤家不聚首"的复杂关系。因此，在很长一段时间内（比如1917—1976），汉语新诗整体上缺乏现代性批判的传统，就是可以想见的事情，也是可以理解的事情②。这种情形并不值得遗憾或抱怨，因

---

① 据黄永玉记载，钱钟书认为凤凰涅槃的故事是郭沫若编造的，于典籍无据（参阅黄永玉：《比我老的老头》，作家出版社，2005年，第8页）；但情况是否如钱氏所言，尚有待稽考。
② 参阅颜炼军：《"大国写作"或向往大是大非》，《江汉学术》2015年第2期。

为每一件情、事、物，都注定要被它自身的宿命性所包围①。但例外总是存在的（"一般"说来，"例外"正是"一般"得以成立的后盾）。穆旦于 1948 年 4 月如是写道："无数车辆都怂恿我们动，无尽的噪音，/请我们参加，手拉着手的巨厦教我们鞠躬；/啊，钢筋铁骨的神，我们不过是寄生在你玻璃窗里的害虫。"（穆旦：《城市的舞》）对"啊"进行解释、说明的"下文整句"很形象，视韵带来的效用很明显，以哀悲为叹的美学原则运用于此也很恰切：相对于现代性制造的巨大成就，孤独的"我们"不过是渺小的害虫；"我们"只有对现代性展开批判，"与自己的成就做斗争"（哪怕仅仅是抱怨），才有可能在现代性面前索回尊严，免于"害虫"的身份与地位。与波德莱尔（Charles Pierre Baudelaire）以降的西方现代

---

① 马泰·卡林内斯库（Matei Calinescu）区分了两种相互冲突的现代性："在作为西方文明史一个阶段的现代性同作为美学概念的现代性之间发生了无法弥合的分裂……关于前者，即资产阶级的现代性概念，我们可以说它大体上延续了现代观念史早期阶段的那些杰出传统。进步的学说，相信科学技术可以造福人类的可能性，对时间的关切（可测度的时间，一种可以买卖从而像任何其他商品一样具有可计算价格的时间），对理性的崇拜，在抽象人文主义框架中得到界定的自由理想，还有实用主义和崇拜行动与成功的定向——所有这些都以各种不同程度联系着迈向现代的斗争，并在中产阶级建立的胜利文明中作为核心价值观念保有活力、得到弘扬。相反，另一种现代性，将导致先锋派产生的现代性，自其浪漫派开端即倾向于激进的反资产阶级态度。它厌恶中产阶级的价值标准，并通过极其多样的手段来表达这种厌恶，从反叛、无政府天启主义直到自我流放。因此，较之它的那些积极抱负（它们往往各不相同），更能表明文化现代性的是它对资产阶级现代性的公开拒斥，以及它强烈的否定激情。"（马泰·卡林内斯库：《现代性的五副面孔》，顾爱彬等译，商务印书馆，2002 年，第 48 页）李欧梵认为在中国现代化进程中的很长一段时期，"这两种现代性的立场并没有完全对立，而前者——'布尔乔亚的现代性'——经过五四改头换面之后（加上了人道主义、改良或革命思想、和民族主义）变成了一种统治性的价值观，文艺必须服膺这种价值观……只有少数艺术家和诗人——包括鲁迅——在某种程度上对于这种五四的现代性感到不安或不满。"（李欧梵：《漫谈中国现代文学中的"颓废"》，《今天》1993 年第 4 期）

主义诗歌对现代性的猛烈炮火相比，穆旦的"啊"简直温柔到了羞涩的地步，像个未经世事的小姑娘。

帝国化或屁声化

科坦（Cotin）神甫，法国人，很有可能因为对人类屁声的机智界定青史留名，而不是清人谢四新在"诗咒"吴三桂时所说的"青史难宽白发人"（谢四新：《读史偶感》）。以科坦神甫目光独到之见，所谓不洁、不雅的屁声，不过是"死在诞生之时的事物"①。作为来自于身体自身的感叹，屁声到底是马建忠所谓的开口呼，还是闭口呼？这又是一个难以索解的谜团。屁声虽然一出生就夭折，有类于柏桦所谓的"真快啊，一出生就消失"（柏桦：《夏天还很远》），其阳寿也远远短于被庄子慨叹过的朝菌和蟪蛄，却并不因此能拒绝或躲避它自身的**多样性**。让·诺安（Jean Nohain）记载过一位名叫约瑟夫·普若尔（Joseph Pujol）的放屁表演高手，形象地道出了多样性的实质，宛若拉波特（Dominique Laporte）精辟的言论："从其肛门部位的组成部分来看，文明的节奏并不排列在进步的直线方向上。"② 普若尔的肛门在纹理上确实否定直线、拒绝进步，崇尚象征螺旋式上升的弧线，又恰似可以随意变换频率的半导体；投入表演时，普若尔"身穿红上衣、黑绸短裤，模仿各种屁声，如少女的、岳母的、新娘的、女裁缝的"③。普若尔的观众有男有女；他

① 罗歇－很里·盖朗（Roger－Henri Guerrand）：《何处解急：厕所的历史》，黄艳红译，中国人民大学出版社，2015年，第26页。
② 拉波特：《屎的历史》，周蟒译，商务印书馆，2006年，第14页。
③ 罗歇－很里·盖朗：《何处解急：厕所的历史》，前揭，第133页。

们伴随着袅袅屁味，像嗅着令人陶醉的巴黎香水，笑得前仰后合。渺小如屁声者拥有的多样性，实在称得上丰富多彩。皮埃尔·于尔托（Pierre Hurtault）在《放屁的艺术》一书中，就曾"对外省的屁做了珍贵的分类学研究，如市民、农民、牧人的屁，这些屁比巴黎的屁更具真实面目，因为巴黎对什么都要讲究一番"①。在唯美主义的巴黎，虽然曾经处处都是垃圾，都是让人反胃的秽物②，但被包裹的屁声终究得到了剪裁、修饰和规训，与法语的优雅正相对仗。

看起来，无论是否沾染了现代性，唯有**多样性**，才是一切事物本该拥有的本质，或天赋权利，因为寿元如此短暂的人造物——或来自身体的叹息——也没有，甚或无法放弃它的多样性；而作为物理学意义上的纯粹声音（或能指），与屁声性质相同的感叹却有能力拒绝"死在诞生之时"——至少在诗人（或诗歌读者）的心理感觉上就是这样的。作为诗之兴的多样化，感叹唯有拒绝死于诞生之时，才有资格在时间刻度上（至少是在时间刻度上），让自己与诗之兴一道，成为诗的实质与象征。即使是拉长了调门的屁声，也顶多相当于气流性的"啊啊"，很快会消失在空气中，不存在"下文整句"，或"说明性的语句"；人们有可能长久记住或回味屈原的"兮"、梁鸿的"噫"、郭沫若的"哦哦"，却不太可能追忆某次来自身体自身的叹息，更不会回味，哪怕它真是新娘弄出来的，或是生性讲究的巴黎人炮制的。首先作为纯粹声音存在的感叹在拒绝死亡一事上竟然如此成功，甚至还留下了难以被抹去的余韵和余音，以至于有机会创造所指，滋生和创化诗意。感叹有能力在死去之前，

①　罗歇－很里·盖朗：《何处解急：厕所的历史》，前揭，第42页。
②　参阅卡特琳·德·西吉尔（Catherine de Silguy）：《人类与垃圾的历史》，刘跃进等译，百花文艺出版社，2005年，第6页。

持续不断地发挥效力，提请人们记住它，尤其是记住它滋生诗行的功德——以熨烫情绪、修剪直觉为方式。其多样性自然更不在话下。

以近人程树德之见，孔子影响深远的"思无邪"之说，并非人们通常理解的所"思"醇正。程氏依据古籍陈例，训"邪"为"虚"。因此，"思无邪"的确切含义更有可能是："诗三百篇，无论孝子、忠臣、怨男、愁女皆出于至情流溢，直写衷曲，毫无伪托虚徐之意。"① "诗无邪"的重心，应当落实在情感自然而不假修饰上②。原始儒家颇为乐观地认为，"喜怒哀乐之未发谓之中，发而皆中节谓之和。中也者，天下之大本也，和也者，天下之达道也，致中和，天地位焉，万物育焉。"③ 既然"诗三百"的本质特性，不过是"至情流溢，直写衷曲"，"流溢"和"衷曲"还跟可用于起兴的"怨男""愁女"有染，诗就大有可能既是"中"的反对者，又是"和"的反面。感叹是诗的实质，感叹因此逻辑性地有违"中""和"；有违"中""和"，则意味着偏离不动常寂的本性。秉承汉娜·阿伦特（Hannah Arendt）所谓"权力是使公共领域存在的东西"④ 的反讽性教海，或者，对亨利·列斐伏尔所谓"官僚主义总是让恐怖主义处于统治地位"的正面呼应⑤，一向以孔子和儒家为宫廷官衙装饰物的中华帝国⑥对感叹进行严密的监控，就是顺理成

---

① 程树德《论语集释》"子曰：诗三百，一言以蔽之曰，思无邪"条。
② 参阅闻一多：《诗经的性欲观》，《闻一多全集》第3卷，湖北人民出版社，1993年，第169—190页；参阅谭正璧：《诗歌中的性欲描写》，上海古籍出版社，2012年，第246—247页。
③ 《礼记·中庸》。
④ 汉娜·阿伦特：《人的条件》，竺乾威等译，上海人民出版社，1999年，第200页。
⑤ 亨利·列斐伏尔：《空间与政治》，李春译，上海人民出版社，2008年，第53页。
⑥ 参阅敬文东：《牲人盈天下》，前揭，第55—62页。

章之事①。居于异域的约瑟夫·布罗茨基反倒道出了其中的原委："在那些公共利益的捍卫者和民众的统治者们试图利用的许多个零之上，艺术却添加了'两个句号、一个逗号和一个减号'，使每一个零都变成了一张小小的人脸，尽管这脸蛋并不总是招人喜爱。"②一整部中国古代史有分教：对拒绝"死在诞生之时"这个奇异特性持不信任的态度，在暗中监控隐藏于诗篇中的叹词，尤其是监控叹词和诗之兴无处不在的精神及其多样性，是中华帝国一向看重的国家事务③。即使是《石头记》的作者，在小说开篇不多时发出"此系身前身后事，倩谁寄去作神传"的慨叹后，为免除随时可能到来的猜忌，也不得不为叹词的隐蔽精神事先辩诬④：

> 将这《石头记》再检阅一遍。因见上面虽有些指奸责佞、贬恶诛邪之语，亦非伤时骂世之旨；及至君仁臣良、父慈子孝，凡伦常所在之处，皆是称功颂德，眷眷无穷，实非别书可比……因毫不干涉时事，方从头至尾抄录回来问世传奇⑤。

如果叹词的滋生与创化之物尽皆"君仁臣良""父慈子孝""称

---

① 比如发生在康、雍、乾三朝众多的文字狱，以及这些残酷的文字狱对世人和士人的心理造成的巨大影响（参阅王汎森：《权力的毛细管作用》，北京大学出版社，2015 年，第 345—442 页）。

② 约瑟夫·布罗茨基：《悲伤与理智》，前揭，第 48 页。

③ 参阅黄裳：《笔祸史谈丛》，北京出版社，2003 年，第 13—19 页；参阅陈正宏等：《中国禁书史》，学林出版社，2004 年，第 18—63 页；参阅黄梦辰：《清代各省禁书汇考》，书目文献出版社，1989 年，第 12、19、28、30 页。

④ 陈世骧认为中国古典小说和戏剧都有强烈的抒情精神，因此也可将之归结到叹词的隐蔽精神上（参阅陈世骧：《中国文学的抒情传统》，前揭，第 6—9 页）。

⑤ 《红楼梦》第一回。

功颂德"，如果叹词像肛门发出的响声那般，从不具备滋生和创化的能力，只在恶心人的那一刻寿终正寝，该会省却帝国多少心事与力量！屁声是野蛮人的本能，是文明人的禁忌；感叹的多样性无限繁杂，而多样性在暗处正好意味着危险性，意味着"伤时骂世之旨"和"干涉时事"，感叹因此更有资格成为帝国的禁忌——至少某些特殊的感叹，或被认作特殊的感叹就是这样的。有被列为禁忌的小小屁声作参照，复杂多样的感叹被监控，就显得更加符合逻辑，何况它还打击了"中"与"和"，给"天地位焉，万物有焉"脸上抹了黑。最终，感叹或叹词只拥有一个非此即彼的尴尬结局：要么**被帝国化**，要么被帝国**屁声化**。所谓帝国化，就是将叹词（或诗之兴）纳入帝国的轨道，成为帝国意识形态的一部分；所谓屁声化，就是让拥有危险性、多样性的感叹（或诗之兴）像被禁忌之物（即屁声）那般旋生旋灭，死于诞生之时。帝国化是监控的终极目的，屁声化则是为终极目的设置的惩戒手段。

恰如"内心抒情诗在斯大林时代几乎是禁果"一般[1]，在古老的中国，自殷迄清，监控活动乐此不疲，当得起"矰缴每从文字起"（王撰：《闻雁有感》）的深沉慨叹（而非初民的惊讶）。从此，变得益发胆小、自觉的帝国读书人，只得从心理上摆出一副"著书都为稻粱谋"的架势，以达至"避席畏闻文字狱"（龚自珍：《咏史·金粉东南十五州》）的目的或境界，严格遵从"北客若来休问事，西湖虽好莫题诗"（文同：《送行诗》）的保命戒律。就像赫西俄德（Hesiod）告诫过的："人类最宝贵的财富是一条慎言的舌头，最大的快乐是它的有分寸的活动。"[2] 在镐京，周宣王闻听"月将

①　叶夫图申科：《提前撰写的自传》，苏杭译，花城出版社，1998年，第40页。
②　赫西俄德：《工作与时日·神谱》，张竹明等译，商务印书馆，1997年，第22页。

升，日将没；檿弧箕箙，几亡周国"的小谣曲，愤而掠杀数人，很是"任性"①！在汴梁，李后主思念故国，蘸泪咏诵诸如"小楼昨夜又东风""一江春水向东流"一类毫无战斗力可言的软句艳词，却被警惕性蛮高的宋太宗候个正着，终以牵机药毒杀②；同样在"清明上河图"所描画的地方，倡导"明法以课试郡吏"的宋神宗，在闻听东坡居士"读书万卷不读律，致君尧舜知无术"的慨叹后，架不住御史台诸臣工的怂恿，禁不住动了杀心③；在北京，乾隆帝闻得"清风不识字，何故乱翻书"之句，盛怒之下，作诗者徐述夔旋即被戮尸④，显得更为"任性"……王通很是善解人意，对于叹词的帝国化，他有过提纲挈领般的陈述，甚至还提出过诗的"四名五志说"，以为助拳之用："一曰化，天子所以风天下也；二曰政，蕃臣所以移其俗也；三曰颂，以成功告于神明者也；四曰叹，以陈悔立戒于家也。凡此四者，或美焉，或勉焉，或伤焉，或恶焉，或诫焉，是谓五志。"⑤考诸"四名五志说"的本义，王通大有可能赞同郑覃向唐太宗所进的谗言：即使贵如"《诗》之雅、颂"，也尽"皆下刺上所为，非上化下而作"⑥——依靠感叹的多样性，《诗经》整个儿就是对王室的讥刺，陛下最好不予理睬，不予提倡。因此，唯有将此等不怀好意的感叹者，还有叹词无处不在的精神给屁声化，让它的多样性终了于诞生之时，才既可以省心省事省力，也能对应于帝国及其掌舵者的"任性"癖好。

……俱往矣，世易时移，数风流情事，还看今朝。很容易观察

---

① 参阅冯梦龙等：《东周列国志》第一回。
② 参阅王铚：《默记》卷一。
③ 《宋史·苏轼传》。
④ 参阅杨乾坤：《中国古代文字狱》，陕西人民出版社，1999年，第261页。
⑤ 王通：《中说·事君篇》。
⑥ 《旧唐书·郑覃传》。

到，在体制性的国家力量尚未介入新诗时，现代汉诗中不过出现了两组相互对立的关系：现代性带来的孤独被叹词的否定功能本能性地覆盖（比如戴望舒等），现代性被认为能够强种富国，被叹词的肯定功能本能性地覆盖（比如郭沫若等）；现代性除孤独之外的其他缺陷被眼力更准的诗人施以叹词的否定功能（比如穆旦），现代性能强大中国因此被诗人们纷纷施以叹词的肯定性（比如郭小川等）。逻辑之车运行于此，满可以"升高从远眺"，"望断天涯路"：除了较为顽固的旧诗心理或旧诗情结外，对新晋叹词及其多样性的监控活动，主要不来自新诗外部的体制性力量，而是来自新诗自身，来自新晋叹词内部拥有的正反两种功能（即肯定与否定），正所谓"季孙之忧，不在颛臾，而在萧墙之内也"[1]。加斯东·巴什拉（Gaston Bachelard）乐于断言：火既有肯定的能力又有否定的能力，因此，火能成为一种普遍解释的原则[2]。与此情形在性质和句法上几乎完全相同，叹词也是一种普遍解释的原则，因为它同时具有肯定和否定的能力。这两种能力在体制性的外力介入之前，始终在怂恿叹词与叹词互相监控；或者，唆使叹词一分为二，互为矛与盾、互相攻击，就像李亚伟说的："我一分为二/把自己掰开交到你的手头/让你握住了舵。"（李亚伟：《野马与尘埃》第四首）很显然，穆旦之"啊"（对现代性的否定）正是对郭沫若之"啊啊"（对现代性的肯定）的反对，王独清的"啊"（对孤独的否定）则是对郭小川的"啊啊"（对社会主义建设的肯定）提前给出的嘲笑，反之亦然。有点辛辣，有点来自于新诗逻辑上的预见性，虽然看起来很模糊，以至于近乎不存在。

---

① 《论语·季氏》。
② 参阅巴什拉：《火的精神分析》，车槿山译，三联书店，1992 年，第 9 页。

道德主义

除了梅光迪、胡先骕等人抱持不放的旧诗心理（或曰旧诗情结），除了叹词作为普遍解释原则导致的自我监控，还想对叹词及其隐蔽精神实施监控的，尚有来自道德方面的力量。相对于旧诗心理，相对于叹词一分为二后实行的自我监控，道德方面的力量虽然远在萧墙之外，却仍然称不上体制性力量，与国家（或帝国）没有关系。在中国，当各种力量此消彼长之后，无神论的道德总是自以为最有分量，也被许多人、许多机构和团体认作最有分量。道德因此被追捧，直至被垄断。左拉（émile Zola）的好友泰恩（Hippojyte - Adolphe Taine）不无刻薄地说：在更多时刻，"罪恶和道德就如硫酸与糖一样都是产品。"① 同为人造的产品，自以为与理想长相厮守的道德实在不能妄称高尚，也不能被某些人认作洁净与清澈。王朔的反问很见功力："社会很容易被质疑，人群总是显得麻木且腐败，理想就那么清白吗？"② 罪恶和硫酸的不清白，不能成为道德和糖注定清白的证据。这只是问题的一方面，出源于道德自身有可能存在的劣根性；但在短暂的新诗史上，监控新晋叹词的道德，毕竟至少和追求阶级平等的**普罗文学**有关，和追求民族生存的**抗战军兴**有染。它们都曾一度占据着伦理的制高点，神圣不可侵犯。蒲风说："'九一八'以后，一切都趋于尖锐化，再不容你伤春悲秋或作童年的回忆了。"③

① 转引自张大春：《小说稗类》，广西师范大学出版社，2004年，第133页。
② 王朔：《鸟儿问答》，天津人民出版社，2007年，第2页。
③ 蒲风：《五四到现在的中国诗坛鸟瞰》，《诗歌季刊》第一卷第1—2期（1934—1935年）。

因此，道德主义有那么一点"挟天子以令诸侯"的味道或神情，就是可以想见之事；它自认为有能力让叹词最终就范，也是自然而然之事。

普罗文学和抗战军兴一并认为，在如此严酷的时代，诸如新月派那般花前月下，诸如废名、戴望舒那般忧郁和愁闷，诸如卞之琳、何其芳那般精雕细琢，眼界不免狭窄，视野有失于迷惘，以至于"历史的车轮"就要"推他们上了没落的墓道"①；而徐志摩等人"突出个性、突出反抗精神的个性化的浪漫主义"②，则因远离人民大众、远离灾难与炮火，顶好被置之于不被理睬的境地，最好是被遗忘。普罗文学与抗战军兴还认为，以"啊"为中心的叹词受现代性指使，总是下意识地将眼光投放给现代人性（即孤独），过于宠幸现代人性；但相对于宏大的时代、血与火的场面，现代人性终究算得了什么？诗人能否本着对民族和时代的责任心，将滋生情怀与创化诗意的叹词，投放到更广大的实在，更繁复的历史境遇？用于起兴之物难道只有，或只是现代人性定义过的东西吗？艾青代表道德主义，发出了咄咄逼人的责问声：某些自恋的叹词是否能够和"象征主义的、神秘主义的、近似精神病患者精神的呼喊，苍白的呓语，空虚的内省，与带着战栗的声音的独白绝缘"呢③？不用说，这是道德力量依据普罗文学的内部法则，依据抗战军兴对新型情感范式的需求，对叹词与诗之兴及其多样性发出的威胁，对现代汉诗提出的希望。集威胁和希望于一体，正是道德力量在监控叹词那方

---

① 彭康：《什么是"健康"与"尊严"》，《创造月刊》第 1 卷第 12 期，1928 年 7 月。

② 帕特莉卡·劳伦斯（P. Laurence）：《丽莉·布瑞斯珂的中国眼镜》，万江波等译，上海书店出版社，2008 年，第 165 页。

③ 艾青：《论抗战以来的中国新诗》，《艾青全集》第 3 卷，山东文艺出版社，1991 年，第 171 页。

面的独特性之所在，但在思维方式上，又与要么帝国化要么屁声化旗鼓相当。但最终，还是现代汉诗自身的逻辑、潜意识和宿命性占据了上风；道德主义并未因其制高点上的优势，并未因其手握制空权，就主宰了叹词的走向与命运。因为现代性和新诗之间近乎于自然性的铁哥们关系，叹词并未轻易就范，尽管它也做出了某些"识时务者为俊杰"的妥协与让步①；而在道德的感召下，一度唯道德主义马首是瞻的叹词及其被掌控者（比如中国诗歌会诸君以及七月派诸君），真诚地费尽心思，真诚地拥抱时代，却未能造就更多、更好、更让人羡慕与佩服的作品②。和前两种来自萧墙之内的监控非常相似，道德主义之于叹词和诗之兴及其多样性，顶多算作一种弱的监控；新晋的叹词并未被屁声化，也未被置入道德主义的轨道③。

帝国的主人，古叹词的监控者，会经常收到惩治不法叹词的笼统建议："请勒有司，普加搜访，有如此者，具状送台。"④ 而被抓

① 比如徐志摩就反驳过："你们也不用提醒我这是什么日子；不用告诉我这遍地的荒灾，与现有的以及在隐伏中的更大的变乱……我只要你们记得有一种天教歌唱的鸟不到呕血不住口，它的歌里有它独自知道的另一个世界的愉快，也有它独自知道的悲哀与伤痛的鲜明；诗人也是一种痴鸟……他的痛苦与快乐是浑成的一片。"（徐志摩：《猛虎集·序文》，新月书店，1931 年）梁宗岱也反驳说："第一，一个真诚的诗人不能违背他底良心，违背他的生活经验写作；第二，服务国家并不限于一途，应用到本问题上，就是，诗人不一定要在抗战的时候作战歌才可告无愧于国家。"（梁宗岱：《论诗之应用》，《大公报·星座副刊》第 45 期，1938 年 9 月 14 日）
② 孙毓棠说得好："我们所希望的抗战诗，是那些以文学表现为出发点，并且技巧纯熟的好抗战诗，因为只有这样的作品是真实的，像诗的。"孙毓棠认为，那些听从道德主义而"只顾宣传的作品太假，技巧拙劣得不像诗"，这样的作品根本不在少数（孙毓棠：《谈抗战诗》，《大公报·文艺》第 641 期，1939 年 4 月 15 日）。但也有兼顾艺术与时代的成功诗人和成功诗作，比如艾青和穆旦以及他们写于抗战时期的不少作品。
③ 刘继业对这个问题有详尽的论述，且文献非常丰富。参阅刘继业：《新诗的大众化和纯诗化》，北京大学出版社，2008 年，第 42—88 页。
④ 李谔：《上隋高祖革文华书》，参见《隋书·李谔传》。

了"现行"的叹词就更为常见，更稀松平常，因为建议者早已将叹词所犯之罪一一列表、坐实，"具状送台"——"莫须有"当然是最后一招，也是万能的一招、无敌于天下的一招。要是周宣王、宋太宗等人地下有知，一定会嘲讽旧诗心理、普遍解释的原则和道德主义，为它们面对新晋的叹词及其多样性无能为力深以为憾，为它们未能得到必要的襄助大感迷惑。帝王和帝国总是不理解何为"不可能"；他们更愿意将郑敏笔下的"啊"滋生（或表征）的"假设"视若无物。他们对屁声化"一根肠子通屁眼"的脾气无比迷恋，对它的光棍个性深以为然。

以昌耀和郭小川为例

但昌耀在 20 世纪 50 年代后期获取的离奇命运，或许会让"兮"和"呜呼"深感欣慰，也会让帝国的主人们减少遗憾：因为新晋的叹词遭逢的华盖运不可小觑，因为华盖运和"具状送台"富有相同的灵感和想象力。有可靠的传记材料表明：让年轻的青海诗人昌耀罹祸的两首小诗［即《车轮》和《野羊》，总题为《林中试笛》（二首）］，作于 1957 年的上半年。对于大陆中国人，1957 年是一个特殊的年头，是"属于那种加了着重号的、可以从事实和时间中脱离出来单独存在的象征性时间"[①]。传记材料可以作证：《林中试笛》（二首）是昌耀到社会主义建设的第一线"体验生活"的产物。所谓社会主义建设，正是为富种强国展开的具体行动，是对现代性的实施、铺陈和追逐，神圣而高洁，不容冒犯；所谓"体验

---

① 欧阳江河：《站在虚构这边》，三联书店，2001 年，第 49 页。

生活"，意味着生活只存在于建设行动中，其他地方顶多只有二手的生活，或生活的余唾。由两首小诗组成的《林中试笛》原本被认为没有任何问题；经主管文艺的领导提议，还准备在省"文联"主持的"《青海湖》第10期庆祝国庆八周年特大号上的诗歌板块头题发出"①。但这两首小诗最后还是被警惕性更高、眼睛更尖的人看出了漏洞，抓住了把柄，被当即揭发了出来——十分吊诡的是，此人刚好是力主诗作发表的那位领导，大号程秀山。这是因为"共产党的哲学就是斗争哲学"②；而不放过任何一个问题，被认为是这种哲学最基本的要求与表达。

《林中试笛》的每首小诗的正文前，都有小序；每个小序的第一个字，都是叹词，并且对起兴之物直呼其名。《车轮》的小序是："唉，这腐朽的车轮，这孤零的车轮……就让它燃起我们熊熊的篝火，加入我们激昂的高歌吧。"《野羊》的小序是："啊，好一对格斗的青羊，似乎没听见我们高唱……请轻点，递给我猎枪，猎一顿美味的鲜汤。"在这两个小序中，欢快交织着愁闷，轻松夹杂着沉重，既有融入了"我们"的集体主义，也有单属于"我"的孤独。孤独还环绕着单独之"我"，随现代性而来的情绪底色并未因社会主义建设被完全抹去——叹词的多样性在此得到了极为有限的尊重。总之，在本来就红彤彤、也被要求红彤彤的1957年，叹词（"唉""啊"）滋生的内容显得复杂、难缠、面相古怪，不符合单一性的要求，似乎在朝某个亮堂而不容亵渎的东西做鬼脸；在月明风清、阳光高照的1957年，"唉""啊"的滋生物确实能给某些有心人带去

---

① 燎原：《昌耀评传》，人民文学出版社，2008年，第75页。
② 毛泽东：《机关枪和迫击炮的由来及其他》，《建国以来毛泽东文稿》第八册，中央文献出版社，1993年，第451页。

联翩的浮想，捎去因发现招致的意外之喜。而在那个年头，有心人不妨随处都是，不妨在在皆是。为了尽早予以批判，《林中试笛》比原计划提前了两个月，被紧急刊发于《青海湖》1957 年第 8 期。"编者按"如是写道①：

> 这两首诗，反映出作者的恶毒性阴暗心理，编辑部的绝大多数同志，认为它是毒草。鉴于在反右斗争中，毒草亦可起到肥田作用，因而把它发表出来，以便展开争鸣。

对叹词（"唉""啊"）滋生的诗行，以及被滋生的诗行酿造的情绪，"编者按"自会给出那个年代的准确认识，出自于体制性的力量，令人叹服。"唉"创化的诗意，因为被其批判者程秀山认为经不起如下反问，被直接定性为"反动"——这是那个年头骇人听闻的词汇，令人肝胆俱裂的考语。程秀山以诗歌的形式，以反问的语气，首先把矛头对准了《车轮》："是谁来把它（即"残缺的车轮"——引者注）'燃起熊熊的篝火'？/又怎样'加入我们激昂的歌?'……/这'静静躺着的车轮',/究竟在'等待'什么样'意外的主人'?"② 这种别有用心的语气，裹挟着体制性的力量，远不是旧诗心理、普遍解释的原则和道德主义可堪比拟。

昌耀此番遭遇的检举批判者程秀山，类似于东坡居士千余年前碰上的何正臣。作为叹词及其隐蔽精神与多样性的深文周纳者、侦听者和窥视者，何正臣、程秀山之所以成功，是因为叹词表征的诗之精髓或抒情基址在不少时刻，感染了闻一多所谓的"迷离性"

---

① 对此事的详尽介绍请参阅燎原：《昌耀评传》，前揭，第74—83 页。
② 程秀山：《斥反动诗——"林中试笛"》，《青海湖》1957 年第 9 期。

"游移性"，以至于"文字理解的准确性有所丧失"①，从而留下了理解上的漏洞（称机会也许更完备?），能为程秀山、何正臣所乘。与前辈叹词（比如"呜呼"）的境遇十分相似，新晋的叹词（比如"唉""啊""呀"）虽然也被紧随其后的语句进行过"理智的形容、分析、解释"②，但"理智的形容、分析、解释"，往往可以得到有心人更为"理智的"形容、分析、解释，直至成为它自身的反面，像一个令人哭笑不得的反讽，更像一个变性人，望着自己的前世挤眉弄眼。程秀山在其批判文章的"自注"中，就给出了他可以对叹词得到的"理智"分析进行如此"理智"解释的理由："昌耀是恶霸地主家庭出身，他父亲已被劳改，他母亲在'土改'中畏罪自杀，残废后病死。昌耀对家庭被斗母亲死去，一直心怀不满，继续对党对人民怀恨在心。"③ 这种如今看上去荒诞不经的理由，在 20世纪 50 年代，在体制性力量眼里，却正确得近乎于无懈可击。而以李洁非之见，在那个年代里"所有看似不可思议之事，全都在正常和清醒状态中发生，有其明白的由来、确切的逻辑。显而易见，那就是斗争哲学对全体国民积数十年之功，日复一日导引和砥砺的结果"④。

何正臣效忠的是帝国与皇帝，附带着对东坡居士的嫉恨之心；程秀山效忠的，则是以现代性为头号目标的社会主义建设事业，以及与之相匹配的社会主义文学，或许还有一点点被年轻昌耀轻视后滋生的恼怒之心⑤。早在 20 世纪 40 年代的边地小城延安，关于

---

① 徐希平整理：《闻一多西南联大授课录》，前揭，第 85 页。

② 闻一多：《神话与诗》，前揭，第 149 页。

③ 程秀山：《斥反动诗——"林中试笛"》，《青海湖》1957 年第 9 期。

④ 李洁非：《文学史微观察》，三联书店，2014 年，第 195 页。

⑤ 此等诛心之论来自昌耀的传记作者燎原，参阅燎原：《昌耀评传》，前揭，第 75—78 页。

"暴露"和"歌颂",以及两者间的奇异关系,就已经作为一个文学理论问题——尤其是文学伦理问题——被提请到中国共产党的议事日程;经过1949年后文学艺术领域中的若干次政治运动,疾风暴雨之余,"暴露"被认为只能针对敌人,"歌颂"被认为只能针对中国共产党和社会主义建设。这已经成为文学创作和批评中的小常识①,谁也不得触犯。程秀山从《林中试笛》中嗅出异样的气味,侦听到叹词因其多样性本能得到部分尊重而发出的不和谐音,除了说明他听觉、嗅觉尽皆灵敏,性能尽皆优良外,并不说明更多、更重大的问题;他之所以紧急发表《林中试笛》,以供第一时间内的批判之用,不过是因为他对党的文艺政策理解得十分准确,除此之外,也不能说明任何问题②。程某的确是个有心人,但并不比那个年代特有的有心人多出任何一点东西;在体制性力量的眼里,一切都显得稀松平常,程某既谈不上特殊性,更说不上稍微有点奢侈的个性。

和帝制中国对叹词采取监控手段,将它直接屁声化相比,社会主义建设时期的中国,更倾向于对叹词采取规训的方式——程某能够成功的全部秘密不过如此,但也不过尔尔。虽然"规训"一词早已存乎于中国古代典籍③,但意思单纯,语义洁净,主要为"规则""规矩"之义,在词性上似乎更倾向于静态,拥有儒家温柔敦厚的表情,不具备太强的杀伤力,仅有来自道德上的强制性——但道德上的强制性可以通过冒犯道德得到缓解,这样的陈例数不胜数。以

① 此中的复杂性,以及这个局面的前世今生,可参阅李洁非:《典型文案》,人民文学出版社,2010年,第80—236页。

② "供批判使用"是那个年代很常见的词,很常见的事情,郭小川等当时的文艺高官都遇到过这个问题。参阅陈徒手:《人有病,天知否?》,人民文学出版社,2000年,第186页。

③ 《陈书·王玚传》:"(王)玚兄弟三十余人,居家笃睦,每岁时馈遗,遍及近亲,敦诱诸弟,并禀其规训。"

福柯（Michel Foucault）之见，规训在现代社会不仅具有纪律、教育、训练、校正、惩戒等多种动态意蕴，还特地用来指称某种特殊的权力形式：它既是权力干预肉体的训练和监视手段，又是不断制造知识的手段。总之，规训是"权力－知识"相结合的产物①，被认为更适用于现代人性（即孤独）。帝国监控叹词，倾向于让叹词"死在诞生之时"，达到从肉体上灭之而后快的目的。因此，监控或暗中或公开利用了肉体的一次性，敲诈了肉体的不可再生性，简单、粗暴，体现了权力的傲慢、无情，更兼不可思议的力度。规训则是一种更精细、更需要耐心的艺术活。它不太愿意从肉体（即声音）上消灭叹词。它批判叹词，进而让叹词和叹词的附体者进行自我批判，通过一轮又一轮"灵魂深处闹革命"和"狠斗私字一闪念"，让叹词的附体者和叹词一道，认识到自身的错误或罪恶——并且是以心悦诚服的心情和态度，去认识自己的罪恶或错误。最终，让叹词为批判者发声，为批判者滋生诗意，将抒情基址或诗之精髓重新交付于社会主义建设，交付于党的光辉，交付于现代性。与监控对叹词的屁声化相比，规训是为了教育叹词，让迷途的叹词重新归位；也是为了继续利用叹词，让叹词能够为规训者服务。屁声化虽然性格直率、做事干脆，像个性情耿直的大丈夫，却对叹词构成了严重的浪费；规训则认为节约才是更值得推崇的美德。

作为被规训的结果（称"代价"也许更合事实），"唉"和"啊"至少给昌耀带来了两宗罪："其反动诗《车轮》是留恋旧日的地主生活，并妄图旧日重现；""其反动诗《野羊》是影射党的思想改造，表达的是人总归要被党的'猎枪'所捕获。"两宗罪引发的

---

① 参阅福柯：《规训与惩罚》，刘北城译，三联书店，2000年，第25—44页。

直接后果，是叹词的灵魂附体者被戴上"右派"帽子，沦为政治贱民长达二十余年，最后成为一个口吃者，无论是精神上的，还是生理上的①。与这等骇人听闻的逆天之罪相比，现代性带来的孤独情绪——它居然没被党的光辉和同志之爱所化解——却未被规训者放在眼里；昌耀在他沉痛复兼自我诋毁、自我抹黑的"检讨书"里，承认了国家级别的体制性力量对他的指控，对自己为叹词带去的伤害深表悔恨。他希望以否定过往的叹词为代价，换得叹词的新生，以便继续滋生对社会主义建设（即被赞美的现代性）有用的诗意。这中间，虽然不乏戴罪立功、以观后效的真诚念头②，却正好是规训的目的之所在③。

与昌耀被规训相差不过数年，在文坛上地位比昌耀高得多的郭小川，也享受到了级别更高的华盖运。他在长诗《一个和八个》、组诗《望星空》等大体量的作品里，大量使用了"啊""哎"一类情感密度较高的叹词。这些叹词自觉地拥有了高度的单一性；它以其肯定功能滋生、创化的诗意与诗行，原本是为了歌颂以现代性为中心组建起来的情、事、物，却被体制性的力量认为问题严重，需要被规训。经过一系列有组织、有规划的集体性大批判之后④，本着规训的目的、逻辑线路和潜意识，郭小川迎来了真诚、沉痛的自我检讨："《一个和八个》，这是我在思想上和行动上的一次反党的罪恶，无疑是隐藏在我思想深处的阴暗思想的总暴露，是我的资产阶级世界观的总暴露，是当时的修正主义思潮对我的影响的总暴

---

① 参阅敬文东：《对一个口吃的精神分析》，《南方文坛》2000 年第 4 期。

② 参阅燎原：《昌耀评传》，前揭，第 102—103 页。

③ 参阅昌耀：《一份"业务自传"》，《诗探索》1997 年第 1 辑。

④ 对于郭小川被密集批判的经过，陈徒手有详尽的研究，参阅陈徒手：《人有病，天知否?》，前揭，第 167—224 页。

露……这种阴暗的思想，在这首诗里直接起了作用。"① 至于《望星空》一诗，郭氏的检讨更为出色，着"实"体现了规训的"实"绩。郭小川写道：这首诗"表现了我的虚无主义感伤主义的思想，实际也就是个人主义受到挫折的表现。诗中还有明显的政治错误。这首诗，已经引起北京和各地的广泛批评，我是完全同意的"②。和昌耀的孤独意识没有受到规训者重视很不一样，郭小川自我诽谤、自我抹黑的重心，亦即和孤独比邻而居，并且分享了孤独的个人主义，则被规训者（还有郭本人）视作郭小川全部错误的源头。国家级别的规训者这一回算是抓住了要害：紧随现代性而来的个人（主义）及其派生物（即孤独），才是根本和重中之重；孤独是一切现代情绪的底色，是新诗的潜意识，几乎难以被撼动，但这正是规训的重点之所在，因为正是孤独赋予了叹词以多样性，给了起兴之物以个人主义色彩③。规训者很清楚，只有用无私、无我的**社会主义新人**④置换现代人性，只有解除现代中国人的情绪底色，让个人完全沐浴在党和人民的光辉中，一切不利于社会主义建设的问题，一

---

① 郭小川：《关于个人主义与〈一个和八个〉等问题》，郭晓惠等编：《检讨书：诗人郭小川在政治运动中的另类文字》，中国工人出版社，2001 年，第 47 页。

② 郭小川：《在作协四年来的错误与缺点——思想总结》，郭晓惠等编：《检讨书：诗人郭小川在政治运动中的另类文字》，前揭，第 61 页。萧三在批判郭小川时重点指出了他的个人主义："他的诗里'我'字用得很多，比如说'我号召……''我号召'你们如何如何，已经将自我凌驾于集体、阶级之上了。"（萧三：《谈〈望星空〉》，《人民文学》1960 年第 1 期）

③ 康生在 20 世纪 50 年代末开展的教育革命中对中央党校和中国人民大学任教的马列主义老教授们的批判可以证明个人主义并未消失："他们的马列主义只能讲，只能写，只能出书，但自己不能实行，越教马列主义，自己越是个人主义。"（参阅陈徒手：《五十年代教育革命中的康生》，《炎黄春秋》2011 年第 12 期）

④ 关于"社会主义新人"这个概念，可参阅敬文东：《事情总会起变化》，台湾秀威书局，2009 年，第 37—39 页。

切被体制性力量视为叛逆的情绪，才会得到最终的解决、根本性的解决。

颂　歌

较之于对叹词进行的国家级体制性规训，道德主义对叹词的管控能力虽然不可高估，但也并非可以忽略不计，毕竟诗之精髓不可能与良心（或道德）完全脱钩，抒情基址也不可能真的自外于火热的时代，或时代的火热。"悲哉，秋之为气也！萧瑟兮草木摇落而变衰。"① 作为诗的实质与象征，作为诗的微缩物，叹词或诗之兴从不排斥外部的一切，毕竟所有的感叹，大体上都肇始于"气之动物，物之感人"②；毕竟"人禀七情，应物所感"③，"情以物迁，辞以情发"④。只有以"草木摇落"为代表的外物感"气"而"动"，才是心"动"的基础、"情发"的缘起。无论在普罗文学时期，还是在烽火连天的抗战岁月，都有与时代紧密相连并展现时代风貌的优秀作品，连戴望舒、卞之琳、何其芳都没能例外；绝对个人化的情绪底色（亦即孤独）不仅没有从中作梗，打扰优秀作品的生成或诞生，有时反倒因为它的存在，因为它特殊的滋养作用，使诗意显得更真实、更精悍，使个人的孤独与时代的苦难两相交融，以至于更有爆发力。

艾青在抗战中写道："——啊，你/蓬发垢面的少妇，/是不是/

---

① 宋玉：《九辩》
② 钟嵘：《诗品·序》。
③ 刘勰：《文心雕龙·明诗》。
④ 刘勰：《文心雕龙·物色》。

你的家/——那幸福与温暖的巢穴——/已被暴戾的敌人/烧毁了么?/……咳,就在如此寒冷的今夜/无数的/我们的年老的母亲,/都蜷伏在不是自己的家里,/就像异邦人/不知明天的车轮/要滚上怎样的路程……"(艾青:《雪落在中国的土地上》)和昌耀二十年后被规训的"啊"完全不同,艾青之"啊"在抗战年代有感于苦难的外物而滋生的,是同情,更是普通民众的惨景;"咳"引导出来的,则是对未来的担忧,是对明天的不确定表示的不安。艾青将个人孤独引发的"不良"情绪,巧妙地纳入其中,增添了"不安"享有的分量。在此,"啊"与"咳"尽皆表达了道德主义方面的诉求,并从道德主义的角度,对现代性做出了本己的回应;艾青听命于新诗之潜意识而来的个人忧郁,并没有让"啊"与"咳"沦入绝望的泥淖。他在另一首诗中,用语尾助词"啊",对表示不安和同情的"啊"和"咳"做出了回应:"听啊/那号角好像依然在响……"(艾青:《吹号者》)作为**答案**的语尾助词"啊",抹去了作为结论的叹词"啊""咳"有可能暗含的阴郁、悲观,甚至个人性的绝望。和郑敏等人不同,此处的虚拟语气(即"好像依然在响")表征的,恰好是肯定,是对最后之胜利的确信——看起来,艾青或许真有资格对某些过于自恋的叹词施以咄咄逼人的语气。

进入共和国,或者,当国家级别的体制性规训机制终于组建起来,道德主义对叹词的规训要么退场,要么受制于体制性的规训机制,并成为它的一部分,因为"革命不是请客吃饭"。唯有革命,才称得上最高的、唯一的道德原则——这是在很长时间内不容讨论的戒条。因此,以"啊"为皇后的叹词后宫在新时代认领的任务,主要是滋生或创化颂歌,并以此作用于革命,作用于火红的年代;即使是滋生对敌人的仇恨(比如田间的《赶车传》等),也只有和颂歌相联系,与颂歌构成紧密的上下文关系时,才有意义。这一招,确实比帝制中国对叹词的浪费性监控高明得紧，比对叹词的挥霍性屁声化有用得多。规训者很清楚，很自信：即使是垃圾，也自有垃圾的用处，何况叹词的意义如此重大；唯一的要领，仅在于如何点拨、敲打和利用它。

贺敬之在郭小川过世不久对后者有过热情的称颂："郭小川提供的足以表明其根本特征的那些具有本质意义的东西，就是：诗，必须属于人民，属于社会主义事业。按照诗的规律来写和按照人民利益来写相一致。诗人的'自我'跟阶级、跟人民的'大我'相结合。'诗学'和'政治学'的统一。诗人和战士的统一。"① 或许是出于惺惺相惜的缘故，贺敬之的赞扬来得格外准确、得体，因为郭氏确实上好地践履了叹词认领的新任务，但得有正襟危坐的规训在一旁保驾护航："啊啊，你们这一代/将是怎样的/光荣！/不驯的长江/将因你们的奋斗/而绝对服从/国务院的命令……""不驯的长江"是否真的从了国务院，暂时不予理会；但郭沫若"女神"时期发出的"啊啊"（或"哦哦"），在郭小川这里获得了近乎完美的呼应，倒是值得期待的事情。郭沫若的"啊啊"是对一个古老帝国得以更生的期许和展望，虽然有"自我夸大狂"（megalomania）之嫌②，郭小川的"啊啊"则是对已经新生的国家的赞美。前者是悲壮的、饥渴的，后者庄严、神圣而洁净，甚至被某些论者认为在有意"强化诗歌中的帝国形象"③。一时间，"啊"以视韵为方式，以杂交艺术的形象，在共和国的纸张上遍地开花，以至于到处都是高

---

① 贺敬之：《郭小川诗选英文本·战士的心永远跳动（代序）》，《郭小川诗选续集》，河北人民出版社，1980年，第4页。
② 参阅叶维廉：《中国诗学》，生活·读书·新知三联书店，1992年，第97页。
③ 参阅王敖：《怎样给奔跑中的诗人们对表》，《新诗评论》2008年第2辑，第44页。

亢、热情的颂歌之声，呼应着从旁伺候的规训机制："啊，祖国/你的儿女将像山鹰一样/守卫你的边疆和海洋/把和平给予你的/新开垦的农田/和冒烟的工厂"（石方禹：《和平的最强音》）"啊！山岭下，工地像大熊星座/长江滚滚留着朝霞！"（沙鸥：《山下》）

仅仅歌颂社会主义及其建设事业，将叹词的肯定功能奉献给现代性，仅仅清除新诗对个人性"不良"情绪的表达，仅仅对郭沫若的"啊啊"进行回应，被认为远远不够；叹词被授予——说"分配"可能更合实情——的另一个重大任务，是歌颂革命的象征性人物。这是叹词被规训而来的辉煌成果；对叹词实施"一棍子打死"之战术的屁声化，不大可能导致这等令人好生羡慕的新结局。在体制性规训机制大行其道的年代，毛泽东的存在，就像驱除黑暗与夜晚的太阳之于基遍（Gibeon）①；而"太阳是他们可信仰的大神的眼睛……大神之眼是能看见一切的（the all - seeing eye）"②。王朔对这等无所不知之眼，尤其是无所不知之眼的隐蔽精神，有过上好的侧面描写："1959年的国庆节我没有印象，只在以后看了不少那一年拍摄的电影……文化大革命批判了这批电影，说这批电影表现了'资产阶级人性论'，证据是有的片子的女主角爱上了男主角，有的片子的女主角很爱自己的父亲。在当时那是不允许的，每个人都应该只爱毛主席，其他都叫'无缘无故的爱'。"③ 一整部新诗史有分教：在规训机制被成功组建与实施的年月，叹词的灵魂附体者个个深通此道。郭小川之子郭晓林回忆说：父亲"在给我的信中写道：'无产阶级革命文学的最高使命是歌颂伟大领袖毛

---

① 《圣经·约书亚记》10：12：O sun, stand still over Gibeon, O moon, over the Valley of Aijalon.
② 饶宗颐：《西南创世纪》，上海古籍出版社，2010年，第208页。
③ 王朔：《鸟儿问答》，前揭，第6页。

主席'"①。在那个年代，这等俚俗直白的道理无人不懂，连歌谣的编织者也不例外②；郭沫若、周扬联袂编选的《红旗歌谣》中颂扬领袖的诗篇，被两个编选者认作"社会主义新时代的新国风"，与其相比，"连诗三百篇也要显得逊色了"③。"毛主席，你应当戒烟／不要理睬那些哲学家／修水坝，种树／但不要用手拍死苍蝇。"（Chairman Mao, You should quit smoking /Don't bother those philosophers /Build dams, plant trees /don't kill flies by hand）④ 尽管出自洋人之手的语句既善意，又富有幽默感和亲切感，却不是颂歌要求的句式与口吻，也没有得到叹词的单一性的浸染，必将被清除；诸如《毛主席万岁！万万岁！》《全靠领袖毛泽东》《万岁万岁毛泽东》《毛主席的著作揣在怀》《毛主席身边住下来》⑤……一类诗篇铺天盖地，才更合规训的胃口与脾性。贺敬之在叹词附体之际，也曾洋溢着热情，而用楼梯体写道："生在／中国母亲的／怀抱里／活，一万年，／活在／伟大毛泽东的／事业中！啊，一切／都已经／证明过了……"（贺敬之：《雷锋之歌》）在此，"啊"就是一切，"啊"就是最终结论。它当仁不让，更倾向于自我加冕，不需要任何形式的论证，甚至以语尾助词充当回声，都被认为是多余的，就像神不

---

① 郭晓林：《惶惑与无奈——父亲在林县的日子里》，郭晓惠等编《检讨书——诗人郭小川在政治运动中的另类文字》，前揭，第308页。

② 郭沫若、周扬联袂编选的《红旗歌谣》（红旗杂志社，1959年）第一辑"党的颂歌"一共48首，直接歌颂毛泽东的诗篇超过了一半。这本集子号称"红色民歌"，有如此表现，也许更能说明问题。

③ 郭沫若、周扬编：《红旗歌谣·编者的话》，红旗杂志社，1959年，第2页。

④ Gary Snyder, *The Back Country*, New York：New Directions, 1968, P.114.

⑤ 《毛主席万岁！万万岁！》的作者为居友松，刊于《解放日报》1966年10月1日；《全靠领袖毛泽东》作者为沈金生，刊于《解放日报》1966年10月1日；《万岁万岁毛泽东》作者为蔡祖泉，刊于《文汇报》1966年10月1日；《毛主席的著作揣在怀》作者为孙建华，刊于《解放军文艺》1966年第10期；《毛主席身边住下来》作者居友松，刊于《解放日报》1966年10月22日。

需要阴影、不在乎阴影；或者，"啊"自信它会得到无数语尾助词的主动回应，自信它需要和拥有的回声无处不在，"就像到处都是空气，空气近乎不存在……"（欧阳江河：《玻璃工厂》）

郭小川说得好："诗中间，是可以出现'我'字的。但这个'我'，必须是无产阶级或英雄人民中的一个，最好是他们的代表，是他们的代言人。个人是集体中的一员。"① 从"我"到"我们"；或者，以"我"代表"我们"，是一个关键性的变化②，意味着"我"不能再以单数的形式存在，暗示着孤独与个人特性的被取消。被规训的叹词越发丧失了主动性，它必须将这项重大的变化，当作自己的任务，或该隐额头上的记号："我"只是伪装的第一人称单数。作为 20 世纪 20 年代早期就已经成名的诗人，冯至在规训机制建立起来的时代，有非常好的自我认识："我最早写诗，不过是抒写个人的一些感触，后来范围比较扩大了，也不过写些个人主观上对于某些事物的看法；这个'个人'非常狭隘，看法多半是错误的，和广大人民的命运更是联系不起来。"③ 颂歌必然建立在"我"转化为"我们"的基础上；作为新的情绪底色，欢乐（颂歌）代替了跟现代性生死相依的孤独。享受过规训的郭小川对此理解得很准确："啊啊／这闪光的话／像雨点似的打在我的心间，／我怀着感激／回到我们的队伍中／继续向前……"（郭小川：《投入火热的斗争》）有救火队员"啊啊"的创化、滋生作用从旁伺候，"我"必将以愉快的心情，被溶解在"我们"之中；有"啊啊"的强力煽动，"我们"必须愉快地沐浴在革命领袖那炫目的光芒之中——这就是颂歌

---

① 郭小川：《谈诗》，上海文艺出版社，1978 年，第 28 页。
② 参阅敬文东：《在革命的星空下》，《文艺争鸣》2002 年第 3 期。
③ 冯至：《漫谈新诗努力的方向》，《文艺报》1958 年第 3 期。

的本意之所在，也被认作根除现代人性最得力的方式。这情形，当得起，也类似于马丁·布伯（Martin Buber）就上帝及其信众的关系之所说："祈祷不在时间之中，时间却在祈祷之内；牺牲不在空间之中，空间却在牺牲之内。"① 看似万难被瓦解的孤独，终于奇迹般地被规训所瓦解。从此以后，在很长一段时间内，现代叹词将怀着愉悦的心情，跟现代性作别，与现代人性一刀两断；现代叹词将与自己的前生相反，与个人（或单子之人）一起，上演"相煎何太急"的活话剧，滋生出无穷的欢乐与友爱，无穷的感激与感恩之情②。

叹词的螺旋式上升

即便在叹词被严厉规训的时刻，也有呼应于现代性自身逻辑和潜意识的诗歌写作存在，毕竟和个人一样，新诗也是现代性的终端产品，自有它难以被规训的部位或器官，在暗中傲视着、对抗着体制性力量。新诗自身的潜意识，新诗得之于现代性的本能，并没有因为被规训而消失殆尽；规训机制既不可能，事实上也没能时时刻刻成为新诗的蚕室。而向着"本来"应该朝向的方向迈进，"原本"就是"本来"之事——所谓的潜在写作，多半说的就是这么回事③。"本是同根生"的兄弟，又何至于每时每刻地"相煎何太急"呢？

---

① 马丁·布伯：《我与你》，陈维刚译，生活·读书·新知三联书店，1988年，第20页。

② 这方面的材料，尽在刘福春先生的大著中，参阅刘福春：《中国新诗编年史》（下卷），人民文学出版社，2013年，第719—955页。

③ 参阅刘志荣：《潜在写作：1949—1976》，复旦大学出版社，2007年，第240—260页。

这种语气的句式中出现的语尾助词，原本就是对某个叹词做出的回应；而那个被回应的叹词，无疑是在感叹自己多舛的命运，赞美自己顽强的生命力。在"文革"的深夜里，穆旦写道："我爱在枯草的山坡，死寂的原野，/独自凭吊已埋葬的火热一年，/看着冰冻的小河还在冰下面流，/不知低语着什么，只是听不见。/啊，生命也跳动在严酷的冬天。"（穆旦：《冬》）"啊，多少亲切的音容笑貌，/已迁入无边的黑暗与寒冷，/我的小屋被撤去了藩篱，/越来越卷入怒号的风中。"（穆旦：《老年的梦呓》）穆旦写下这些句子而还叹词以本来面目时，已经到了凄凉、孤独的晚年。现代人性响应新诗的号召，来到叹词的佛光中，原本是自然之事；在穆旦的诗行和叹词之外，是响彻天际的颂歌，看上去没有止歇的迹象。此时此刻，叹词滋生的诗行不仅在咏诵抹不掉的孤独，也安慰着偏离自身航线的叹词本身。

就在穆旦写下这些诗行的前后不多时，一批将被称作"朦胧诗人"的年轻人受荷尔蒙蛊惑，懵懂中，摸到了叹词发声的闸门："以太阳的名义/黑暗在公开掠夺……/啊，我的土地/你为什么不再歌唱？"（北岛《结局或开始》）"啊，城市，/你这东方的孩子。/在母亲干瘪的胸脯上，/你寻找着粮食；"（芒克：《城市》）"啊，在心的远景里/在灵魂深处；"（舒婷：《思念》）"哦，只有光，落日浑圆地向你们泛滥，大地悬挂在空中……/哦，光，神圣的红釉，火的崇拜火的舞蹈……"（杨炼：《诺日朗》）叹词滋生的诗行和情绪如此年轻，幼稚，充满活力。它在为不可能被抹去的个人，不可能被改变的孤独这个现代人性，而沮丧，而失落，而垂头丧气。即使是表面上的张狂和深沉，从叹词和孤独的角度看过去，也显得要么色厉内荏（比如"哦，光，神圣的红釉，火的崇拜火的舞蹈……"），要么肤浅稚嫩（比如"啊，在心的远景里/在灵魂深处"）。但就是这些叹词，本能性地拒绝"死在诞生之时"，想方设法冲破体制性的规训，去寻找自己的多样性，诚如西川多年后在诗中欢呼的："沙土中的鸽子，你由于血光而觉悟，/啊，飞翔的时代来临了!"（西川：《致敬·巨兽》）。但是，"飞翔的时代"真的如期来临了吗？那些孤独，那些突破规训的藩篱一路找回自己前世的现代人性，真的比被规训更幸运吗？对于现代汉诗，对于叹词的新一代灵魂附体者，唯一的安慰之辞无非是：痛苦的自由总比幸福的被囚禁要好一点。在价值真空的当下中国，叹词能滋生的最好诗意莫过于此，慨叹能获取的最好境遇莫过于此：

唉，令人艳羡的无知!
居然属龙：细弱，光滑，小，连鳞也没有。
浑身是腰，每一次都从指缝间
流走，令手指由衷地疯长。
……
翌日她起身，开门见山，她将目睹……
北方闪烁，太阳带着远在长白山头的积雪
照亮了一个四川嫖客苍翠的面目。

（宋炜：《燕歌行》）

啊，忙乱早市肿胀如盲肠。哈巴狗
懒洋洋舔着大脚趾喷出的长短巷。
鸡生猪笼，刘海振振；鸭生鱼框
刺青愤愤。隔日黄花偷眼青菜萝卜，
哪里是断电的电子秤和越磨越钝的

杀猪刀?

（蒋浩：《游仙诗》）

何其轻捷的颓废！何其暗诉衷肠的嬉皮笑脸和破罐破摔！在肉香中，埋没孤独、忘却万古愁，在语无伦次的家长里短里寻找抒情基址，重拾诗之精髓。这是何等风范与豪气干云？但新诗百年，真的出现过大师，出现过不朽的巨作吗？这是一个饶有趣味的设疑，会被暗中自封的大师们所渴求；但从抒情和感叹的角度看过去，眼下，不过是叹词刚刚逃离囚禁的时刻，幻觉中，还自以为进入了广阔的天地。叹词（或拥有元义的诗之兴）应该意识到：即便是孙悟空，也有如来佛的手掌在等它；叹词应该明白：自有新诗起，叹词的自由，就没有大于过那只有着诸多面相的手掌。

诗与颓废

万古愁，及时行乐

　　和血统不纯，却自称"纯种"的希腊文化相比①，华夏文明虽非早产，却过于早熟，口腔期和肛门期都较为短暂②。据信，华夏子民同神灵了结关系的事件（亦即天人分际而非天人合一），就发生在更为古远、浩渺的时刻，诗之兴因此尾随宗教－祭祀之兴而来，褪尽了神学色彩③。华夏民人因此过早成为神灵的弃儿，恰若古谣

---

① 参阅马丁·贝尔纳（Martin Bernal）：《黑色雅典娜》，郝田虎等译，吉林出版集团有限责任公司，2011 年，第 35—80 页。

② 有人认为华夏文明来自印度，或者深受印度的影响［参阅徐达斯：《文明的基因》，东方出版社，2015 年，第 463—526 页；参阅梅维恒（Victor H. Mair）：《内陆欧亚研究文选》，兰州大学出版社，2014 年，第 40—64 页］，对这个过于复杂且大有争议的问题，此处不予置评。

③ 参阅《国语·楚语下》《帝王世纪》、蔡沈：《书经集传》等相关文献的记载。希腊－罗马文化圈则长期以来团结在彼岸或神的周围，正如米什莱（Jules Michelet）所说，西方世界结束"自然神崇拜"，要晚至"基督教大获全胜之前不久"；而这种境况之所以成立却必须以如下情形为前提："神祇们消失，上帝继续存在；神祇越是凋零，上帝越发强大。"（米什莱：《女巫》，张颖绮译，电子工业出版社，2014 年，第 3 页、第 228 页）

谚所言："日出而作，日入而息……帝力于我何有哉！"（无名氏：《击壤歌》）①倔强的呼声中暗含着的，尽都是委屈和不甘，不是通常被认为的自由自在，或雅好"无为"的垂裳而治。呼喊者是超验之物（或彼岸世界）有意制造的弃儿或孤儿。中国人因此被过早投入了自主、自决、自治的境地，宛若翟永明缅怀早逝的母亲时轻微的抱怨②：

> 你让我生下来……
> 这世界有了孤儿
>
> （翟永明：《女人·母亲》）

从不知其名姓的远古时代起，华夏民人就被解除了一切形式的彼岸，仅余唯一一个此岸世界，宛若不可测度的宿命。追随着宗教－祭祀之兴蜕变的脚步，他们被迫另起炉灶，自立门户，被逼着成为"自己所在单位的领导"（李亚伟：《硬汉们》）。从此，他们与超越的观念渐行渐远，倾向于和醉心于凡间人世；依靠无神论的诗之兴，依靠诗之兴拥有的元义，诗歌更多是"诗人对生活于其中的世界的直接反应"③。或许，这等令人不安的情形能够表明：一种早熟的文化，一种过早就没有神灵"罩着"或"轧起"④ 的文明，

---

① 李零：《中国方术续考》，中华书局，2006 年，第 5—13 页。
② 母亲过早过世给翟氏的诗歌写作带来的影响请参阅钟鸣：《翟永明的诗哀和獭祭》，《收获》2015 年第 2 期。
③ Pauline Yu, *The Reading of Imagery in the Chinese Poetic Tradition*, Prinoeton University Press, 1987, P.35.
④ "罩着"是北京方言，"轧起"是四川方言，都是给某某撑腰或成为某某之依靠的意思。

能在何种程度上，给存身于陶渊明所谓"逆旅之馆"①的匆匆过客捎去何种心理上的严重症候；也将在何种程度上，冲击着过客们脆弱、敏感、满含期待的心理，亦即今人赵野所谓"宿命的一角"（赵野：《往日·1980》）。对此，高春林有过诚实并且质朴的供认：

> 夜读《幽兰操》，在先人的喟叹里
> 找到我悲伤的症结。好像生命在暗示：
> 别矫情，别责怪习习俗俗风，
> 世界本来多病，我们无理由筑乌托邦之城。
>
> （高春林：《幽兰》）

　　和诸种古老的文明相较，汉文化过早洞悉了尘世的真相（或者它自以为洞悉的就是真相），只愿在此岸世界展开凡俗的人生，不相信天堂或永恒，乐于接受"拯救是徒劳"（西川：《杜甫》）这个显而易见的无神论事实。它更倾向于承认："一切都是命运/一切都是烟云。"（北岛：《一切》）看起来，服输、认命才是首先要做的心理功课；所有形式的抗争都显得徒劳而惘然，只因为"相对于时光，我们早已不战自败；但如果愿赌服输，那一切还有什么好说的呢"②？弃儿或孤儿们对此早有体察：唯有与人长相厮守的此岸世界是真实的，虽然对人而言，它很可能是毫无意义却又是有趣的。环绕和装饰这个世界的时间神秘、绵长，不见其首尾；属于人的光阴既短促如呵欠，又让人难以捉摸，以至于"我只活在自己部分命里，我最不明白的是生，最不明白的是死"（李亚伟：《河西走廊抒

---

① 陶渊明：《自祭文》。
② 敬文东：《轻盈的诗歌写作》，《名作欣赏》2015 年第 6 期。

情》第一首）！如此茫然无解的人生状态，自古以来，就为无神论的华夏民人带来了有限的学说、教义，还有面目与腰身判然不同的各式行为……而"时飘忽其不再，老晼晚其将及"① 的内心体验，传自于远古洪荒之际（亦即人与神"两讫"或两相"揖别"的那个时刻），它是中国人心中挥之不去的情绪底色；"遵四时以叹逝，瞻万物而思纷"② 的内心敏感，遥接孔子"逝者如斯夫"的川上之叹，在双倍的抑扬顿挫和音声婉转中，将时光的流逝给不止双倍地心理化了。至于对人生短促的慨叹，从古及今，正可谓绵绵不绝，多到了汗牛充栋，以至于让人汗流浃背的地步③。

作为一个不可变更的事实，生命之短促委实令人惆怅；如果短暂的生命再配之以来历各不相同的**万古愁**（或**千岁忧**），势必令人更加难以容忍。在此，**人生苦短**不能被认作"短"加"愁"的相得之数；它比"短"与"愁"之和还要多出一些东西。在李太白完成万古愁之叹，或无名氏完成千岁忧之叹的千余年后，旅居德国的张枣回应了、接续了出自于古老文明腹心地带的深沉慨叹：

　　　没在弹钢琴的人，也在弹奏，

---

① 陆机：《叹逝赋》。
② 陆机：《文赋》。
③ 比如"人生天地之间，若白驹之过隙，忽然而已"（《庄子·知北游》）；"河清不可俟，人命不可延"（《后汉书·文苑列传·赵壹传》）；"四时更变化，岁暮一何速"（《古诗十九首·东城高且长》）；"人生处一世，去若朝露晞"（曹植：《赠白马王彪》）；"人生譬朝露，居世多屯蹇"（秦嘉《赠妇诗》）；"感朝露，悲人生！逝者如斯安得停"（陆机：《顺东西门行》）；"丧车相勾牵，鬼朴还相哭"（王梵志：《夫妇相对坐》）；"如残叶溅/血在我们脚上，//生命便是/死神唇边的笑"（李金发：《有感》）；"你是害怕死亡/给我们带来的漫长呢？/还是害怕死亡给我们带来的短暂？"（臧棣：《为什么是蝴蝶协会》）诸如此类，不绝如缕。

无家可归的人，总是在回家；

　　正好应和了万古愁——

　　　　　　　（张枣：《与茨维塔伊娃的对话》第11首）

　　写这组诗的时候，张枣还年轻，其理解力却足够老到与机敏："万古愁"并非古人无病呻吟，甚至不是"天凉好个秋"的苍凉感及其控制下的无话找话，就能总结和打发。它是家园之忧，是意义之愁，却依然存乎于此岸世界①。在此条件下，才有看似自相矛盾的行为发生："无家可归的人，总是在回家。"在唯一的此岸，只有无家的人，才会无端端想家，才总是在无端端的想象中回家。而有家的人或每天都在家，或无所谓家，就像鱼无所谓水，更无所谓关于水的种种定义，又何况那些拥有"彼""此"两"岸"的人。**起兴于万古愁**的弃儿或孤儿们有深切的体会：人生苦短并不必然意味着"向死而生"（Being－towards－death），或对于"先行到死亡中去"这个现代观念的鲜明意识，也不必然意味着首先指向死亡（亦即陶渊明所谓的"本宅"②），而是指向"妙人儿们"经常称道的"精神家园"。它在邀请某种——而非随便哪一种——价值和意义，前来占有并饱飨苦短的人生；而为人生或生活赋值（Evaluation）③，不过是一件古老并且自然而然的事情。即使是作为著名的敌基督者

---

① 余英时描述过佛教进入中国前中国人对地下世界（彼岸）的认识史，十分精彩。饶是如此，他还是承认，地下世界不是中国上层文化的主流（参阅余英时：《中国思想传统及其现代变迁》，广西师范大学出版社，2004年，第7—21页）；而李泽厚对只有一个世界的观点论述得十分坚决（参阅李泽厚：《华夏美学》，三联书店，2008年，第196—197页）。

② 陶渊明：《自祭文》。

③ 参阅A. N. 怀特海（Alfred North Whitehead）：《怀特海文录》，王维贤等译，浙江文艺出版社，1999年，第239页。

（Antichrist），伏尔泰还是更愿意说：没有上帝，也得再造一个上帝。

在漫长的古典汉诗传统中，首先可以辨识的，是**形而下的万古愁**。曹孟德诗曰："慨以当慷，忧思难忘。"（曹操：《短歌行》）对此，许慎预先就有表情平易却肌肉结实的解说：作为"难忘"之"忧思"（即万古愁或千岁忧）的出源地，"慷慨"乃"壮士不得志于心也"[1]。这是一种出自于视觉和听觉范围内的感受或经验，给人一种可触摸的踏实感，一种可见、可闻的不安感。这种基于事功的愁（亦即试图利用事功搭建"家园"而不得所产生的忧），存乎于世世代代以至于"万古"的中国人心中，挥之而不去。围绕它组建起来的各种占卜术、算命术、相面术，甚至相"下"部术[2]，被反复证明为颇有效用，安慰了不少失路之人，救济了太多愚夫愚妇。

其次可辨识的，则是名为**形而上的万古愁**。无名氏留下的《古诗》有云："生年不满百，常怀千岁忧；"李太白则说："与尔同销万古愁。"（李白：《将进酒》）从表面上看，形而上的万古愁（忧）既莫名，又无来由，活像麦克卢汉的"内爆"概念，也曾让诸多没有悟性与灵性的人摸不着头脑，因为它跟具体的事功，或事功的实现与否没有干系：它不过是"人类意识到自己生存于时间之上而引起的悲哀"[3]。形而上的万古愁更乐于同人生苦短导出的**生命无意义本质**长相厮守。就像爱因斯坦哀叹过的："我们这些总有一死的人的命运是多么奇特呀！我们每个人在这个世界上都只作一个短暂的逗留；目的何在，却无所知，尽管有时自以为对此若有

---

① 许慎：《说文》。
② 参阅《哈哈笑·相金加倍》。
③ 吉川幸次郎：《推移的悲哀》，《中外文学》6 卷 4 期（1977 年 9 月），第 25 页。

所感。"① 虽然人生苦短是一个简单之极的事实，却能使一切人造的意义（比如上帝、真主和人间天堂），一切被夸饰的价值（甚至是最大的事功生成的价值，比如成为亿万富翁甚或当上了皇帝），在少数敏感者心中既没有说服性，也没有吸引力，却又跟"富贵于我如浮云耳"所指称的道德境界没啥关系。针对某种隐蔽得很好的现实，也有感于这种现实，钟鸣有过近乎于写实性的道白："哎呀，你们自己打破了头，／像只火鸡，就为了做个上等人。／上等人欠了死囚的钱，空虚地／绑过一票……"（钟鸣：《匪囚之歌》）即使是很体面地"绑过一票"，也不能免于人生苦短这个简单的事实；即使绑票过程中并不存在本该拥有的"空虚"特性，也无损于生命的无意义本质，或人生的无目的性和盲目性。此中情形，正合古波斯诗人海亚姆（Omar Khayyam）的颓唐之言："让我生，对这人世无所增益，／让我死，对它也没有意义。／我的双耳从未听人讲清，／因何让我出生，又因何离我而去。"② 虽然形而上的万古愁得自于可以被直观的人生苦短，却不似形而下的万古愁那般配有具体、贴切的所指。它无声、无形、无色、无味，唯有少量敏感之心或寂静之心能听、能看、能触摸和能嗅见。这种样态昂贵、数量珍稀的"愁"，也存乎于世世代代以至于"万古"的中国人心中，挥之不去，能让他们随时起兴而生情——

　　　　唉，散漫的人生，活到休时，

　　　　犹如杂乱的诗章草就——我看见就那么一刻，

_____

① 爱因斯坦：《爱因斯坦文集》第三卷，许良英等编译，商务印书馆，2010 年，第 55 页。

② 海亚姆：《鲁拜集》第 26 首，张鸿年译，湖南文艺出版社，2001 年，第 6 页。

人的生和死，如同一个句号向西夏国轻轻滚去。

（李亚伟：《河西走廊抒情》第三首）

　　基于脆弱的人性，尤其是基于对人性脆弱的常识性理解，两种万古愁都愿意支持及时行乐的人生态度，连志在"周礼"与天下大同的夫子，都有"食不厌精，脍不厌细""割不正不食"的穷讲究①，又何况那么多的二等圣人、寨主与山大王。但这仅仅是因为放纵欲望和渴求德行上的升华，同属于人的本性与本能②，犹如自相矛盾的"之"（to go）、"止"（to stop）两义被同一个古"诗"字所包纳。唯美并颓废着的邵洵美道出了其中的部分真谛："人生不过是极短时间的寄旅，来也匆匆，去也匆匆，绝不使你有一分钟的逗留，那么眼前有的快乐，自当尽量去享受。与其做一枝蜡烛焚毁了自己的身体给人家利用；不如做一朵白云变幻出十百千万种不同的神秘的象征，虽然会散化消灭，但至少比蜡烛的生命要有意义得多。"③恰如邵氏所言，既然被剥夺了建功立业的机会而"不得志于心"，饮酒作乐、努力有趣地填充空白岁月和人生，就是合乎逻辑、合乎人性的选择，更是划算而没有折扣可打的选择，所谓"夫为乐，为乐当及时"（汉乐府《西门行》）④。生命的无意义本质意味着：体察到这一本质的有心人向外找不到绝对者（比如上帝）做靠山而不免于孤独，向内唯有不可仰赖的心性做凭恃而不免进退失据，恰如翟永明近乎于无望的慨叹："岁月把我放在磨子里，让我亲眼

---

① 《论语·乡党》。
② 参阅弗洛伊德：《弗洛伊德论美文选》，前揭，第25—60页。
③ 邵洵美：《贼窟与圣庙之间的信徒》，《火与肉》，上海金屋书店，1928年版，第59页。
④ 参阅敬文东：《失败的偶像》，花城出版社，2003年，第67—86页。

看见自己被碾碎。"（翟永明：《女人·母亲》）面对这等惹人恼怒的境地，"拂衣而喜，奋袖低昂，顿足起舞，诚淫荒无度，不知其不可也"① 的难堪结局，也是合乎逻辑、合乎人性的选择②。看起来，两种万古愁既愿意支持华夏古人的睿智之言："更可怜人生如寄，唯当行乐；"③ 也真心信奉叔本华（Arthur Schopenhauer）的座右铭："人生最大的真理是及时行乐。"④

颓 废

即使形而下的万古愁真的具有杀伤力，甚或致命性，即使没有宗教－祭祀之兴供奉的神灵，却并非不可逆转、不可解决，因为它在凡间人世拥有解药或抵偿物。所谓抵偿物或解药，就是能让孩子停止哭闹的那块方糖，那把玩具手枪，或那次海盗船游戏。它暗示的，是形而下的万古愁具有及物性，与万物阴阳对举、五行相生相克的素朴原理正相契合，亦即俗语所谓的"一物降一物"。面对这种层次较浅却也能致命的万古愁，志在事功的曹孟德早就给出过解决方案（即解药或抵偿物）："何以解忧？唯有杜康。"（曹操：《短歌行》)⑤

---

① 《汉书·杨恽传》。
② 实际上，达则兼济、不达则独善等要求，即使在人生苦短、壮志难酬的情况下，也不失为执着、悲壮、积极的追求——这是无神的华夏文化的主流，令人肃然起敬（参阅李泽厚：《中国古代思想史论》，人民出版社，1985 年，第 7—51 页）。但本书更关注华夏文化中与主流相伴生的潜流，即以及时行乐为主打特征的颓废特质，考察它给中国诗歌（尤其是现代汉诗）带来了什么，因此，不论及华夏文化或古代汉诗和现代汉诗的主流。
③ 《北史·韩凤传》。
④ 《叔本华文集》，钟鸣等译，中国言实出版社，1996 年，第 234 页。
⑤ 汉乐府《善哉行》有"以何忘忧？弹筝酒歌"之句，陶渊明也有"酒能祛百虑"的名言（陶渊明：《九日闲居》)，恰可成为曹氏"吾道不孤"的佐证。

更多的人愿意相信，形而下的万古愁可以在"醉乡"中得以解"除"，至少也可以假装或自我欺骗式地得以解"毒"①。"借酒浇愁"的俗语在指出"愁更愁"的一般性结局时，也预先承认：酒是忧愁者可以选用的抵偿物，甚至是首选的解药，否则，就没有或无所谓"愁更愁"。但要彻底祛除形而下的万古愁，让愁者免于郁郁而终的惨境，唯有时来运转以及围绕时来运转组建起来的什物，方可差堪胜任，所谓东山再起，或"柳暗花明又一村"。随着最好的解药（即时来运转等）发挥效力，酒早已转换了身份，更改了角色。它不再是抵偿物，而是喜庆的琼浆，是液体鞭炮，又岂止区区一个"白日放歌须纵酒"可堪比拟。很不幸，世上从来不存在跟形而上的万古愁相对称、相对仗，或相互押韵、暗送秋波的抵偿物；在仅有的此岸世界，在没有拯救可资凭靠的情况下，这种形态的万古愁连长相及格的反义词都很难找到，又何况可以束缚它甚或扼杀它的解药。它是孤单、孤绝的愁，是愁本身，是愁的加急形式，具有不可遏制的非及物性。形而上的万古愁整个儿都是空的，它被人生苦短的意识或观念给预先掏空了，有如《圣经》加重了语气或喘着粗气的言说："虚空的虚空。虚空的虚空，一切都是虚空。"② 而它指称的生命无意义本质却像幽灵一般，存乎于每一个无奈、敏感之人遭逢的每一个敏感、无奈的时刻。

虽然及时行乐确有人生苦短、时不我待的紧迫感暗藏其间，所谓"为乐当及时，何能待来兹"（《古诗十九首·生年不满百》），所谓"我又饱又暖，凭什么／不思议一下淫欲"（宋炜：《土主纪

---

① 但曹孟德的醉乡，不同于王绩"醉乡氏之俗，岂古华胥氏之国乎？其何以淳寂也如是"（王绩：《醉乡记》）的醉乡，后者指的道家的小国寡民，显然不是曹孟德之意。

② 《圣经·传道书》1：2。

事》)？但它更是解决万古愁的上佳工具，是填补空白岁月的封土，埋葬或回填了岁月的尸骨，因而为两种形式的万古愁所拥戴。不用说，完全无所事事地活着，远比生命的无意义本质还难忍受，更不用说事功未遂带来的愁苦与烦闷。形而下的万古愁因为怀揣着自身需要的及物性，终归有解决的办法，至少存在着解决的可能性。而凡是可以得到医治的疾病，都比真资格的疾病少一点东西，如同男人少了某个物件，就变身为太监或汉奸。可以被医治的疾病甚至不配自称疾病，尤其不得自称疾病后还居然自暴自弃，因为作为解药的主流价值一直在等候它康复，指望它痊愈；形而上的万古愁却因抵偿物（或解药）的永久性缺失，因其虚空特性导致的不治之症，让它更有能力——事实上也更愿意——变身为颓废的实质与核心，与颓废长相厮守共存亡。形而下的万古愁顶多是一种弱的颓废，是颓废的影子或回忆版本，等同于颓废的郊区或城乡接合部，仅仅是构筑颓废时偶尔被征用的边角废料，有废物利用的性质，因为它至少相信事功是有价值、有意义的，是尘世间值得追求的东西，可以为慷慨之士构筑自以为稳固的“精神家园”，以至于能够涉足——甚至进占——被不朽严加看管的禁地。“匈奴未灭，何以家为？”[1]此时此刻，及时行乐早已堕落为事功的羁绊，需要被摘除，因为它消磨、“软”化了建功立业需要的那种“硬”意志——比如娶了孙小妹的刘玄德。“坐而论道谓之王公，作而行之谓之士大夫。”[2] 事功急需要跟“硬”有关的一切（比如硬心肠），并且“越”大的事功，“越”需要“硬”一点的东西。

在古典汉诗漫长的感叹（慨叹是其主体部分）传统中，形而下

---

① 《史记·卫将军骠骑列传》。
② 《周礼·冬官考工记》。

的万古愁比形而上的万古愁拥有更多登台亮相的机会。但那不过是因为将彻底的颓废——亦即彻底的人生无意义本质——推进到底的诗人和诗作既稀少，又格外难得，还有点强人所难，却又并非全无踪迹。更多的人在生命无意义本质的周边徘徊、犹豫、举棋不定，犹如某首川北民歌之所唱："本想寻个短见死，又恐将来有好处"；更多诗篇则在人生苦短的边缘地带张望、窥探，比如李太白及其"仰天大笑出门去"和"明朝散发弄扁舟"。对于此中境况，张枣有过上好的描述："他隔得更远，但总在/某个边缘：齿轮的边上，水的边上，他自个儿的/边上……"（张枣：《边缘》）——但首先是"他自个儿的边上"。罗兰·巴特说得好："不是要你让我们相信你说的话，而是要你让我们相信你说这些话的决心。"[1] 毕竟主要由形而上的万古愁充任实质与核心的颓废，才更可能接近于孤寒、高峻的"决心"。

玛利安·高利克（Marián Gálik）说得很放松："作为一种人类存在就广为弥漫的情绪，颓废有着悠长的传统。"[2] 但那仅仅是因为对人生苦短的体验，尤其是对生命无意义本质的勘探，至少有着同样"悠长的传统"；并且，越是过早成熟的文明，越倾向于过早滋生颓废的情绪，因而越具有"悠长的传统"——夫子之叹只是一个质朴、简单的证据，却并非不足为训。作为现代汉语中一个"不知从何时"起、"也不知何人首创"的"坏字眼"[3]，颓废既非戈蒂埃（Théophile Gautier）认为的"乃老迈文明西斜的太阳所致"[4]，也非

---

① 罗兰·巴特：《批评与真实》，温晋仪译，上海人民出版社，1999年，第72页。

② 玛利安·高利克：《中西文学对峙中的颓废主义》，王燕译，《中国现代文学研究丛刊》2009年第1期。

③ 参阅李欧梵：《漫谈中国现代文学中的"颓废"》，《今天》1993年第4期。

④ 转引自马泰·卡林内斯库：《现代性的五副面孔》，前揭，第176页。

中国古人从道德 – 伦理角度所断言的精神萎靡、意志消沉①，更非勃兰兑斯（Georg Brandes）指斥的忧郁情结和厌世情绪②，也非保罗·魏尔伦（Paul Verlaine）对颓废的咏诵：

> 我是颓废终结时的帝国
>
> 看着巨大的白色野蛮人走过
>
> 一边编写着懒洋洋的藏头诗
>
> 以太阳的疲惫正在跳舞之时的风格③

但颓废也不完全认同今人解志熙对它的素朴描述："所谓'颓废'，即觉悟到人生乃是生命力（或求生意志）在本能冲动中自我耗竭、必趋死亡的衰颓过程。在这种颓废意念中，人生成了毫无意义的徒劳和毫无价值的虚无。"④ 跟诸如此类的"诽谤"言论和"抹黑"之辞大异其趣，玛利安·高利克更愿意将颓废定义为一种不合作的态度，一种心态，"一种对抗。"⑤ 对抗得以成立的唯一凭靠，就是生命无意义本质具有所向披靡的力量：在它面前，一切貌似强大、坚硬的实有，终将化作松松垮垮的乌有。韦勒克（René Wellek）说，被普遍认作颓废者的戈蒂埃，其公众形象建立在"一位落拓文人深切地感受到与当世布尔乔亚社会相暌离"的基

① 参阅《后汉书》卷四十八。

② 参阅勃兰兑斯：《十九世纪文学主潮》第一分册，张道真译，人民文学出版社，1997 年，第 33—40 页。

③ 魏尔伦：《衰竭》，转引自马泰·卡林内斯库：《现代性的五副面孔》，前揭，第 184 页。

④ 解志熙：《美的偏至》，上海文艺出版社，1997 年，第 87 页。

⑤ 玛利安·高利克：《中西文学对峙中的颓废主义》，王燕译，《中国现代文学研究丛刊》2009 年第 1 期。

础之上①。所谓"相暌离",就是和主流价值或主旋律(比如"布尔乔亚社会"的价值观)拉开距离,就是玛利安·高利克暗自称颂的"对抗"。但"落拓文人"一词显得既严重,又轻慢:它夸张了颓废者在普通人心目中蓬头垢面的形象,夸大了他们在公众想象中无精打采的神态与造型。乐于在毒品和颓废之间建立某种幽暗联系的韦勒克不愿意承认,或者不好意思承认②:"真正的颓废主义者,恰恰是那些多多少少有些飞扬跋扈的人……与颓废主义者形成鲜明对照的,是那些真正的无精打采者、破罐破摔者和蓬头垢面者。他们是因为高歌猛进的势头被打断后,才做出这副悲惨兮兮的模样的……这类人一旦被他人或者命运掐断了支撑高歌猛进的生长点后,悲痛欲绝的神态就出现了。"真正的颓废者"只愿意成为这个时代的旁观者",因而"是笑着的失败者"③。"不得志于心"的主,通常只会惨笑、苦笑、冷笑,顶多是皮笑肉不笑,却没有开怀之笑。开怀之笑需要能量,需要心劲——这都是"出膏以自煮"般的内在之物。不用说,颓废者都是些内心整洁有力的角色,不是衣着邋遢、神情萎靡的"落拓文人",也不被"落拓文人"任何一种可能的内涵所界定,所劫持。

考虑到对生命无意义本质的敏感体认和深入体验,颓废就是一种近乎于无声、无形、无色、无味的心理图式,是杰姆逊(Fredric Jameson)所谓的"认识测图"(cognitive mapping),但更是一种人生态度,一种观察世界的角度,至少也能为这种角度从心理上奠定基础。恰如玛利安·高利克暗示的:主动疏离才是颓废(者)的第

① 韦勒克:《近代文学批评史》第三卷,杨自伍译,上海译文出版社,1997年,第34页。
② 参阅薛雯:《颓废主义文学研究》,上海人民出版社,2012年,第5页。
③ 敬文东:《用文字抵抗现实》,前揭,第204页、第208页。

一性征。因为人生苦短，因为生命的无意义本质，世上一切被宣扬与追捧的价值与意义要么善意而虚假，要么自欺欺人，要么存心欺世盗名。无意义本质总是与各种价值、意义处于相持状态，其成其败，取决于心性，取决于某个人有没有能力或胆量视"有用全都没用"（韩博：《馄饨浮南山》）。因此，是否主动疏离富有蛊惑力的俗世前程与功名，就是真假颓废的试金石。和"不得志于心"的"有志"者不一样，颓废者之所以以生命的无意义本质为凭靠，不愿意出将入相，遗弃破虏平蛮之功，主动放弃建功立业的机会，不仅因为这等俗世的功业无其价值，而且人为物役，既无生趣，又无自由。对此，庄子感慨万千："自三代以下者，天下莫不以物易其性矣！小人则以身殉利；士则以身殉名；大夫则以身殉家；圣人则以身殉天下。故此数子者，事业不同，名声异号，其于伤性以身为殉，一也。"① 与庄子感叹的情形刚好相反，许由（一说巢父）闻听让天下于己的不洁之言用水洗耳②，仲长统"逍遥一世之上，睥睨天地之间。不受当时之责，永保性命之期"，又"岂羡入帝王之门哉！"③晋人孙子荆为洁身自好不惜漱石枕流④……庄子自己呢？"宁游戏污渎中自快，"也"无为有国者所羁，终身不仕"⑤。凡此种种，既不是"落拓文人"的塌败之举，更非"自我耗竭、必趋死亡的衰颓过程"所能描摹与刻画。而在此基础上及时行乐，意味着把空白的日子填满，将无意义的人生打发，却不屑于有志者"玩物丧志"的诋毁之言，诚所谓"若复不为无益之事，则安能悦有涯之生"⑥。即使

① 《庄子·骈拇》。
② 参阅蔡邕：《琴操·河间杂歌·箕山操》；参阅皇甫谧：《高士传·巢父》。
③ 仲长统：《昌言》，参阅《后汉书·仲长统列传》。
④ 参阅刘义庆：《世说新语·排调》。
⑤ 《史记·老庄申韩列传》。
⑥ 张彦远：《历代名画记》卷二。

碰巧建功立业、匡扶天下，也多半是顺带的，纯属无事找事，或兴趣上来后"狗拿耗子多管闲事"，类同于"无益之事"，与立功而争取不朽境地的儒家人生目的论没啥干系①——生命没有意义，但"无益之事"，还有可以"多管"的"闲事"，却对无意义的生命本身具有意义。对此，梭维斯特（Emile Souvestre）有善解人意之言："既然这是大家的节日，我愿它也是我的节日"②——无奈之情溢于言表。也恰如今人赵野轻缓地咏诵："我知道你的胸怀，铁马金戈／明月朗朗，言辞上了路／你知道我的一生，悄然将虚度。"（赵野：《有所赠》）这就是笑着的颓废者遵从的戒条：光阴本来就是用于虚度的。明人张大复为赵野及其同党，提前开出了如何虚度一生的妙方：

> 一卷书，一尘尾，一壶茶，一盆果，一重裘，一单绮，一羹奴，一骏马，一溪云，一潭水，一庭花，一林雪，一曲房，一竹榻，一枕梦，一爱妾，一片石，一轮月，逍遥三十年，然后一芒鞋，一斗笠，一竹杖，一破衲，到处名山，随缘福地，也不枉了眼耳鼻舌身意随我一场也③。

值得所有颓废者欣慰的是，如此形态的及时行乐至少还有"乐"存在，至少还能在某个尺寸有限的范围内其乐融融，既不可让渡，也不能兑换。"乐"虽然不可能抵偿生命的无意义本质，无法消解形而上的万古愁，但它能遣散生命的无意义本质及其虚空特性，能打发形而上的万古愁于无形之中，让颓废者（而非落拓文

---

① 《左传·襄公二十四年》："太上有立德，其次有立功，其次有立言，虽久不废，此之谓不朽。"
② 梭维斯特：《屋顶上的哲学家》，黎烈文译，文汇出版社，1997年，第12页。
③ 张大复：《梅花草堂笔谈》。

人）配得上晚年博尔赫斯（Jorge Luis Borges）隐隐约约的骄傲之言："我渡过了海洋……"（博尔赫斯：《我的一生》，陈东飚译）

颓废和颓废者的精神底色顶好是唾弃，最好是蔑视。唾弃显得外在、动静过大，浪费了口水的物质性和重；蔑视则隐蔽、无声，显得更有力道和韧劲，仰赖的是目光的精神性和轻①。钟鸣笔下某个远征的小卒子在欢快和轻松中，直接将轻和精神性给声音化，给戏谑化了。他喊道——

> 皇帝老儿，我操你妈！
> 一颗头挂进了竹笼
> 一粒米大的牙齿
> 一具活剐的肉身
> 那告示上的是我的兄弟呀
>
> （钟鸣：《尔雅，释君子于役》）

洛仑兹（Hendrik Antoon Lorentz）对胁迫他服务于第一次世界大战的游说者说，我同意你权力胜过正义的观点，"但我确实知道，我不愿意活在这样的世界上！"② 这是通常意义上的蔑视，或蔑视的基本造型，却不属于颓废者，因为洛仑兹还有正义的世界可资期待。米沃什（Czesław Miłosz）写道："这世上没有一样东西值得我占有。/我知道没有一个人值得我羡慕。/任何我曾遭遇的不幸，我都已忘记。/想到故我今我同为一人并不使我难为情。"（米沃什：《礼物》，西川译）这是通常意义上的蔑视以及蔑视的一般性造型，也

---

① 参阅敬文东：《艺术与垃圾》，前揭。
② 爱因斯坦：《爱因斯坦文集》第三卷，前揭，第177页。

不属于颓废者，因为米沃什对已有的功业很满意，既未虚度主流价值定义下的此生，也没有必要让自己或主流社会更满意。属于颓废者的蔑视是藏于内心的斜视，是目光闪电。它可以拐弯，可以慢慢炙烤它瞄中的目标，直到后者坍塌、沦陷。蔑视是颓废者主动疏离俗世勋业的精神依靠，也是他得以与世"对抗"或"相暌离"的力量源泉。初看上去，颓废者的蔑视是生命无意义本质的派生物，但更应该说成陪伴生命无意义本质慢慢成长起来的弟弟或妹妹；或者：生命的无意义本质需要自己的镜像，以便自己观察自己，于是有了蔑视，宛如上帝说"要有光，于是有了光"。蔑视借助于、依托于无意义本质拥有的力量（而非正义的力量，或自己满意的功业带来的力量），最终，还体现和加固了这种力量。颓废本身不可能成为颓废者追逐的意义，形而上的万古愁也无法成为颓废者的价值之所在，及时行乐如果仅仅跟肉体（比如口福之乐）相连，就不比愚夫愚妇甚至类人猿更高级。蔑视挽救了这等恼人的局面。和波德莱尔、王尔德（Oscar Wilde）、邵洵美等现代社会中以"唯美"为形态的阶段性颓废者不同①，真正的颓废者从不为蔑视而蔑视；他更愿意从蔑视中，抽取生存下去的价值和意义。颓废者的蔑视意味着：当一个斜视的眼神（或目光闪电）摧毁了诸多自以为是、自我恭维，甚或自我加冕的意义与价值后，在一片废墟上，在类似于无物之阵的荒原中，将蔑视本身——亦即人生无意义本质的镜像——确立为价值与意义。蔑视是一个个大小不同的微型世界，是可供某些敏感

① 解志熙对这种阶段性的唯美性颓废有过精辟的分析："在颓废主义者看来，只有对人生和艺术采取唯美的态度，即为生活而生活、为艺术而艺术，他们才能度过颓废的人间苦并可望在生命的颓废途中获得最大的个人享乐。所以颓废主义者必然会走向唯美主义，而不论颓废也好，唯美也罢，出发点和落脚点都贯穿着'唯我是从'的个人主义思想。"（解志熙：《美的偏至》，前揭，第184页）

者容身的宅屋，安抚着他们的"眼耳鼻舌身意"，却仍然矗立于唯一一个此岸世界。对于洛仑兹和米沃什，蔑视也许只是达成信念的手段；颓废者的蔑视却不仅是手段，还是目的；既是用，也是体，宛如诗之兴拥有体用不二的特性。蔑视既靠生命无意义本质给予的力量以睥睨俗世、俗物，又以自己的存在，勉力填补了颓废者面临的价值空位，占用并饱飨着颓废者苦短的人生，也为肉体性的及时行乐，赋予了肉体以外和肉体之上的灵韵（Aura）。这情形宛若加缪（Albert Camus）所言：在荒诞的世界上，唯有用身心承担荒诞，才能从荒诞中捞取有意义的人生，或人生的意义①，也才更有可能找到陀思妥耶夫斯基渴望中的那条"活路"，却又不必是自杀性的饮鸩止渴。

就颓废问题饶舌了"大"半天后，马泰·卡林内斯库得出了一个"小"结论："颓废因而成为世界终结的痛苦序曲。颓废得越深，离最后审判就越近。"② 卡氏描述的，是西方文明中的颓废及其命运。他可能不理解华夏文化中过早生长起来的蔑视精神；夫子伟业遭挫时"乘桴浮于海"③ 的宣言、避居"九夷"④ 的气话，是发生在此岸世界的事情，不会存乎于卡氏及其族人坐拥的"彼""此"两个世界。"最后审判"可能与戈蒂埃、波德莱尔或萨德（Marquis de Sade）、爱伦·坡（Edgar Allan Poe）有关，与孔子或"游心于物之初"⑤ 的老子无涉；在老子和孔子的此岸，没有用作威胁的"最后审判"，只有功效类同于"最后审判"的蔑视。但蔑视之所以能

① 参阅加缪：《西西弗神话》，杜小真译，人民文学出版社，2012年，第59—75页。
② 马泰·卡林内斯库：《现代性的五副面孔》，前揭，第163页。
③ 《论语·公冶长》。
④ 《论语·子罕》。
⑤ 《史记·老子韩非列传》。

给颓废者提供能源，是因为在颓废（者）和蔑视之间，存在着一种彼此催生，或彼此激发对方力量的情形：颓废得越彻底，意味着越靠近生命无意义本质构筑的虚空地带，蔑视就越有力量；蔑视得越彻底，意味着斜视的目光——或目光闪电——越接近自身的极寒地带，颓废便越有底气，颓废者则越拥有飞扬跋扈所需要的精、气、神①，恰如罗伯特·瓦尔泽（Robert Walser）所言："如果有一天，一股潮流将我卷起，带到人生的最高点，我将自行消解这股帮助我向上的力量，毫不犹豫地往回走，回到最低下、最卑微的黑暗之中。只有身处低处，我才能继续呼吸。"②

宋炜写道："这是多年未得的乡村生活，绿水青山/枉自多，只因为我们正好赶上了/封山育林，河中也忌网禁渔。但我还是要说/在土主，在白衣仙人的山上，高尔夫算个球呀！"（宋炜：《土主纪事》）高尔夫不仅"算个球"，而且必然首先是个"球"，却又不止于或不甘于只是个"球"。它更愿意成为富贵的象征或明喻，事功的花冠或装饰：它是被追捧的主流价值包养的二奶，驻颜有术，永不衰老。而最后这句"不雅"之言，这句摇头晃脑、满不在乎，又充满调笑（而非挑衅）的经典"川骂"，伙同锋利的语气助词（即

---

① 费振钟就魏晋颓废者和明代颓废者有过区分，大致能说明蔑视的不同来源："魏晋文人在对待自己的个人价值上，一意往'大'处看，立身处世、饮食男女，在其个人性的背后都有一个'自然之大道'，这样一来，他们就可以不把圣贤放在眼里，就可以傲视天下，做出许多桀骜不驯的狂态来。明代文人恰恰相反，他们总是把自己往'小'处看，在他们心里，个人是极其渺小的，他们生活在一个无能为力的世界当中，人生贫乏，一切都不值称道，他们因为找不到有力的庇护之道，所有显得十分虚弱"，往肉欲和享乐的方向奔去，就是合乎逻辑的事情（费振钟：《堕落的时代》，上海书店出版社，2007 年，第 72—73 页）。

② 转引自恩里克·比拉－马塔斯（Enrique Vila－Matas）：《巴托比症候群》，蒋瑰梅译，上海人民出版社，2015 年，第 33 页。

"呀"），则见证了蔑视和颓废（者）相互营养对方后，带来了何等酣畅淋漓的原始野蛮之力，为一个轻描淡写的眼神带来了何等霸气的力道（因而没有挑衅的容身之地）。李亚伟先如此这般总结前人的颓废经验："一个男人……再穷也要娶小老婆，/像唐朝人一样生活，在坐牢时写唐诗，/在死后，在被历史埋葬之后，才专心在泥土里写博客。"（李亚伟：《河西走廊抒情》第二首）然后，才代表他的同行与同伙，表达了颓废到底的决心：

> 唉，水是用来流的，光阴是用来虚度的，
> 东方和西方的世界观，同样也是用来抛弃的。
>
> （李亚伟：《河西走廊抒情》第十四首）

诗，蔑视

形而上的万古愁既非单纯的精神气质，也非纯粹的精神氛围；它和人生的苦短状态久相厮守，最终，以其"无可如何"的非及物性（亦即虚空特性），将颓废引入了本体论的范畴，犹如取代维吉尔（Virgil）的贝雅特丽齐将但丁迎入了天堂。颓废早已成为——也仍将继续成为——某些敏感之人的生活依据，成为他们在人生（而非思维逻辑）上的出处。形而上的万古愁充任某些人的人生本体，更有可能和机会意味着：所谓世界，还有与衣食住行相关联的各种人伦关系（比如"父慈子孝兄友弟恭"），只是展开人生的前提或准备，算不得人生的依靠。在没有拯救与永恒的此岸，在宗教－祭祀之兴被认作虚妄的古代和当下，人生的真相只有一个：它以无依靠

为其依靠，它得自个儿领导自个儿①。一个人的人生除了归自己所有，没有典当或出租给别人的任何可能性。人生只是虚空中的一个点，渴望花一样开放，蒿草一样茂盛，甚至渴望一个虚拟的远方："远方，远方人呕吐掉青春/并有趣地拿着绳子。"（柏桦：《衰老经》）这情形，宛若现代西方人无时不"生活在心智中"，却在夜半时分，尤其在某些喝高了的时刻，总是以"神"为"自我的假设"② ——都是些想象中的奢侈性满足，浸染着意淫的光晕。正因为无靠之靠倾向于恒久存在，才更需要虚拟的解药，或假装的抵偿物，犹如"无家可归的人"在想象中，"总是在回家"。解药对于形而下的万古愁只具有暂时性，却是形而上的万古愁终身依赖之物。但那不过是因为无靠之靠终究需要一个依靠，也因为无靠之靠将终生跟随某些敏感之人。除非此人做不到"吾始乃吾终"（In my beginning is my end）③，放弃作为观念的生命无意义本质，回归主流价值的辖区。而在真实的依靠永不现身的情况下，虚拟的解药至少能起到"且把红娘来解馋"的作用。

作为笑着的失败者，或飞扬跋扈的豪客（而非"落拓文人"），颓废者的力量出源于生命的无意义本质，亦即麻起胆子，主动让自己陷身于形而上的万古愁，直至被它全面占领、全面开发，宛如张枣由衷地叹息："我们这些必死的，矛盾的/测量员，最好是远远逃掉；"（张枣：《卡夫卡致菲丽丝》）或者：唯有"这个时辰的背面，才是我的家"（张枣：《春秋来信》）——因为时辰的正面，属于追

---

① 越进入现代社会，这一点越加明显（参阅赵汀阳：《第一哲学的支点》，生活·读书·新知三联书店，2013 年，第 133—140 页）。

② 史蒂文斯（Wallace Stevens）：《徐缓篇》，颜炼军编：《张枣译诗》，人民文学出版社，2015 年，第 174、181 页。

③ 爱德华·萨义德（Edward Said）：《开端：意图与方法》，章乐天译，生活·读书·新知三联书店，2014 年，第 21 页。

求意义和事功的别人，他们即使是在"不得志于心"的情况下，也没有必要"远远逃掉"，回归甚至赖着不走才是其本意。而对于动用孟子所谓"大体"（即心）① 以思考人生与世界的敏感者，颓废才是生命的本根，并被他们严加守护，屠龙因此调笑道："根故难去也。"② 不用说，颓废推进得愈接近自身的高寒地带，无意义本质给颓废者捎去的疏离本能——或"对抗"性力量——就愈大，接近于遇佛杀佛、目空一切的境地。这种力量寄身于内，就是仅属于颓废者的蔑视，就是蔑视乐于豢养的目光闪电；存身于外，就是能给虚拟的解药以声援的无形之力，就是无影之刀。

> 一个表达别人
>
> 只为表达自己的人，是病人，
>
> 一个表达别人
>
> 就像在表达自己的人，是诗人……
>
> （张枣：《虹》）

对于有表达（或写作）能力的颓废者，受形而上的万古愁暗中怂恿，写作（或表达）有可能成为他们首选的虚拟解药，毕竟对表达的欲望，甚至对知音的渴求，也是无法被根除的。日本学者松原朗道出了此中真谛："诗歌本身就是从唯恐与他人断绝关系的情感中生发出来。"③ 李亚伟对此有相当清楚的认识："我心比天高，文章比表妹漂亮，曾经在漫长的时光中写作和狂想，试图用诗中的眼

① 《孟子·告子上》。
② 屠龙：《白榆集》卷九"与李观察"。
③ 松原朗：《中国离别诗形成论考》，李寅生译，中华书局，2014年，第4页。

睛看穿命的本质。除了喝酒、读书、听音乐是为了享乐，其余时光我的命常常被我心目中天上的诗歌之眼看穿，且勾去了那些光阴中的魂魄……① 虽然庄子宣称自己"一宅而寓于不得已"，还"托不得已以养中"②，却仍然写出了汪洋恣肆、备受推崇的《南华经》③。黄庭坚给出了庄子有必要那样做的部分理由："与世浮沉唯酒可，随人忧乐以诗鸣。"（黄庭坚：《再次韵兼简履中南玉》）明人董斯张别开生面，从另类的角度，为庄子的著书行径给出了另一部分理由："我怒时出我文而喜，是文者，我妻妾也；我殁时得我文而生，是文者，我云耳也。"④ 看起来，写诗、作文好像真的能为无靠之人找到凭靠；而作为以内爆为核心，以虚拟解药为身份的诗歌写作，此时已跃升为及时行乐的特殊方式，等同于周作人暗自心折的"看夕阳，看秋河，看花，听雨，闻香，喝不求解渴的酒，吃不求饱的点心"⑤，跟深陷于本体论范畴的颓废正相对称。对此，博尔赫斯的感叹来得颇为及时："至于享受人生方面，得到的最后结论是我要在诗中'小酌'一番……我们尝试了诗；我们也尝试了人生。而我也可以肯定地说，生命就是由诗篇组成的。"⑥ 而在颓废的鼓励下，写诗既是虚拟的远方，也是扎扎实实的当下；它以虚拟的远方行乐并陶醉其中，又以扎扎实实的当下将虚空的光阴消耗，将生命的无意义本质打发。此中情形，恰如当下的某位中国诗人所说：

---

① 李亚伟：《天上，人间》，李亚伟的博客，http://blog.sina.com.cn/s/blog_488156f9010009vd.html，2015 年 9 月 12 日 14：30 访问。

② 《庄子·人间世》。

③ 参阅 James J. Y. Liu, *ChineseTheories of Literature*, University of Chicago Press, 1975, P. 30—32.

④ 董斯张：《吹景集》卷一。

⑤ 周作人：《北京的茶食》，周作人：《雨天的书》，北新书局印行，1927 年，第69 页。

⑥ 博尔赫斯：《诗艺》，陈重仁译，上海译文出版社，2015 年，第1—3 页。

"从前的无效的生活诞生了有效的诗歌。而诗歌不是让人陷进陡峭的幸福就是陡峭的黑暗。"① 诗和写诗充当了没有崔莺莺时，也可以临时被用于解馋、解渴的红娘——一种原本就没有原型或模特儿的替代品②。

对于以生命的无意义本质为凭靠的少数敏感者，作为名词的诗是承载颓废的容器，作为动词的写诗，则是一种具体而微的颓废行为③。米哈伊尔·巴赫金认为，文体是"一种特殊世界观的 X 光照片，是专属于某一时代和特定社会中某一社会阶层的观念的结晶"；而一种特定的文体，则"体现了一种具体历史的关于人之为人的观念"④。因此，每一种艺术体式都必定是观察世界、认识世界的特定角度⑤，"都对应着某一种特殊的秩序法则，同时也反映了某一种特殊的美感设计、效用和美的理念。"⑥ 诗歌认领的角度，不得类同（但有可能混同）于小说、戏剧的角度；说到底，艺术在职能上的分工，它的营业执照或业务范围，是由其内在视界决定的，有类于

---

① 余秀华：《我若呼喊，无群山回应》，"余秀华的博客"http：//blog. sina. com. cn/u/1634106437，2015 年 9 月 19 日 15：15 访问。

② 中国传统诗歌的主流并不是颓废，现代汉诗也不例外。本书不准备夸大中国诗歌的颓废传统；事实上，颓废传统仅仅是古典汉诗和现代汉诗的潜流，甚或余绪，但容易被忽略。本书的目的，仅仅是想把这个潜流传统揭示出来。故，凡是跟颓废无关的，本书一概不涉及；凡是跟颓废有关的，都将大力论述。

③ 颓废者的行与文（诗）互为表里，本书的目的在论述颓废主义的诗歌书写，或诗歌与颓废的关系，只在这个前提下有必要的时候，才会谈到颓废者的颓废之行。

④ 参阅凯特林娜·克拉克、迈克尔·霍奎斯特：《米哈伊尔·巴赫金》，语冰译，中国人民大学出版社，1992 年，第 335 页。

⑤ 参阅敬文东：《被委以重任的方言》，中国人民大学出版社，2003 年，第 19—28 页。

⑥ 蔡英俊：《抒情精神与抒情传统》，蔡英俊主编《中国文学的情感世界》，前揭，第 54 页。

遗传①。在中国诗歌史上不少闪光、耀眼的时刻，感叹着的诗与起兴于物、事、人的写诗都是蔑视：诗是蔑视的特殊样态，比如李白力道充沛、头冒青筋的"安能摧眉折腰事权贵，使我不得开心颜"（李白：《梦游天姥吟留别》）；写诗则是蔑视释放目光闪电的无声进程，比如李太白醉酒后书写《清平调》时的狂态，皇帝与权臣又何曾被放在眼里。宋炜正可谓李白的隔代知音，其狂态不遑稍让于贺知章眼中的"谪仙人"：

> 在山上，我猎取的不是树木
> 或林间兽。
> 我只砍伐黄金、白银与青铜。
> 我在巅顶目击的
> 也不是太阳从云间的喷涌，
> 而是太阳系
> 在头顶的徐徐升起。
>
> （宋炜：《登高》其二）

诗和写诗既是对蔑视的具体化，也让生命的无意义本质所拥有的力量得到了呈现。但无论是具体化，还是呈现，除了它们自己充当自己的目的外，不会另有目的；和作为解药与及时行乐之方式的诗与写诗相比，无论是王侯将相身后名，还是永垂不朽照汗青，都轻若鸿毛，不值得考量，就像某些人高傲到不屑于去死，或死去。所谓诗和写诗，就是茫茫虚空中某些人及时行乐的方式及其结果，也是对功名利禄甚至不朽与身后名采取的蔑视态度，而不仅仅是浪

---

① 参阅吕正惠：《抒情传统与政治现实》，前揭，第14—45页。

费体力的唾弃。李亚伟说得好："我不愿在社会上做一个大诗人，我愿意在心里、在东北、在云南、在陕西的山里做一个小诗人，每当初冬时分，看着漫天雪花纷飞而下，在我推开黑暗中的窗户、眺望他乡和来世时，还能听到人世中最寂寞处的轻轻响动……"[1] 李白也有云："古来圣贤人，一一谁成功？君子变猿鹤，小人为沙虫。"（李白：《古风》其二十八）但蔑视不得以自己为目的，为蔑视而蔑视乃是无聊之举；它要在及时行乐时，为颓废者填补价值空位，虽然这终归是假装的，或替代性的。诗与写诗都是蔑视的肉身化：颓废的程度愈深，蔑视的成色就愈上档次，写诗带来的心理快感也就愈强烈，凝结而成的诗篇也便愈打眼和惹人遐思。虽然与慷慨激昂之士看重的事功相比，诗与写诗这等"壮夫不为"的"雕虫篆刻"[2] 之技微不足道，但对深陷于生命无意义本质中的颓废者，对"万古愁破空而来"（赵野：《春望》）的那些个虚空的日子，却显得意义重大：

> 龟儿子：
>
> 不要像鸟一样在墙上走动，你何必
> 与地心引力过不去，既然明知过不去？
>
> （宋炜：《赠宋强》）

对于飞扬跋扈的颓废者，诗和写诗就是故意要"与地心引力过不去"，而且还要在"明知过不去"的情况下，做出这等出格的举

---

① 李亚伟：《天上，人间》，李亚伟的博客，http://blog.sina.com.cn/s/blog_488156f9010009vd.html，2015 年 9 月 12 日 14∶30 访问。
② 扬雄：《法言·吾子》。

动，就像文艺复兴早期的意大利人居然用右手的食指指向天空——那是对上帝的挑衅，对基督的冒犯①。面对生命的无意义本质构成的汪洋大海，包括诗与写诗在内的一切事物与行为，终归是徒劳的，正所谓"古今将相在何方？荒冢一堆草没了"②；但也唯有以徒劳为兵器（亦即假装的抵偿物），故意与汪洋大海过不去，才有可能获取一线生机，才能把空白的时日填满，犹如青年时期的俞平伯在自暴自弃中的顽强坚守："痛快地活着，大约无望于今生了；/那么，让咱们痛痛快快地死。/解脱幻如梦中的花朵/那么，让咱们狠狠地，大大地挣扎一番。"（俞平伯：《呓语》之十四）也一如唐人独孤及的叹息："上士齐死生，下士爱生恶死而惑之。知生死若幻，而不能忘情于其间者，我辈所不克免。"③ 颓废者心中有数：既然不想生来就死去，也不可能生来就死去，就唯有"知生死若幻，而不能忘情于其间者"，才有机会"大大地挣扎一番"；而对于难测其心性的极少数人，建功立业或许并不是最好的挣扎方式。虽然对颓废进行的诗歌写作原本就是颓废的产物（而且是以"与地心引力过不去"的气度进行的书写），但写诗及其结果（即诗篇）却最终皈依了颓废，接纳了那道目光闪电，也趁机将自己提升到本体论的范畴，同存身于本体论范畴的形而上万古愁遥相呼应。依毛姆（William Somerset Maugham）之见，"词语不仅应该用来平衡一个句子，还应该用来平衡一个观念。"④ 但进入本体论范畴的诗或写诗，已经不仅仅是关乎词语一类纯粹技法层面上的东西，其平衡能力也不能过于被

---

① 参阅彼得·伯克（Peter Burke）：《文化史的风景》，丰华琴等译，北京大学出版社，2013年，第71页。
② 曹雪芹：《红楼梦》第一回。
③ 独孤及：《毗陵集》卷二十。
④ 毛姆：《总结》，孙戈译，译林出版社，2012年，第22页。

夸大。自古以来，词语及其平衡能力充其量是诗歌的表层问题，虽很关痛痒，却真的不关生死①。

有人认为，颓废风格主要包括"过度描写，突出细节，以及一般性地抬高想象力而损毁理性"②；也有人认为："颓废风格不是喜爱隐藏在后面的堕落本身，它是一种欲望：想要用尽成熟语言的惊人力量去描述经验中迄今为止未知的、完全崭新的领域，这个领域一直因为才能的原因、因为道德的原因而讳莫如深，然而颓废风格声称它能涉及生命中的每一样事物，包括来自于文明衰退时的恐惧以及由自然转向人工的过程中产生的欣喜。"③ 但这差不多只是文学现代性对颓废的吞噬或改造，更多着眼于技术层面，更愿意将颓废看作被语言营造出来的精神氛围，或精神气质，却无视颓废的本体论色彩，进而忽略了诗和写诗的本体论身份。解志熙从文学现代性的场域出发，触及到了颓废的本体论特征："'颓废'和'唯美'实为一体之两面，两者结成了相互依存、相互含摄且相互发明的同体共在关系。如果说'颓废'意识是导致'唯美'立场的深层思想基础的话，那么，'唯美'立场便是人们面对'颓废'人生而必趋的选择，而且是他们聊以自慰、赖以卒岁的唯一对策。"④ 这仍然是对

---

① 袁枚对有似本体论范畴的性情和技术层面的"格"与"律"有过一番精彩的辨析，大体上能说明本文此处的用意："杨诚斋曰：'从来天分低拙之人，好谈格调，而不解风趣，何也？格调是空架子，有腔口易描；风趣专写性灵，非天才不办。'余深爱其言。须知有性情，便有格律，格律不在性情外。《三百篇》半是劳人思妇率意言情之事，谁为之格，谁为之律？而今之谈格调者，能出其范围否？况皋、禹之歌，不同乎《三百篇》；国风之格，不同乎雅、颂，格岂有一定哉？许浑云：'吟诗好似成仙骨，骨里无诗莫浪吟。'诗在骨不在格也。"（袁枚：《随园诗话》卷一）
② 马泰·卡林内斯库：《现代性的五副面孔》，前揭，第 172 页。
③ 薛雯：《颓废主义文学研究》，前揭，第 45 页。
④ 解志熙：《美的偏至》，前揭，第 67 页。

颓废与文学（诗歌）进行的历史主义式的处理；涉及到的，仅仅是颓废发展史上某个特定的阶段①，自有其深刻、独到之处。但解氏描述的情形，无论对于颓废，对于形而上的万古愁，还是对于作为价值与意义的蔑视，并不具有一般性，或普遍性：以"唯美"充任蔑视的载体或肉身，不过是蔑视的阶段性显形，或局部性显灵②。

依恩斯特·卡西尔（Ernst Cassirer）之见，作为及时行乐的特殊形式，与颓废相互激励的诗和写诗不属于对事物的享受，而是对形式的享受③；但它们又必须占有纯粹肉身的特性，否则，就不配称作及时行乐，因为没有肉身的乐是抽象的、不存在的。而作为本体论范畴的选民，与蔑视互为表里的写诗和诗又必须占有纯粹精神的特性，否则，就冒犯了自身的本体论身份，最终取消了自己，像戳穿了一个硕大的肥皂泡。尼采说得很急切，也许还是过于急切甚或猴急了："我完完全全是身体，此外无有，灵魂不过是身体上的某种称呼。身体是一大智慧，是一多者，而只有一义。是一战斗与一和平，是一牧群与一牧者。兄弟啊，你的一点小理智，所谓'心灵'者，也是你身体的一种工具，你的大理智中一个工具，玩具。"④ 在此，诗和写诗为自身考虑，更愿意折中尼采激进却合理的主张：在诗和写诗的左边是肉体，在写诗和诗的右边是精神。它们

---

① 本书所说的颓废属于生命内部的宿命之物，几乎和人类相终始，不是英语中作为文学方法或思潮的 Decadence——后者被译成"颓加荡"（参阅章克标等：《文学入门》，开明书店，1930 年，第 61 页），解志熙描述的，正是受西方"颓加荡"思潮影响的某个阶段的中国文学中的某个流派。

② 解志熙很精准地观察到，20 世纪 20 至 30 年代的中国诗人热衷于吟咏"颓废的人间苦"。据他介绍，鲁迅将此称之为"颓废者的对于人生的无聊"，周作人则称之为"现代人的忧郁的情调"或"现代人的悲哀"（解志熙：《美的偏至》，前揭，第 316 页）。这同样是历史性的、片段式的，本体论的成分很低。

③ 参阅卡西尔：《人论》，甘阳译，上海译文出版社，1986 年，第 181—183 页。

④ 尼采：《苏鲁支语录》，徐梵澄译，商务印书馆，1997 年，第 27—28 页。

是肉体和精神的中间地带，倾心于代表黄金分割的那个点。即便如此，诗和写诗仍被精神和肉体同时拉拽、牵引、诱惑，却不为所动，不偏爱不朝向任何一方；它们坚守自己乐于认可的修正比，只按自己的意愿，把自己按特定比例同时分配给精神与肉体，供它们享用或陪侍。颓废者在进行诗歌书写时，如果不坚守比例，随意迁就或宠爱精神与肉体的任何一方，就不可能享受及时之"乐"，因为"乐"只能是灵肉交融的后果，不是单边行为——它不能容忍肉体或精神的沙文主义（body/spirit – chauvinism）。对此，中国古人早有心得与体会："耳之情，欲声，心弗乐，五音在前弗听；目之情，欲色，心弗乐，五色在前弗视；鼻之情，欲芬香，心弗乐，芬香在前弗嗅；口之情，欲滋味，心弗乐，五味在前弗食。欲之者，耳目鼻口也，乐之弗乐者，心也。心必和平然后乐，心乐然后耳目鼻口有以欲之，故乐务在于和心，和心在于行适。夫乐有适，心亦有适。"① 心若隔绝于耳目鼻口，不仅无"乐"，甚至有"苦"②；"大体"与"小体"③ 同时享"乐"，才是真"乐"。真"乐"否定了动物性的肉体之"乐"，但也驱逐了抽象的精神之"乐"。"乐"既在肉体之内，又在肉体之上；既被精神包纳，又被精神有意推向了肉体的领地。由此，与颓废一道成长起来的蔑视，在灵肉之"乐"中找到了自己的去处，也为看似没有解药、不能被打发的万古愁找到了容身之地。仿佛是洞穿了诗和写诗的秘密一般，号称每天都要喝酒的宋炜斜着眼神，发出了颓废者的诗歌写作宣言，为颓废的诗学找到了可以凭靠的基准线，只因为唯有颓废之诗，"才如此绚丽

---

① 《吕氏春秋·仲夏纪·适音》。

② 参阅费振钟：《古典的阳光》，前揭，第56—60页。

③ 关于小体（耳目鼻舌等感官）、大体（心）的议论请参阅《孟子·告子上》。

精致地心疼光景与生命的消逝"①:

> ……这正如我的写作，
>
> 来源于生活，并且低于生活……
>
> 对，让他们生活去吧……
>
> （宋炜：《上坟》）②

醇酒，妇人

有人认为，颓废是现代主义美学的基础③，却只能借助各种思潮才得以流行；颓废是傀儡，不具备独立性④。江弱水的学术工作，有望粉碎这个现代主义神话：在中国古典诗歌中，颓废比比皆是，既独立，又能利用其他美学特质为自己服务，随意搭乘便车，颇具王者或实用主义者的风范⑤——这一切，都源于颓废享用的本体论身份。有人正确地认为，将叹息时间流逝的主题第一次加以集中表达的，当属《古诗十九首》⑥；也有人不那么正确地认为，中国的"颓废主义文学思潮当以《古诗十九首》为最早"⑦。这等皮相之见

---

① 柏桦：《张枣》，宋琳、柏桦编《亲爱的张枣》，新星出版社，2015年，第4页。

② 诗人高春林《低生活》中的诗句恰与宋炜提供的基准线相呼应："我的狐步舞，我旋转，/我的梦说不准就是闪电。/在暗夜里，我有限的/手艺，打开通往世界的路。"

③ 参阅薛雯：《颓废主义文学研究》，前揭，第5页。

④ 埃·吉尔伯特等：《美学史》，夏乾丰译，上海译文出版社，1997年，第660页。

⑤ 江弱水：《古典诗的现代性》，生活·读书·新知三联书店，2010年，第27—28页。

⑥ 吕正惠：《抒情传统与政治现实》，前揭，第52页。

⑦ 参阅张应斌：《〈古诗十九首〉的颓废主义诗歌》，《湛江师范学院学报》2006年第4期。

忽略了一个简单的事实：一种过早成熟的文明，必定会过早滋生颓废情绪；而所有种类的艺术体式，总是倾向于距离自己最近的事物，青睐最早滋生与创化的情绪样态①。否则，艺术体式将失去表达的对象，深陷于素材方面的无物之阵，表达也将仅止于语义空转的境地②。远在两周时期，受诗之兴的感染，作为抒情基址或诗之精髓的特殊样态，颓废主义思潮即已在诗歌中破土萌芽。《诗经·山有枢》极有可能是第一首宣扬及时行乐的诗歌作品③，欢快中，夹杂着急迫和少许恐慌，并辅之以劝告的语调，有轻微的教唆之嫌："山有漆，隰有栗。子有酒食，何不日鼓瑟？且以喜乐，且以永日。宛其死矣，他人入室。"这或许是中国诗歌史上将酒认作虚拟解药的最早诗篇，也很可能是以虚拟解药的身份，最早入住中国诗歌的酒。在此，时不我待或韶华易逝——而非鸟兽草木——成了起兴之物；从此，酒与形而上的万古愁及其乐于支持的及时行乐勾连在一起；酒与同样作为虚拟解药的诗和写诗强强联合，为寻找无靠之靠的颓废者提供了加强版、升级版的依靠。酒既拉拽了诗和写诗的精神特性，也激励了诱惑写诗与诗的肉身特性，让颓废者获取了双倍的及时之"乐"，韩愈因此唏嘘不已："多情怀酒伴，余事做诗人。"（韩愈：《和席八十二韵》）

酒和人生的无意义本质究竟有何关系，王世贞的解说称得上步步为营、有条不紊，但也足以令人惆怅："'奄忽随物化，荣名以为宝'，不得已而托之名也。'千秋万岁后，荣名安所之？'名亦无归

---

① 参阅叶舒宪：《诗经的文化阐释》，湖北人民出版社，1994 年，第 40—46 页。
② 参阅敬文东：《具象能拯救知识危机吗？——重评韩少功的〈暗示〉》，《当代作家评论》2014 年第 5 期。
③ 参阅蒋寅：《镜与灯——古典文学与华夏民族精神》，河北教育出版社，2014 年，第 87 页。

矣，又不得已而归之于酒。曰：……'服食求神仙，多为药所误'，亦不得已而归之于酒，曰：'不如饮美酒，被服纨与素。'"① 而"王孝伯问王大：'阮籍何如司马相如？'王大曰：'阮籍胸中块垒，故须酒浇之'"②。所谓"块垒"，就是形而上的万古愁；在极端的时刻，"块垒"更倾向于生命的无意义本质（而非容易甚或可以得到救治的"不得志于心"）。可以和"浇"这个动作相搭配的特殊液体，既是及时行乐的工具，又是"块垒"需要终身仰赖的虚拟解药，更是诗与写诗乐于统战和拉拢的对象。张柠对酒"浇""胸中块垒"的发生学机制，有过颇富灵感的道说："酒往下流，在胃里变成了火而燃烧起来，并穿透和瓦解了世俗肉体的边界，产生一种反时间的飘然感。此刻的饮酒者既在群体之中感受着普天同庆，又好像是独处在自己的肉体之中。"③ 张枣愿意用亲身经历从旁助阵："有一夜醉了，无力回家，便借宿在黄珂家的客房里。不知过了多久，突然被一层沁骨的寂静惊醒，这寂静有点虚拟，又有点陌生，使人起了身在何方之思。"④ 这种悠悠然不知"身在何方"的精神状态，除了让颓废的饮者略有感伤与惆怅，更多是暂时腾空了自己，淡忘了生命的无意义本质，反认乌有为实有，沉浸于片刻间的及时之"乐"，或即刻之"乐"。

但更多的颓废者情愿与自己相周旋，倾向于独饮。因为从古至今，除了极其罕见的时刻，他人不太可能成为颓废者的抵偿物或解药，聚在一起，反倒徒生烦恼——知音是可遇不可求的⑤。因此，

① 王世贞：《艺苑卮言》卷三。
② 《世说新语·任诞》。
③ 张柠：《感伤时代的文学》，新星出版社，2013年，第221页。
④ 张枣：《张枣随笔选》，人民文学出版社，2012年，第3—4页。
⑤ 参阅敬文东：《艺术与垃圾》第四章"论知音"，前揭。

刘伶才"乘鹿车，携一壶酒，使人荷锸随之，云：死便掘地以埋"①。面对人生的无意义本质，刘伶的强硬做派既把蔑视推向了自身的荒寒地带，又把酒的解药功用极端化了。虚拟的解药在此"严重的时刻"被委以重任：它将承担起为形而上的万古愁养老送终的角色。这等严重的情形，恰如晋人毕茂世所言："一手持蟹螯，一手持酒杯，拍浮酒池中，便足了一生。"② 顾盼之间，毕氏对酒充满了信任和感激之情；和毕茂世相似，热衷于事功的范文正至少敢在诗中嘲笑事功："笑曹操孙权刘备，用尽机关，徒劳心力，只得三分天地。屈指细寻思，争如共，刘伶一醉！"③ 他的言说，宛如波德莱尔在某个场合中的"酒后吐真言"："一个人必须总是喝醉。一切都至于此；这是绝无仅有的道路。时间压垮了你的双肩，使你头颅低垂，要你感觉不到这样的重负，你就必须毫不迟疑地喝酒。"④ 而李白隔着时空，提前为波德莱尔赞美喝酒的言论，给出了中国本土化的理由："五花马，千金裘，呼儿将出换美酒，与尔同销万古愁！"（李白：《将进酒》）有及时行乐的写诗及其结局（诗）从旁助阵，与美酒或喝酒比起来，名马、名袍的微尘地位不证自明；作为假装的抵偿物，喝酒或美酒起到了与万古愁博弈、拔河的作用，何况还为颓废者带来了无从替代的快乐。而在对酒如此这般的陈述与想象中，或在把酒如此这般纳入诗篇的过程中，实体的酒变作了隐喻的酒，液态的酒变作了意象的酒，散发着只有隐喻和意象才能散发的想象力与灵感，营造了只有意象和隐喻才能营造的诗性氛围，能"给予

---

① 刘义庆：《世说新语·文学》。

② 刘义庆：《世说新语·任诞》。

③ 范仲淹：《剔银灯·与欧阳公席上分题》。

④ 波德莱尔：《我心赤裸——波德莱尔散文随笔集》，肖聿译，中国广播电视出版社，1999年版，第203页。

虚无缥缈的东西以住址和姓名"①。由此，把写诗者带入了意淫式的极乐之境，也把读诗者置入了与写诗者心理共振的状态，以至于让读诗者在建功立业的闲暇，能一窥建功立业自身的荒谬性，尤其是虚无性，进而在一个转瞬即逝的哆嗦间，获得短暂的蔑视能力，或反观自身处境的能力：

> 唉，今夜，在王二的醉梦中，或者，在我背后的那片
> 　夜空里，
> 有一只眼睛在伊斯兰堡，有一只眼睛在额尔古纳——
> 有人正在天上读着巨大的亚洲。

　　　　　　　　　　（李亚伟：《河西走廊抒情》第十九首）

　　承古诗之余绪，绍先贤之遗烈，李亚伟以血性之勇，伙同用于及时行乐的诗与写诗，还有旺盛的力比多②，将酒的蔑视功能以隐喻和意象的形式大大地提升了，甚至为酒以及"酒之路"赋予了某种终极性："真正的酒之路，乃本质与变态间的中庸之路乃醉之路仙与人彻底折中/醉之路乃感情之路起伏于人体血脉穿过大街小巷乃诗人之路爬上人类的肩头藐视所有边缘和中心，藐视怯懦，藐视勇敢！/醉之路乃最富足之路慷慨之路乃人民东路拐过火车站乃爱人之路幽会半途而废之路结婚之小路常拦腰杀出/人生之酒浩荡于青春期的高原，糊涂胸闷于酒杯之外，癫痛于峰顶。今宵酒醒何处？"（李亚伟：《酒之路》）在结结巴巴的醉话和疯话中，抒情主人公——姑且叫他李亚伟吧——不仅蔑视自高自大的中心，也蔑视自以为清高

---

① 张隆溪：《道与逻各斯》，前揭，第55页。
② 参阅敬文东：《回忆八十年代或光头与青春》，《莽原》2001年第6期。

的边缘；既蔑视热衷于世事与事功的勇敢，也蔑视从事功和世事撤退的怯懦，甚至连来自生命无意义本质的蔑视本身也值得蔑视，并且必须蔑视。这是飞扬跋扈的颓废者以强硬态度征酒为诗的随从后，诗与酒在激情中两相交接才喷发出来的力量；而颓废者（比如李亚伟）则在结结巴巴的大"乐"中，应和着"青春期的高原"，填满了某一段原本没有意义的空白人生，就像香烟可以消磨时间，并且"消磨的是用时钟计算的时间，也就是对生命的一种刻板的、机械性的度量单位"①。而对于看起来同等性质的空白人生，诗人胡弦却另有道理："给几棵果树剪枝后，坐下来/抽一袋烟。/在他们的无言中，有暗火、灰烬……/抽完后……就算把一段光阴收拾了……"（胡弦：《先知》）同样是打发空白的人生，胡弦笔下的"他们"不是颓废者，是先知；不是饮酒者，是思索光阴的抽烟者。至少在写《先知》的时候，胡弦是相信有先知的人，不是无意义本质的被掌控者，因为先知不仅意味着意义，还预先带来了一揽子意义。这种诗，这种写诗状态，跟及时行乐或许有关，却肯定与蔑视无关。它是对意义的赞美，不是心里头满是喜乐地"庆祝无意义"②。仿佛是要声援李亚伟一样，宋炜不仅以更强硬的姿态将实有的酒变为意象的酒，还加固了酒在颓废史以及颓废主义文学思潮史上的经典地位，远不是阶段性的"唯美"可以相媲"美"的：

> 我喝酒，我始终要喝酒，
>
> 山色映入眼帘的时候，酒正好过了我的头。

---

① 理查德·克莱恩（Richard Klein），《香烟》，乐晓飞译，中国社会科学出版社，1999年，第13页。
② 这是米兰·昆德拉一本小说的汉语译名。

酒在我的头顶，满眼的山色仰望着我头顶的小酒，

还有什么来打扰我们的兴头，还有什么能高过我们的

兴头？

既然连天都没有了，"更高"也就再也没有了……

（宋炜：《还乡记》其二）

　　和普通人对酒的赞美不同，颓废者以引酒入诗的方式赞美酒、迷恋酒、依赖酒，是因为酒在入诗之后，变作了正反同体的神物。它响应形而上万古愁的号召，既能肯定颓废者对无意义本质的坚守，以此完成了自我安慰式的及时行乐；又能跟无意义本质结盟，将自己锻造为蔑视俗世前程的利器，将颓废者从功名利禄的泥潭中打捞出来，获取了身心的自由。酒是颓废者特意征召的雇佣兵，用以完成诗和写诗的蔑视功能；而在颓废者写诗行乐时，意象或隐喻的酒就是那道目光闪电。或许，这就是张季鹰的豪迈之言："使我有身后名，不如即时一杯酒！"[1] 这是实有之酒，也是隐喻之酒；有酒充当虚拟的解药，颓废者找到了不是凭靠的凭靠，更有底气在诗和现实中，双双疏离一切被世人追逐的俗物，并趁机加固了诗和写诗的本体论特征，进而有能力道出"富裕即是多余"（宋炜：《还乡记》其二）这等气势雄伟的诗句，有胆量写下"曾因酒醉鞭名马"（郁达夫：《钓台题壁》）这等佯狂和凌空蹈虚的句子。酒成全了诗篇，诗篇也回报了酒。唯有在颓废者这里，诗、写诗、诗篇和酒四者间，才有望构成严丝合缝、牵一发而动全身的关系。

　　在颓废的流变史上，与酒地位相当的，只有女人。酒和女人恰成绝配，它（她）们构成了颓废的左右两翼。虽然"许多社会学家

---

[1] 刘义庆：《世说新语·任诞》。

注意到，性可以成为忙乱生活的补偿"①，波德莱尔还是毫不犹豫地弃绝了这种挠痒痒的看法："一个人有钱，有闲，甚至对什么都厌倦，除了追逐幸福之外别无他事……这种人只在自己身上培植美的观念，满足情欲，感觉以及思想，除此没有别的营生。"② 邵洵美则诚实地供认："净罪界中没有不好色的圣人。/皇后，我们的皇后。"（邵洵美：《我们的皇后》）但波、邵二氏的言论，都没有魏尔伦的咏诵来得直率和坦白：

> 我欲专心思索你们的大腿和屁股，
>
> 婊子，唯一真神唯一真正女祭司，
>
> 成熟或青涩的美人，新手或行家，
>
> 啊！只活在你们的裂缝与犁沟中！

（魏尔伦：《女性友人》，赖守正译）

女人从时间的另一头开始登场，既作为颓废者的享乐物，也作为颓废者的目的。白居易饮酒作乐时"自置妓乐，如菱角、谷儿、红绡、紫绡、樊素、小蛮等，尝亲为教演，所谓'新乐铮从教欲成，苍头碧玉尽家生'"③。《诗经·山有枢》早已暗示：醇酒妇人从一开始，就是表达颓废的基本原型。"唯美"、毒品、"过度描写，突出细节"……云云，不过是基本原型的投影，或阶段性的替代形式，乃"时也，命也"的轮回、进化之举，不会触及或威胁到基本原型的地位。而在"将文艺当作高兴时的游戏或失意时的消遣"被

---

① 麦克卢汉：《理解媒介》，前揭，第 141 页。
② 波德莱尔：《波德莱尔美学论文选》，郭宏安译，人民文学出版社，1987 年，第 499 页。
③ 赵翼：《瓯北诗话》卷四。

认为早已"过去"的时代①，瞿秋白把基本原型挨个儿骂了个遍："卑鄙龌龊的果然是混蛋；表面上像煞有介事的还不是假道学？道德，社会，反动，革命，学问……都是些骗人的东西！人生是灰色的。这样，自然'醇酒妇人'的颓废主义，就很足以动人的了。酒，女人；女人，酒！"②瞿氏的观察堪称准确，文字表述也有20世纪30年代罕见的流畅，但那很可能是因为他自己也终归不免于颓废者的身份与心性③，却夸大了颓废者疏离主流价值造成的负面影响④。无论是以征用醇酒妇人入诗的方式疏离，还是现实中以左手举杯、右手延揽美人为方式发生的疏离，都和瞿秋白等人构成了"井水不犯河水"的关系，一点不影响他们建功立业的信念："文学是一种工作，而且又是于人生很重要的一种工作。"⑤颓废者以生命的无意义本质为出发点，"道德，社会，反动，革命，学问……"就理所当然地"都是些骗人的东西"；但颓废者对虚拟解药（或假装的抵偿物）的需求，甚或追逐，仅仅是想为自己找到凭靠，不以影响他人建功立业以及道德伦理为目的，就像宋炜说的，"对，让他们生活去吧。"颓废者以惨遭主流价值诋毁的消极为方式（亦即在现实中喝酒、泡妞），反倒成就了个人主义领域内的积极进取（亦即通

---

① 《文学研究会宣言》，《小说月报》第12卷第1号。

② 瞿秋白：《瞿秋白文集》（二），人民文学出版社，1954年，第609—610页。

③ 瞿氏的颓废者身份跟他个人的遭际、历史的误会、个人情怀都有关系，这在他去世前不久写的著名作品《多余的话》（《瞿秋白文集》第7卷，1991年，第694—726页）中表达得十分清楚。

④ 有趣的是，当年的颓废者老来后却对当年的颓废有过反思，章克标在回忆老友邵洵美的文章中写道："我们出于好奇和趋时，装模作样地讲一些化腐朽为神奇，丑恶的花朵，花一般的罪恶，死的美好和幸福等，拉拢两极、融合矛盾的语言。……崇尚新奇，爱好怪诞，推崇表扬丑陋、恶毒、腐朽、阴暗；贬低阳光、荣华，反对世俗的富丽堂皇，申斥高官厚禄大人老爷。"（章克标：《回忆邵洵美》，《文教资料简报》1982年第5期）

⑤ 《文学研究会宣言》，《小说月报》第12卷第1号。

过诗和写诗获取的乐）。他们倾向于以积极、乐观、快乐的心态，将空白的光阴填满——

> 当然，真正的和唯一的桃花源
> 只能是女阴。但就是太小，太隐秘。
> 众所周知，我就是为了这个
>
> 才把自己缩小了，变成一只
> 如意金箍棒，一只安定欲海的
> 神针：总之，一个器官。有时我宁愿
> 像胶囊一样被这张竖嘴含化。
>
> （宋炜：《灯草和尚》）

> 　　　　　　　　山脚下，
> 顺着大桥，过了三关楼，再过红旗桥，往老虎槽方向
> 就是红灯区，这可是你生前没有登临过的楼台。
> 现在这儿满楼红袖招，我骑着洋马儿，斜倚着桥，
> 衣衫轻薄，态度更轻薄，和一波哥们在此落草。
> 你能看到，我有时并不真是卓尔不群的：她们以为我是
> 柳下惠，其实是柳倒痱……
>
> （宋炜：《上坟》）

卡米拉·帕格利亚说："性成功无论如何总是结束于精力不济之时。"① 这等似是而非的辩证法到底是警告、吓唬，还是羡慕和赞

---

① 卡米拉·帕格利亚：《性面具》，前揭，第21页。

美？帕格利亚观察（或体验）得很准确，强劲只有以最后时刻的精力不济为显现形式，只有耗尽自己，才能显示强劲意欲"显示"自己的决心；强劲以完全释放自己后的疲倦，显示自己获得的惬意、舒适、香甜多么让人愉快和乐观，甚至透露出满足自身那充满慵倦的满足感。虽然有人坦率、诚实地认为"真正的性交伟大无比"①，但一部漫长的颓废史有分教：颓废者在现实中品尝美酒、把玩美人以至于精力不济，却成全了写诗时内力的充沛，成就了诸多看似目光恍惚但精光四射的诗篇与诗行，却并没有露骨的肉欲描写②。依照诗和写诗的本体论特征，女人必定大于肉欲，甚至是肉欲中多出来的部分，否则，几毫升液体惨遭消耗后获取的空虚感实在够不上乐：那是令人沮丧和空虚的"精力不济"，是精力的萎缩状态，和"性成功"没有干系。女人是用于赞美的，不是用于纯粹肉欲的，宛若曼德尔施塔姆的咏诵：

> 人世凄凉。一切是空虚和平庸。
>
> 唯有女人和花朵给我们安慰。
>
> 可是，你把两种奇迹合二而一：
>
> 你是女人！你是玫瑰！
>
> （曼德尔施塔姆：《给娜杰日达》，汪剑钊译）

纯粹的肉欲只是表象，不能充任虚拟的解药或假装的抵偿物。

---

① 王伟：《遥远的阳光》，《当代》1988 年第 4 期。

② 参阅萧涤非：《汉魏六朝乐府文学史》，人民文学出版社，1984 年，第 199—201 页。虽然谭正璧曾下力气寻找过中国古诗词中的性欲描写，但正面描写性交的诗歌很少（参阅谭正璧：《诗歌中的性欲描写》，前揭，第 255—268 页）四川诗人稚夫编有两卷本《中国性爱诗选》（澳大利亚原乡出版社，2013 年），所收诗作确有大胆直露之作，但不会有人认为那是诗歌应该走的路子。

对于颓废者，作为对抗方式或认知方式的"醇酒妇人观"分明是一种积极的人生态度；对酒和美人的热爱，让他们在"精力不济之时"获取的满足中，找到了支撑物。因此，李亚伟才敢精神抖擞地征妇人入诗："我建设世界，建设我老婆！"（李亚伟：《我是中国》）颓废者"建设老婆"，和有志于事功与不朽者"建设世界"相等同；如果慷慨激昂之士，还有那些不屑于"彫虫篆刻"的壮夫们，以为"建设老婆"侮辱了"建设世界"，那倒刚好是对颓废者"建设老婆"的冒犯。诗与写诗一旦听从自己的本体论特征，遵从"来源于生活，并且低于生活"的诗学戒律，醇酒妇人早就挤占了"建设世界"所需要的诗歌空间，使后者毫无诗学上的立锥之地。瞿秋白让"井水"皈依"河水"的主张，"最后"得到了他本人的"最后"否认。

　　和酒的拯救（或医治）功能差不多，现实中的颓废者"一遇冶容，令人名利心俱淡。视世之奔蜗角蝇头者，殆胸中无癖，卒怅怅靡托者也。真英雄豪杰，能把臂入林，借一个红粉佳人作知己，将白日消磨……须知色有桃源，绝胜寻真绝欲，以视买山而隐者如何？"① 对那些被形而上的万古愁所掌控的颓废者，这纸张上或现实中的"乐"与"趣"妙不可言，能让他们暂时忘却生死，消解生命的无意义本质，"将白日消磨"，更不用说"蜗角蝇头"般的小小事功。宋炜将陌生女人引入诗篇，并以这种隐秘之乐让诗愉悦，也让他自己愉悦，却没有在任何角度上拔高隐秘之乐，实现了他"来源于生活，并且低于生活"的写作承诺：

　　　　我张开眼，随那小虫

---

① 卫泳：《悦容编·招隐》。

把目光渡过水面，看见了

一个躺在岩石上的女孩⋯⋯

那只蜜蜂却身怀利器，飞进了

她的双腿间，在那儿采蜜。

⋯⋯紧跟着又有一只蜂鸟，心情翠绿，

直通通飞过水面，也在那儿

停留：双翅搞刨了，扇个不停，犹如

一架袖珍的直升机。

⋯⋯醒来时发现

那女孩也正从石头上坐起身，

把双眼猛揉。但她并没有

看见我，她只是茫然四顾，

仿佛感到有什么地方不对头，于是她

在身上自摸一番，又自摸了

四五番，找不到任何破绽：

她甚至像石女一样完好无损。

⋯⋯我不禁自问

我有何德何能，第一次来到

神女聚集的东泉，便窥见了

这天人之际的秘密⋯⋯

（宋炜：《东泉纪事》）

　　虽然瞿秋白在申斥颓废的基本原型时（而不是在监狱里写《多余的话》时），一定认为这是一种无聊并且偷偷摸摸的写作，但宋炜的得意和沾沾自喜是可以想见的。这是愉快的写作；凝结成的，正是既快乐又能给人提供启示的诗篇。女人进入诗与写诗过程，像酒进入诗一样，激发了对人生无意义本质的消费，甚至挥霍，及时行乐由此阶段性地完成了自己，并借女人而生成了对外部世界的蔑视：女人即世界，再无他求。随着女人进入诗行，一种能够"绝胜寻真绝欲"的"桃园"，一种虚拟性的"桃源"诞生了[①]。依颓废的诗学之见，这桃园"可以保身，可以乐天，可以忘忧，可以尽年"[②]。作为表达颓废的基本原型，酒与女人在更多的时候，具有空间而非时间的效用：它们通过诗歌写作进入诗行或诗篇，通过实体变作隐喻或意象，最终，将自己变作了能够容纳、盛放颓废者的容器，让颓废者自以为能够免于无意义本质的伤害，免于对事功、不朽和身后名的艳羡——颓废者对待生活的积极态度由此可见一斑。

身为女性的卡米拉·帕格利亚委实令女权主义者很生气，因为她更愿意赞美男人："男性勃起、射精的向外投射是所有文明规划和概念思想——从艺术和哲学到想象、幻觉及着迷的范式。……勃起是一种思想（a thought），和一个极度快感的想象力的行动。""男性排尿确实是一种成就，它排出一个卓越的弧线。女性排尿仅仅只能浇灌她站立的土地，男性排尿则是一种说明的方式。"[③] 遵照帕格利亚的观察，和女人相反，男人勃起、射精、排尿象征着强劲，指向的，是征服性的事功和硬，它倡导走肾；颓废者更愿意将诗与写诗指向女性以及女性的软，他倡导走心[④]。颓废者寄望于在软中

---

① 颓废只是对生命无意义本质的可能性应答之一，归隐则是另一种对之十分有效的应答（参阅吴璧雍：《人与社会——文人生命的二重奏：仕与隐》，蔡英俊主编：《中国文学的情感世界》，前揭，第135—143页），但归隐者未必是颓废者，归隐诗因而未必是颓废主义诗歌。

② 卫泳：《悦容编·达观》。

③ 卡米拉·帕格利亚：《性面具》，前揭，第21页。

④ 参阅敬文东：《从心开始》，《天涯》2014年第5期。

欣赏和想象女性时，在"把臂入林""将白日消磨"时，在软中将女性隐喻化或意象化时，获取蔑视的能力。隐喻化的女人和隐喻化的酒一道，发挥出空间的效用，还隔绝了时间——这不仅仅是蔑视，更是胜利，是劳动后的休息。响应颓废的实质进行的诗歌写作最终获取的，是集慵倦与飞扬相杂陈的诗歌样态，是恍惚的眼神与四射的精光相混合的诗歌气质。还是宋炜给出了这种气质和样态以绝佳的标本，那是对"把臂入林"的细腻描写，尤其是对它的欢快描写，欢快于这难得的隐秘之乐①：

　　我没搞过梦露，并不意味着我不喜欢美女，

　　我没去过吴哥窟，并不表明我讨厌旅行。

　　同样，我还没死过，并不是说我已不想活了。

　　……

　　　　我够贫穷了吧？

　　但我不要，反而继续丧失……

　　　　　　　　　　　　　（宋炜：《自度曲》）

────────────

① 宋炜在生活中的醇酒妇人生涯被其好友、诗人李海洲写进了诗中。海洲抓住了宋炜在即刻之乐和及时之乐中的蔑视风采："你是一个天上的人，偶然落在重庆。/你是半部古书中的夫子/隔三差五地盗版前程。/关于女人和制度，你已收刀敛卦/静坐席间，开始少言寡语/一夜两杯红酒，你甚感无趣。//唉，世俗的两个兄长在折磨你/一个叫袍哥/他把中国最后的乡村知识分子分崩离析/从沐川穷游成都、北平，而后重庆。/另一个叫疱哥，他打开你的花花世界/植入半卷金瓶梅/还有阴雨天来拜访你的病根。//纵酒狂欢多少年？/天才的寂寞相互无法读懂。从飘逸到飘萍，世俗拒绝你/或者你用世俗诟病清澈的内心/武装莫名其妙的诗意和戎马。//多少人一笑了之，轻视竹林里逆天的兄弟/你早已百无聊赖，厌倦酒席上的千人拱手/是的，放下家语和缓慢性爱/你读完书，首已皓，经已穷/打马东去，没有一颗小粉子相随。//唉，什么时间我们关门喝一台/只两人，取大酒。/谈谈往事，论论毂中的天下英雄。/什么时间我操刀在手，割牛睾丸两只/为你换下病根。"（李海洲：《山中晨起寄宋炜》）

172

颓废的时间形式

卡米拉·帕格利亚认为，颓废源于阳刚之气的丧失；她好像是意犹未尽地进一步下结论道："颓废是一种病态的西方目光，它是一种艺术的窥淫癖之性强化"[1]。弗洛伊德的信徒嘛，无论男女老少，都是些菲勒斯中心主义（Phallocentric）的被掌控者，向来只崇拜性，不承认生命短促更有可能成为一切问题的总根源。生命短促联手万古愁（或千岁忧）之叹，成全了人生苦短的观念；人生苦短的观念伙同不可解释、难以测度的个人情怀[2]，催生了人生的无意义本质[3]；人生的无意义本质委身于颓废，成为颓废的核心内容，却又不得因此将之归诸于虚无主义，或怀疑主义。马泰·卡林内斯库无不夸张地指出："主义"这个后缀（－ism）"意味着非理性地坚持某种狂热崇拜的各项原则"[4]。怀疑主义相信一定有真实可靠的价值和意义存乎于世上某个地方，却怀疑眼下的一切——怀疑的目的不是无，是为了找到最终的有。虚无主义意味着一切皆无、万物皆空，在明知人生无所依傍后，仍然拒绝寻找依傍，并以此为方式"狂热崇拜"一切皆无的观念，效忠和取悦于万物皆空的信条。所

---

① 卡米拉·帕格利亚：《性面具》，前揭，2003 年，第 4 页。

② 关于性情的不可解释性，请参阅刘小枫：《拯救与逍遥》（增订版），华东师范大学出版社，2007 年，第 346 页。

③ 人生苦短从逻辑上可以导致人生归零之外，还可能导致另一个结论：即努力建功立业，导致人生之全，即对人生的完满占有（参阅周国平：《只有一个人生》，《读书》1991 年第 3 期）。对此做何选择，全看个人性情，而性情无法解释，不可测度。

④ 马泰·卡林内斯库：《现代性的五副面孔》，前揭，第 77 页。

谓"于一切眼中看见无所有，于无所希望中得救"①，乃"自欺"却并非"欺人"之谈，"掩耳"却未能"盗铃"之举——尽管修辞和句法确实很高明。作为一种看待世界的特定角度或方式，颓废虽然驱使颓废者必须以人生的无意义本质为开端，却又催促、鼓励他们有趣地填充空白的人生，给人生的无意义本质添之以乐，并在对功名利禄的蔑视中获取凭靠，以至于不惜"像胶囊一样被这张竖嘴含化"。依爱德华·萨义德之见，开端（begin）较之于起源（origin）更具有主动性："X 是 Y 的起源，开端性的 A 引致了 B。"② 颓废作为人生无意义本质"引致"出的生活态度，大体上介乎于纯粹的虚无主义和俗世的建功立业之间，跟怀疑主义了无干系：就其蔑视俗世勋业而言，它为了给蔑视索取必需的力量，不得不借光于虚无主义，毕竟虚无主义具有化一切实有为乌有的能力，还因为入世的火热之心，正急需要出世携带的淡然充当清凉剂；就其警惕虚无主义而言，它为免于效忠虚无主义的"各项原则"而靠近事功，却又以醇酒妇人充任俗世勋业的代用品，在靠近事功中，主动疏离了事功。颓废不消极，不厌世，不萎靡，不塌败，更倾向于笑容。它只倡导及时和即时的享受，并欢快于这种享受。"乐"才是颓废（者）的核心："啊，愿这礼物令我昏睡！"（宋炜：《圣瓦伦丁节的对话》)③

颓废发源于人生苦短的观念；正是这个素朴、简单的事实，决定了颓废的**现时品格**，恰如宋炜的吟诵："在她随地搭起的花架子

---

① 鲁迅：《野草·墓碣文》。

② 爱德华·萨义德：《开端：意图与方法》，前揭，第21页。

③ 这与李泽厚提出的"乐感文化"大有区别："乐感文化"的核心是中国人面对唯一一个世界仍然庆生、乐生、肯定生命和寻找幸福，颓废者的乐恰好建立在生命空无的基础上，有"江南无所有，聊赠一枝春"的意味（参阅李泽厚：《中国古代思想史论》，前揭，第295—322页）。

中/连今生也没有，何况来世?"（宋炜:《风月笺》）起兴于人生苦短的颓废者早已经验到：往者已远逝，来者不可期，唯有处于"现在"进行时态中的"现在"可以凭恃，但关键是可以被把握[1]。瞬刻即永恒的禅宗境界，原本就不是颓废的本意；颓废者想要的，不过是现时中的即刻之乐——它总是处于流动之中。无论是静止性的永恒，还是永恒为自身认领的静止特性，都不值得颓废者追求。鲁迅说:"颓废者没有一定的理想和无力，便流落而求刹那的享乐；一定的享乐，又使他发生厌倦，则时时寻求新刺戟，而这刺戟又须厉害，这才感到畅快。"[2] 虽然鲁迅在道德/伦理的方位上，隐隐约约否定了颓废者（"没有一定的理想和无力"），却从时间的角度，准确理解而非肯定或赞美了颓废者（"刹那"及其"享乐""刺戟"和"畅快"）。和鲁迅的讽刺性语调相比，朱自清鼓励人们行乐或建功都要"及时"的劝诫性口气确实来得格外"及时":"无论怎么说，刹那总是有的，总是真的；刹那间好好的生总可以体会的。好了，不要思前想后的了，耽误了'现在'，又是后来惋惜的资料，向谁去追索呀！你们'正在'做什么，就尽力做什么吧！最好是 - ing，可宝贵的 - ing 呀！你们要努力满足'此时此地此我'! ——这叫作'三此'，又叫作刹那。"[3] "三此"有望成为"此在"（Dasein; being - there）的组件；所谓颓废的现时品格，就是一个接一个飞逝的刹那既被颓废纳于自身，也被用于对颓废的展示，即刻之乐和及时之乐因之迅速成型。恰如鲁迅和朱自清暗示的，和颓废配

---

① 参阅詹冬华:《中国古代诗学时间研究》，中国社会科学出版社，2014 年，第 43 页。
② 鲁迅:《二心集·非革命的急进革命论者》。
③ 朱自清:《刹那》，《朱自清全集》第四卷，江苏教育出版社，1996 年版，第 129 页。

套的时间形式唯有现在（"刹那"或"三此"），所谓"饱飨此时此刻"（肖开愚语）；书写颓废的诗篇需要的时间形式也唯有现在，所谓"端庄的人道就是如水的天命"①。而在宗教－祭祀之兴早已消亡的华夏文明中，天命即此刻，人道也只在此刻，所以子产才说："天道远，人道迩。"②

现在是颓废主义诗学唯一的时间形式，存乎于每一首书写颓废的诗篇。现在的本质内涵之一，就是有颓废者（即"此我"）存于其中的时间"段落"，就是属于颓废者的时间"段落"。颓废者和时间互为内在之物，互为镜像：这就是现在的本质特征。现在必须首先是人的现在、可感知的现在，最终才成其为现在；无人存在或无人进入的现在不仅不是现在，而且不可想象。现在只能是裸露的，不仅没有穿金戴银，甚至没有皮肤：血管裸露在外，只要是颓废者，就能看见血液的流动；它以盐溶于水或水乳交融为方式，浸润着诗篇的呼吸，感应着诗篇的搏动。从表面上看，宋炜存乎于"天人之际"的隐秘之乐只是事后的愉快回忆，是后置性的，好像在刻意印证华兹华斯（William Wordsworth）的观点：诗"起源于在平静中回忆起来的感情"③；李亚伟带有终极品格的"酒之路"借助于浓墨重彩的抒情，似乎把诗篇本该拥有的时间结构给掩盖了、吞噬了，诗篇好像真的处于无时间性的状态，像一个平胸的少妇，干燥如沙漠。事实上，隐秘之乐和"酒之路"始终浸润于现在进行时态（即－ing），回忆仅仅是将隐秘之乐唤至目前、现在、此刻（四川人谓之

---

① 陈瑞生：《给宋炜的齐东野语》，《红岩》2014 年第 3 期。
② 《左传·昭公十八年》。
③ 华兹华斯：《〈抒情歌谣集〉一八〇〇年版序言》，曹葆华译，伍蠡甫主编：《西方文论选》，上海译文出版社，1979 年，第 17 页。

为"现在而今眼目下")①，任由诗人反复打量和撩拨，任由读诗者和作诗者一道，永远共时性地偷看蜜蜂采蜜于姑娘的花蕊，蜂鸟试图着陆于姑娘的隐秘之地。而浓厚的抒情只有被一个瞬间的现在所浸润，才能让带有终极色彩的"酒之路"呈现出看似无时间性的样态：在颓废的本体论特征操纵下，现在有时候很可能像隐身衣一般，不但掩藏了别的东西，也将自己隐藏了起来，仿佛自己和别的东西真的不存在。乔治·布莱（Georges Paulet）的得道之言，能为宋炜的回忆引导出的现在辩护：所谓诗，不过是"作者以往经验的表现。他唤起过去，他唤起过去的现实的时刻，这是两个时间，都属于他自己的生活。从过去移往现在，经验并未改变接受主体。同一个人经验两次，这个人就是诗人自己"②。赵汀阳无心插柳，却替李亚伟道出了"酒之路"的终极性刚好隐藏于现在或此刻（即 -ing）："终极性就在现实性中，或者说，终极性就是现实性。"③

对于裸露的现在所拥有的特性，宋炜看得很清楚："现在就算我们一道/往更早的好时光走，过了天涯都不定居，/此成了彼，彼成了此，我们还是一生都走不回去。/看呀，千百年后，我依然一边赶路一边喝酒，/坐在你的鸡公车上，首如飞蓬，鸡巴高高地翘起！"（宋炜：《还乡记》其三）④ 宋炜的暗示很准确：在颓废者（比如宋炜）眼中，赤身裸体的现在既不来自过去，也不通往未来；千百年后盛纳"一边赶路一边喝酒"的那个时刻，仍然是千百年后的现在：那是被预支，而不是被期待的现在。它看上去被寄放在千

① 参阅敬文东：《指引与注视》，前揭，第90—98页。
② 乔治·布莱：《批评意识》，郭宏安译，百花洲文艺出版社，1993年，第30页。
③ 赵汀阳：《一个或所有问题》，江西教育出版社，1998年，第162页。
④ 对最后这句神来之笔，秦晓宇有过颇有眼光的评价（参阅秦晓宇：《七零诗话》，前揭，第101—102页）。

百年后，却被宋炜用回忆将来的方式拉到了眼下，亦即颓废者构筑诗篇以便及时行乐的这个当下，这个孤悬时光于轴线的此刻。诗篇中的时间形式死死揪住现在，并将之纳于自身。在此，宋炜把回忆将来转化为回忆现在，把正视现实变作回顾现实：颓废者的回忆倾向于把一切时间形式都弄成现在，而不仅是看作现在，就像没有媒妁之言的男女把生米煮成熟饭，震惊了双方的父母，震惊了党和政府。与宋炜相比，李亚伟说得既简洁，又便捷："历史越来越模糊，大地越来越清晰，/时间越来越短，短得分不开，成了黑点，成了现在。"（李亚伟：《河西走廊抒情》第二十四首）柏格森（Henri Bergson）似乎从意识研究与分析的角度，为这种看似奇怪的现象提前给出了哲学解释："这是一系列的状态，其中每个状态都预告着随之而来的状态，也都包含着已经过去的状态。"① 依李亚伟之见，裸露的现在意味着黑点般的刹那，它在快速移动；大致上，黑点的现在正是按照柏格森描述的方式以形成自身，只是将"已经过去的状态"给抹平了。黑点的现在拥有大剂量的信息，宛如全息图。对于唯有以蔑视充任意义之塔的颓废者，诗和写诗都位于及时行乐的重要方式之列；作为及时之乐和即刻之乐的写诗，则能将一切时间范式凝结为**诗中的现在**，过去与未来纷纷顶着现在的面孔，呈现在写诗者和读诗者面前——这刚好是对现在的裸露特性所做的精确理解。所谓裸露，就是只在一个瞬间毫无保留地敞开自己，以便把通常意义上的过去与未来纳于自身，最终，不着痕迹地取消了未来与过去。书写颓废的诗篇乐于拷问、榨取现在中蕴含的一切可以被榨取、被拷问的东西——

---

① 柏格森：《形而上学导论》，刘放桐译，商务印书馆，1963 年，第 5 页。

秋尽了，大地运载完黄金，开始承受腐烂

我在屋子里，将熙熙攘攘之辈尽收眼底，口不能言

除了不可遏止的衰老，和那些重复播放的旧时光

我一事无成，并在衰老中爱上了时光本身

（东篱：《午后小睡醒来，独坐怀人》）

　　书写颓废的诗篇犹如"屋子里"的"我"将万物招至窗前挨个打量和修理，并且"该怎么样就怎么样（A flop is a flop）"[①]；诗的本体论特征能将"重复播放的旧时光"，还有处于未来那一头的"新时光"，通过回忆将来转渡为黑点似的现在。这些黑点的现在，这些无肤而裸露的此刻，允许颓废者（即写诗者）在每一个全息、敞开的当下虚度时光，并"一事无成"。有时，连迷人的醇酒妇人及其迷人性都予以放弃，甘于沉默，敢于和现在两相厮守，最终，获得了颓废者一生的大"无成"。仅仅依靠吮吸现在和醉心于现在，居然就能在诗中阅尽时光的春色，耗尽时光的耐心，这样的大"无成"实在难以——并且无以——名之，唯有像老子那般试探着"强名之"为"大成"。有人对波德莱尔不吝赞美之辞："波德莱尔创造了一种无需救赎的忧郁之路，在这条路上，灵魂极端痛苦，身体极端偏执，而历程极端艰险，但它却是一条勇者之路。"[②] 如果波氏知道世上有如此轻而易举就能到手的"大成"，还从不在乎是否被救赎，其"勇者之路"是否显得过于滑稽？痛苦、偏执、艰险云云，是否全都是自找的？因此，"在衰老中爱上了时光本身"在等同于"一事无成"（甚或"大成"）外，还需另有重心：被时光拖拽着老

①　卡米拉·帕格利亚：《性面具》，前揭，第21页。
②　薛雯：《颓废主义文学研究》，前揭，第49页。

去，让每一个黑点现在都成为镜像或内在之物，原本就是颓废者的目的或心愿；颓废者在衰老中爱上时光，不过是因为时光主动以现在为方式，拖拽着颓废者迈向终点，不需花费颓废者的任何力气。因此，这个重心实在是意味深长：它既表征着处于现在之中的即刻之乐，也表征着颓废者为蔑视赋予的具体内涵。试想一下：还有比不管不顾，不仰仗任何假装的抵偿物或虚拟的解药，一任时光把自己荡往终点更强劲有力的蔑视吗？所谓蔑视，永远都是存乎于当下的目光闪电；当下在时光中转瞬间成为过去，却被具有本体论特性的写诗行为保留在诗篇中，永远鲜活如初①。

这一切，都跟形而上的万古愁有关，跟消逝（而不是消失）有关。依形而上的万古愁之本义，消逝只能是时间概念，消失更多地依傍于空间。消逝意味着逝去的东西一去不回返，意味着事物的一次性，消失则意味着人们有可能在另一个被忘记的空间里，再次见到弃他们而去的东西。消逝让人惆怅，让人感受到事物中温婉，但脆弱的那一面，尤其是包裹脆弱、温婉的那层时光轻纱，杨政的咏诵来得很及时："每个昂脸的消逝者都在嘀咕/是否，云端上的我，

---

① 关于现代汉诗中颓废的来源，施蛰存回忆说："初期的戴望舒，从翻译英国颓废派诗人道生和法国浪漫派诗人雨果开始，他的创作也有些道生和雨果的味道。"（施蛰存：《〈戴望舒诗全编〉小引》，《戴望舒诗全编》，浙江文艺出版社，1989 年，第 6 页）苏雪林则说："所谓'世纪病'的狂潮激荡全欧之后，人类的精神起了很大的变化，像素性忧郁的俄国民族受了这种影响，则发生'托斯加'（Toska），英人提隆（Dillow）译为'世界苦'（World sorrow），大都相率趋于厌世一途，以自杀了事。而天性活泼，善于享乐的法国人，则于幻灭绝望之中，还要努力求生。他们常用强烈的刺激如女色、酒精、鸦片以及种种新奇的事情、异乎寻常的感觉……以刺激他们疲倦的神经，聊保生存的意味。"（苏雪林：《苏雪林文集》第三卷，安徽文艺出版社，1996 年，第 185—186 页。）这大体上可以看作新诗中颓废的来源之一，但戴望舒、邵洵美等人接受外来的影响，其根源还在人生苦短带来的人生的无意义本质，否则，就是难以理解之事。

是自己长不大的儿子？"（杨政：《上海之歌》）当然，古希腊的林努斯（Linus）早已道尽了消逝的实质："时间存始于万物的瞬刻成长。"[1] 而空间性的消失在令人绝望时，也让人心生找回某个东西的念头和希望。"逝"去的东西，肯定不同于"失"去的东西；"逝"在不少时刻，本来就兼有"失"的意思，它是"失"的升级版："逝"去的东西不仅"失"去了，而且是永远地"失"去了。消逝造就了无数个黑点的现在；或者：消逝的本质就是现在，就是"万物的瞬刻成长"。黑点的现在以共时性为方式，被纳于书写颓废的诗篇，并构成了诗篇自身的时间形式；消逝迫使现在认领了它的裸露特性，裸露特性则强化了共时性的黑点现在，像孝子反哺其双亲。最终，是消逝为书写颓废的诗篇提供了固有的时间形式，现在因此而永垂不朽——

> 现在算来，那个年代属于史前
>
> 今天，我们都不在乎那时的神和人了
>
> 没有考古证实，不符合我们现在的认知体系
>
> 就像我们农历里面还勉强记载的一些物事
>
> （李亚伟：《远眺埃及》）

颓废的空间形式

卡罗琳·考斯梅尔（C. Korsmeyer）引述过维希（G. Vesey）对

---

[1] 参阅第欧根尼·拉尔修（Diogenes Laertius）：《名哲言行录》，马永翔等译，吉林人民出版社，2003 年，第 5 页。

视觉的精辟观察："与听觉相比，视觉具有直接性，与触觉的感知方式相比，视觉拒绝介入其对象。"① 看起来，视觉是这样一种感知方式：既具直接性（直接看见），又不介入对象（不以零距离的方式接触事物的表面）。特伦斯·戈登说得通俗易懂："眼睛的视觉强大，接收刺激的距离很远；相比而言，舌头只能分辨甜、酸、苦、咸，必须与提供刺激的食物直接接触。"② 但考斯梅尔和戈登都没有点明：视觉可以从远处吞噬视觉的对象。苏格拉底认为，在人身上的所有器官中，只有"眼睛最是太阳一类的东西……眼睛所具有的能力作为一种射流，乃取自太阳所放出的射流"③。正是出于诸如此类的原因，视觉（或目光）拥有了功率强劲的消化系统，以至于能让视觉对象按照视觉本身的要求营养视觉本身，最终，为人的认知行为型塑（to form）了事物的空间形式。事物的空间形式像神话一样，"的确是一个复杂过程的瞬间视觉展开（myth is the instant vision of a complex process）。"④ 空间形式乃视觉消化视觉对象的结果；目光兼具腐蚀和生育的能力。最终，事物的实体性的空间形式，被"生育"为认知中形式化的空间形式。约翰·伯格（John Berger）说："我们只看见我们注视的东西，注视是一种选择的行为。注视的结果是，将我们看见的事物纳入我们能及——虽然未必伸手可及——的范围内。触摸事物，就是把自己置于与它的关系中。"⑤ 与其他状态的目光相比，书写颓废的诗篇更乐于采用**仰视和俯视相杂**

---

① 卡罗琳·考斯梅尔：《味觉》，吴琼等译，中国友谊出版公司，2001 年，第 28 页。

② 特伦斯·戈登：《特伦斯·戈登序》，麦克卢汉：《理解媒介》，前揭，第 8 页。

③ 柏拉图：《理想国》，郭斌和等译，商务印书馆，1995 年，第 266 页。

④ 麦克卢汉：《理解媒介》，前揭，第 39 页。

⑤ 约翰·伯格：《观看之道》，戴行钺译，广西师范大学出版社，2005 年，第 2 页。

陈的目光，只因为诗篇中的空间形式必须由目光及其施视的角度来型塑（或生育）。如何施视"是一种选择的行为"：有何种形式与性格的施视行为存乎于想象，就有何种情形与样态的空间形式应乎于诗篇。中国古人对此心得独具，对二者的关系早就了如指掌①。至于相杂陈的目光中，仰视和俯视各自所占的比例为何，全看诗与写诗遭遇的具体情形。所谓具体情形，就是某首具体的诗作打算如何在强度上回应形而上的万古愁，如何在广度上应对人生的无意义本质。和时间形式的性质完全相同，书写颓废的诗篇中的空间形式也受制于蔑视、及时之乐和即刻之乐——它们的要求和脾性，才是诗篇中时空形式的根本之所在。

中国的颓废者在想象中（即诗和写诗中）仰视的，不是神灵，不是任何一种超自然的力量，甚至不是康德称颂的宇宙星辰，更不是郭小川有意仰望到的那个星空。他只是怀着蔑视俗世勋业的念想、获取及时之乐的目的，下意识地将目光射向上方，并不刻意于、斤斤计较于某个具体的星座——他可以"西北望"，却没有"射天狼"的任何念头或打算。诗篇中由仰视型塑的那部分空间形式，与一切神圣、夸张的东西没啥关系。即使是现代西方，也早已"由宗教构成的世界过渡到了另一个只参照人性和尘世价值观组织起来的世界"②，又何况在观念上原本只有此岸世界的中国。寄身此岸的颓废者，不允许关于颓废的诗篇信任神灵，推崇居住在天上的超自然力量。他的诗篇有可能尊重康德的宇宙星辰，却不屑于郭小川仰视的星空，但似乎更应该说成不屑于《望星空》中的空间形式。郭小川

---

① 比如中国绘画中著名的"三远"说（参阅郭熙：《林泉高致·山水训》）。

② 托多诺夫（Tzvetan Todorov）：《走向绝对》，朱静译，华东师范大学出版社，2014年，第218页。

在这首诗中想要做的，是挟星空以效忠于尘世间的某个政治团体、某种政治力量；是将实体的星空，康德敬畏的星空，古人视为遥不可及的星空，征为纸面上比喻性的随从、保镖或仆人，而"比喻是兴的发想的堕落形式"[①]，亦即胡乱地"看出一个名堂，并说出一个意义"（human beings make sense of the world by telling stories about it)[②]。那首诗想要干的，正是"通过文字劫持了价值观"一类的勾当[③]，却又未曾"因为表达唐突而失去效果"[④]。《望星空》中的空间形式因星空与地面相混合，因地面得到了星空的有意强化或增援，显得浮夸而空洞，宏大而荒诞不经，却与夸张的事功、虚妄的社会理想，以及诗人高春林认为需要克服的乌托邦主义恰相匹配。这些奇奇怪怪的货色，确实急需要某种正经到荒唐的空间形式以粉饰自身，并以时过境迁后获取的滑稽感，顶替被制作时的庄严与崇高，只因为"一件从前发生的事情，之所以能让后人以调笑或幽默的言辞加以诉说，仅仅是因为它太过荒唐。并且越是以悲壮、悲惨或神圣、庄严的面孔呈现出来的事情，越是如此"[⑤]。受制于自己的本有目的，郭小川的施视行为依其所愿（"注视是一种选择的行为"），成功地型塑了作品中的空间形式，但这刚好是对星空和仰视的双重冒犯，还额外殃及了本该无辜的诗篇。与此相反，颓废者像"悠然见南山"的隐士那般，无意间以仰视的目光向上望去，他看见：

---

① 白川静：《中国古代民俗》，前揭，第 46 页。

② Jerome S Bruner, *The Culture of Education*, Harvard University Press, 1996, P. 129.

③ 艾瑞克·霍布斯鲍姆（Eric J. Hobsbawm)：《断裂的年代》，林华译，中信出版社，2014 年，第 126 页。

④ 毛姆：《总结》，前揭，第 22 页。

⑤ 敬文东：《颓废主义者的春天》，台湾秀威书局，2009 年，第 51 页。

海淀区的上空，天堂是无人值班的信息台

云抬着它们的祖母在暴雨中轰隆隆向朝鲜方向走去

一丝绿意才呻吟着从上个世纪的老棉被里轻轻滑进街

    沿的服装店

变成了无人注意的中关村的初春，我真不知道这点春

    光是什么卵意思！

                （李亚伟：《新世纪的游子》）

    这简直是与《望星空》势不两立、"弗与共戴天"[1] 的诗篇。在李亚伟笔下，天空虽然没有意义，却刚好装下一个万古愁，并给万古愁赋予了没有边际的宇宙背景，宏阔、博大、虚远和浩淼；天空虽然无法抵消生命的无意义本质，却在被仰视中，在一个瞬间性的黑点现在，焕发出无尽的趣味，刚好被内心丰沛的颓废者——比如李亚伟——一眼洞穿，既让作诗者体会到即刻之乐与及时之乐，又趁机组成了诗篇中妙到毫巅的空间形式。爱德华·索亚（Edward W. Sojai）说得好："各种构想的空间虽然也能激发人的热情，但它们的重点是心灵而不是肉身。"[2] 不用说，这的确是重点作用于心灵，又从未忘记肉体的空间形式，对应和呼应于诗与写诗的精神性与肉体性。这是呈扁平态势，在高空游走，却一路倾斜着，像筛网一般被撒向地面的空间形式，和仰视的目光正好碰个正着；这是一种傻里傻气，却又虎头虎脑的空间形式。它不严肃、不庄严、不崇高、不仆人、不随从，不劫持任何夸夸其谈的价值观。但它生动、急躁、冒失和多血质，向往着人间的好风水和好山水，却不准备效

---

① 《礼记·曲礼上》。

② 爱德华·索亚：《第三空间》，前揭，第37页。

忠于尘世的任何东西；它在满足颓废者对"乐"的渴望时，再次见证了生命的无意义本质，正所谓"我真不知道这点春光是什么卵意思"！奇怪的是，它是在再次见证了人生的无意义本质时，才在一个裸露的现在，挥手打发了形而上的万古愁，试图作用于（而非效忠于）这种万古愁认领的虚空特性——"中关村的初春"虽然"无人注意"，最起码让人感到温暖，比如生性敏感的颓废者。

中国的颓废者在想象中（即诗和写诗中）俯视的，不是芸芸众生，也不是大地万物。他俯视到的不是渺小，甚至不是有关渺小的观念（亦即柏拉图念想中的渺小自身，或有关渺小的理念），也从不为渺小而俯视。苏格拉底不无夸张地认为，对语言的仇恨，乃诸恶中最糟糕之恶[1]；布罗茨基（Joseph Brodsky）则说："一位作家的传记，是他的语言的转折。"[2] 苏格拉底想必心知肚明：对语言的仇恨，有时是以热爱语言、宠幸语言的方式而出现——那也是一种"语言的转折"。"潜"心操持和放牧语言的诗人，完全可能是"潜"在的语言仇恨者，倾心于"潜"在的"最糟糕之恶"。但中国的颓废者普遍患有语言洁癖症，不会像郭小川在《致大海》中所做的那样，想象自己叉腰站在海边，俯视海平面之下翻滚的海水，以夸张的抒情，复兼众多叹词联合起来生成的能量，征不竭的海洋之力以荡涤自己的"书生病"，好让"我"能够化作建设社会主义的砖石泥瓦，那些卑微却得到大海增援的砖石泥瓦。郭氏甚至在另一首诗中写道："不驯的长江／将因你们的奋斗／而绝对服从／国务院的命令……"（郭小川：《投入火热的斗争》）只是将《致大海》中的"我"，换作了值得期许的、作为社会主义建设新一辈的"你

① 参阅《柏拉图对话录》，王太庆译，商务印书馆，2004年，第251页。
② 布罗茨基：《小于一》，黄灿然译，浙江文艺出版社，2014年，第1页。

们"；处于视线之下被俯视的大海作为诗篇中的空间形式，正好和《望星空》中作为空间形式的星空相对称，直到完全相重合。在郭小川的念想中，俯视不过是仰视的另一种表达方式，仰视则是另一种俯视；诗情出没于星空或出没于大海时，两者的差别为零，或无限接近于零①。

颓废者的俯视乃是让自己一分为二（至少是一分为二），其中的一半，处在高于自己另一半的地方；上面的一半在俯瞰下面那一半的所作所为。那是一种监督性（而非征用性）的力量：不是监督自己的放纵，而是监督自己在放纵方面可能出现的松懈。因为左手醇酒右手妇人，顶好还有专心致志地吸吮黑点似的现在，才是颓废者念想中的至高境界，才是真正的蔑视，才能与人生的无意义本质共存亡，直至做到朱熹所谓的"安于死而无愧"②：

> 我飞得更高，俯临了亚洲的夜空，我心高气傲！
>
> 人间在渤海湾蒸腾，众多的生命细节形同狂想
>
> 我在晴朗的人生里周游巡回，在思念里升起，触到了
>
> 火星的电波

---

① 郭小川笔下的空间显然是一种被规训的空间，而这涉及到空间转换价值："所谓空间转换价值，是指一个空间形象中的自我与另一个空间形象中的自我间的价值差异。自我以及自我价值的指标之一是空间形象；不同自我之间的价值差异要体现在——或至少要体现在——不同空间形象的意识形态差异上，也要体现在人对不同意识形态的动作反应的差异上。但差异的计算方式，不仅仅是简单的四则运算。空间转换价值的计算方式，需要动用各种指标（比如面对空间形象的情感等）集结而成的综合体。"（敬文东：《从铁屋子到天安门》，《上海文学》2008 年第 8 期）让空间转换价值为零或接近于零，则是对空间进行规训的理想结果（参阅敬文东：《太过坚强的空间和过于脆弱的意志——关于 20 世纪后半页中国文学空间主题的札记》，祝勇主编：《阅读》，中国社会科学出版社，2004 年，第 167—180 页）。

② 朱熹：《朱子语类》第三十九。

我发烧的头脑如同矿石，撞击着星空中的行星环

　　穿过夜生活发狂地思念着消逝的大西洲女人

　　　　　　　　　　　　　（李亚伟：《我飞得更高》）

　　从视觉为认知型塑（to form）形式化空间形式的角度来观察，"我飞得更高"的意思更有可能是：在任何时刻，"我"比"触到了火星的电波"的那个"我"，以及"撞击着星空中的行星环"的那个"我"，都飞得更高。就像追者和被追者同时加快或减缓了步伐，被追者与追者间的距离始终没有减少：一半欲高，一半则更高。这是一种性状奇异的空间形式，发生在我和我之间，是我对我采取监控导致的诗性空间。我与我之间忽高忽低、忽近忽远的张力感，使空间形式处于一刻不停的动荡之中，或膨胀，或有限度地收缩后迅速张开，就像放大到无限的胃，但尤其是胃的收缩与扩张。在这个变动不居的空间形式中，被鼓励、被表彰的，或被盛纳而当作目的的，是醇酒（"夜生活"）与妇人（"大西洲女人"）。不用说，我对我的监控产生了实效：在我的鹰眼独照下，在我俯视性的目光形成的空间形式中，我没有忘记万古愁和人生的无意义本质，没有忘怀需要用于挥霍的空白岁月。遣有生之涯的事情或事体，不是在"晴朗的人生里周游巡回"，也不是在"思念里升起"。这等低级之事，是我在飞行中故意逗另一个我玩，是为了给诗篇构造恰切的空间形式，以盛纳正主儿。真正能遣有生之涯的，是夜生活与大西洲女人，它们正在我对我的监控中被我享用。李亚伟用俯视的目光为诗篇型塑的空间形式，和海子在"大诗"中构建的天空和太阳完全不同。前者是享乐型的，既为了享乐，也承载了享乐，肉体精神相杂陈；后者则是神性的，渴求着虚妄的拯救，盛放其间的，是摇摇欲坠的超验性意义，精神脱离了肉体而存在。有众多证据可以表明，海子

至少在诗和写诗中是讨厌肉体的①。而对于书写颓废的诗篇，更普遍的空间形式来自俯视和仰视的两相杂陈（上述两例只为说明仰视和俯视的具体情形而设立）：

> ……某个星君
>
> 会在后半夜从上往下打探，
>
> 看见拥挤的房事，涟漪颤动的水缸，
>
> 和连夜长起的草木，瞬目间
>
> 就盖过了屋顶：这是连神仙也看不尽的人间。
>
> （宋炜：《土主纪事》）

"某个星君"从天上看往人间，充当我在高处的那一半，监视着围绕茂盛的房事组建起来的人间之事，亦即我的另一半（低处之我）必须做的事。就在那个星君往下打探的当口，隐藏在低处的匿名之"我"却在隐蔽之中向上仰视，在猝不及防之时，与俯视的目光接上了头。奇怪的是，在彼此的互不知情中，却知道了接头的事情。乔吉奥·阿甘本（Giorgio Agamben）认为：在某些特殊的时刻，"看的眼睛变成了被看的眼睛，并且视觉变成了一种自己看见看见"②——亦即自己看见自己正在看见这种行为或者状态。星君的看和匿名之我的看，被宋炜巧妙地处理成互为"看的眼睛"和"被看的眼睛"。正是这种被暗藏起来却可以被窥破的关系，让这几行看似平常的诗句，顷刻间，拥有了近乎伟大的力量。这两种目光——亦即互为"看的眼睛"和"被看的眼睛"——在诗篇中构筑

---

① 参阅敬文东：《指引与注视》，前揭，第122—126页。

② 乔吉奥·阿甘本：《潜能》，王立秋等译，漓江出版社，2014年，第92页。

的空间形式，正是有天空注视的人间，是混合了少许天空的人间，也是"连神仙也看不尽的人间"，但它终归是颓废者理想中那个专属于我的人间。

马泰·卡林内斯库就进步神话和颓废之间的关系，有过上好但悲观的言辞："进步的事实没有被否认，但越来越多的人怀着一种痛苦的失落和异化感来经验进步的后果。再一次地，进步即颓废，颓废即进步。"[①] 中国的颓废者这一回能部分性地认同卡氏的观点：一个毫无意义的世界，一个"到处都在繁荣，连荒芜也保不住了"的国度（蒋浩：《十一月三十日与敬文东别后作》)，因不断追求进步而扩大了颓废的振幅，这正是"连神仙也看不尽的人间"的另一个名称，另一种人间称谓，却必须遗弃卡氏给出的修饰词："痛苦的失落和异化感。"中国的颓废者认为：进步的要义之一，是争取让实体的空间形式，向诗中那个"连神仙也看不尽的人间"不断靠近、无限靠近。那个人间的本质是乐，是"心里头满是喜乐"的那种纯乐（宋炜：《土主纪事》)；一种饱满的乐，一种暗中起意的跃跃欲试之乐。这是书写颓废的诗篇在仰视与俯视按特定比例相杂糅时，制造出的最佳空间形式，也是最理想的空间形式。看啦！空间形式的无边性（"看不尽"），带来了乐的无边性，正合慧能之言："随所住处恒安乐。"[②] 但这种乐不能被认作快感，更不能下替为快感。杰姆逊的观点可谓善解人意：快感不能被"认作一种目标"，否则，纯粹的快感追求者"最终已根本不再是享乐主义者，而是主体的放荡和疯狂"[③] ——那是对"乐"的侮辱。

---

① 马泰·卡林内斯库：《现代性的五副面孔》，前揭，第 167 页。
② 《坛经·疑问品第三》。
③ 杰姆逊：《快感：文化与政治》，王逢振等译，中国社会科学出版社，1998 年，第 136 页。

仰视不是憧憬和敬仰，俯视也不是唾弃和不屑，它们相杂陈的结果，才是颓废者仰赖的蔑视。但此时的蔑视，是更为柔和的目光闪电，是被乐浸润的无影刀，拥有宽容和悲悯的能力，也更有力量。它既是无意义本质的镜像，也暗中软化了人生的无意义本质，让它成为可以被接受、被享用的什物，犹如宗教－祭祀之兴化命运中的厄运部分为可吸吮之物。犹如有了病愈的念想，正被喝着的汤药一点都说不上苦，正在被注射的肌肤一点都不觉得疼；或者：生命没有意义，但某些特殊的事情对生命本身具有意义，比如颓废，比如诗与写诗。而这种空间形式与黑点的现在两相勾连，形成了书写颓废的诗篇特有的时空构架。这种时空构架意味着：诗与书写颓废的诗篇带来的，不仅是即刻之乐，还是共时性的乐和随身之乐，千百年后也仅止于黑点似的现在。颓废之诗不会因为人生的无意义本质而悲观，而厌世，而萎靡，因为颓废对无意义的生命本身具有意义。它的目标是快乐。它是笑着的诗篇。

颓废和笑着

无论在古典汉诗或现代汉诗中，书写颓废的诗篇多见，书写颓废并且笑着的诗篇不多见，伪托李白所作的《笑歌行》得算例外①。虽然"欢歌笑语绕着彩云飞"一类的红色诗篇大笑着决不颓废，却依然够不上对颓废诗篇的否定，连它的笑声都早已湮灭于时间并不

---

① 认为《笑歌行》是伪托李白之作古有苏轼，近有钱钟书（参阅钱钟书：《七缀集》，前揭，第118页）。

漫长的新诗史①。吕正惠认为，和西方诗歌的悲剧传统两相对照的，恰是古典汉诗的**哀歌传统**——"哀歌"一词正可谓点睛之笔。清人刘鹗对此有绝好的描述：

> 灵性生感情，感情生哭泣。哭泣计有两类：一为有力类，一为无力类。痴儿呆女，失果则啼，遗簪亦泣，此为无力类之哭泣；城崩杞妇之哭，竹染湘妃之泪，此有力类之哭泣也。有力类之哭泣又分为两种：以哭泣为哭泣者，其力尚弱；不以哭泣为哭泣者，其力甚劲，其行乃弥远也②。

悲剧强调的，是个人的意志；悲剧突出的，正是个人对环境与命运的殊死抗战，甚至不惜以损毁肉身为代价——抗战不屑于哭泣，顶多同意哭泣投怀送抱，同意它委身于自己。亚里士多德认为，悲剧"应该描述能够引起恐惧和怜悯情绪的事件"③，冲突因此变身为悲剧的根本或实质——冲突当然不屑于哭泣；或者，冲突已经蛮霸到强行更新哭泣之内涵的程度。哀歌强调的，则是人与命运、环境、时光意欲和解而不得时，所产生的悲鸣着的感叹，和谐之"和"才是值得哀歌追求的境界，或目标。所谓哀歌，更多的时候不是"其力尚弱"的"以哭泣为哭泣者"，而是"不以哭泣为哭泣者"，正如庄子所谓的"广己而造大也，爱己而造哀也"④。吕正惠据此断言：

① 参阅洪子诚等：《中国当代新诗史》，北京大学出版社，2010 年，第 134—135 页。
② 刘鹗：《老残游记·自叙》。
③ 亚里士多德：《诗学》，郝久新译，中国社会科学出版社，2009 年，第 34 页。
④ 《庄子·山木》。

"像陶渊明、杜甫、李商隐,他们的伟大之处正在于:他们让我们深切地了解到,当人一旦放弃了'自我实现'时,或一旦承认了'自我实现'的不可能时,人就只能深陷于无法自已的悲哀之中。这就是中国文学无处不在的'哀歌'"① ——哀歌当然得以感叹为其展现形式。而在另一处,吕氏还给出了生成哀歌的其他缘由:"'物色'论最原始的、最具原创性的部分是以'叹逝'的角度去观察大自然,从而赋予大自然以一种变动不居、凄凉、萧索而感伤的色泽,并把这一自然'本质化''哲理化',使渺小的个人在其中感悟到生命的真相而唏嘘不已。"②"唏嘘"一词给感叹时的嘴唇画了一幅很"肖"的"像",正好是哀歌需要因而极力巴结的嘴型,以及嘴唇中吐纳着的气流。

诚如吕氏所言,哀歌更愿意与值得人"唏嘘"的生命苦短两相勾连。它既来自形而上的万古愁,也来自形而下的万古愁,所谓"哀怨起骚人"(李白:《古风》);它既可解,又绝不可解。虽然古典汉诗为消除因和解而不得产生的愁苦,也曾"上穷碧落下黄泉",但在"两处茫茫皆不见"时,也只得说服或安慰自己:实在不行,不妨以"起舞弄清影,何似在人间"作结吧——李泽厚更愿意将这种务实的美学品格与感叹称之为"回到儒道"③。苏东坡面对多舛的命运和世事,而付之以旷达的胸襟;陶渊明当着时光消逝的面偶有失态,却终不改颜色。两位大诗人的名作都介乎于哀和笑之间,有既深且广的颓废,却无笑意。而被吕正惠称道的李商隐,还有时不时来他个"吞声哭"之举的杜子美,更多的时候是哀歌的代表,是

① 吕正惠:《抒情传统与政治现实》,前揭,第3页。
② 吕正惠:《抒情传统与政治现实》,前揭,第55页。
③ 参阅李泽厚:《华夏美学》,前揭,第166—197页。

"不以哭泣为哭泣者"上好的标本，不在苏、陶占据的行列。不用说，**以哀悲为叹**的美学原则，才是古典汉诗（亦即哀歌）的根本内涵；中国文学的抒情传统，正需要从根本内涵入手，方能得到确认，所谓"沿波讨源，虽幽必显"①。但"这种感觉，古今无不同"②：根本内涵以文化遗传为途径，在无意识中，被曲径通"幽"、溯"源"而上的现代汉诗所承继；以哀悲为叹的美学精神，差不多已经成为现代汉诗的潜意识。除了强调、突出战斗精神的红色诗歌（一般认为，它们鲜有成功者③），现代汉诗并不热衷于个人对环境和命运的抗战，就是颇有说服力的证据。李金发的哀婉之辞正是好例证："啊，无情之夜气，/蜷伏了我的羽翼。/细流之鸣声，/与行云之漂泊/长使我的金发褪色么？"（李金发：《里昂车中》）北岛的哀叹不失为更好的例证："以太阳的名义/黑暗在公开掠夺……/啊，我的土地/你为什么不再歌唱？"（北岛《结局或开始》）看起来，现代汉诗的西洋血统、气质和骨髓，很可能从一开始，就被有意识地夸大，或被无意识地误认了。臧棣对此有很好的论述："在文化形象上，写作主体不再是反叛者，而是异教徒；就像真正的诗歌写作永远与反叛无缘，仅仅表现为历史的异端一样。"④

对于以哀悲为叹的美学原则，章实斋（学诚）说得很老到："遇有升沉，时有得失，畸才汇于末世，利禄萃其性灵，廊庙山林，江湖魏阙，旷世而相感，不知悲喜之何从，文人情深于《诗》《骚》，古今一也。"⑤ 章氏想强调的，正是《诗》《骚》中因"人生

---

① 刘勰：《文心雕龙·知音》。

② 王小波：《王小波文集》第3卷，中国青年出版社，1999年，第153页。

③ 参阅刘继业：《新诗的大众化和纯诗化》，前揭，第61—88页。

④ 臧棣：《后朦胧诗：作为一种诗歌的写作》，王家新编：《中国诗歌：九十年代备忘录》，人民文学出版社，2000年，第208页。

⑤ 章学诚：《文史通义·诗教上》。

实难"①"大道多歧"② 而蕴积的深沉慨叹；但只有慨叹靠近哀歌那一极时，才称得上正宗，也才算得上正常的状态。庄子则远离了哀歌这一极，成为后世旷达诗歌的精神领袖和导师。有人主张，抒情诗乃"艺术家恰切反映其自我形象的艺术形式（the form where in the artist presents his image in immediate relation to himself)"③。但这个"自我形象"急需要慨叹予以浸润，方能沐浴在诗的光芒中，所谓"心之忧矣，其谁知之? 其谁知之?"（《诗经·园有桃》）自《诗经》起，作为普适性公式的诗＝抒情＝慨叹（亦即诗之兴），就一直存活于古典汉诗；通过隐秘却不难理解的文化遗传，通过集体无意识（collective unconsciousness）的自为运作，普适性公式并未因时代更迭，还有诗在长相与外貌上的显著区别，沦为流浪儿或弃儿。它以从容的风度，自顾自地安家落户于现代汉诗，让后者在措手不及间，只得默认这个既成事实。古今之别并没有通常想象的那么严重，正所谓古典现代，心理攸同；文言白话，道术未裂④。慨叹（亦即感叹中最重要的那部分）因此有望成为古典汉诗和现代汉诗的首席灵魂；或者：现代汉诗和古典汉诗的交集，正在于慨叹。所谓哀歌（它等同于以哀悲为叹），不过是慨叹更常见的表现形式⑤。

　　古典汉诗更强调音韵、格律，恰如麦克卢汉对中世纪和文艺复兴时期的描述："那时的手抄本和早期的书籍是被用来高声诵读的。诗歌被用来吟咏和歌唱，"⑥ 而"诗歌的发表实际上是在一小群人中

---

① 《左传》成公二年。
② 《列子·说符》。
③ Alex Preminger, *Princeton Encyclopedia of Poetry and Poetics*, Princeton University Press, 1969, P. 462.
④ 此处套用了钱钟书的名言："东海西海，心理攸同；南学北学，道术未裂。"
⑤ 参阅钱钟书：《七缀集》，前揭，第115—132页。
⑥ 麦克卢汉：《理解媒介》，前揭，第184页。

阅读，或者是向一小群人朗读"①。它更强调耳朵，倾心于听觉。和古典汉诗对读者的要求不太一样，现代汉诗的受众恰如罗吉·福勒所说，"已经惯于阅读印在纸上的诗歌，因此甚至印刷方式也具有表现韵律的功能，这就是'视韵'产生的原因"②。虽然现代汉诗随身自带的音响形象仍然是其发声的基础，但现代印刷术能从诗行的版式上（亦即让现代汉诗获取其纸张上的造型与体量的角度），激发或向读者暗示现代汉诗的音响效果——这就是"视韵"的主要含义。由此，现代汉诗中蕴含的慨叹在读者那里获取的心理回声，也稍稍有异于古典汉诗的慨叹在读者那里获取的回声——后者总是要比前者少那么一点点东西。

作为一件新鲜事物，标点符号出没于现代汉诗，是跟印刷术联系在一起的。废名认为，"今文所以大异于古文，是从新式标点符号和提行分段的办法引来的，这却是最大的欧化。这个欧化对我们今天的白话文体所起的作用太大了"③。新式标点与现代印刷术上下其手，再度强化了从发声方式或音响效果方面对现代汉诗的调控。但标点符号最初出现在新诗中，却遭到了旧诗情结（或旧诗心理）的攻击与诋毁。1924 年，一个叫张耀祥的人搜集了不少新诗中的感叹号，既愤怒又轻蔑地说：那些上粗下细还带有一个圆点的家伙，"缩小看像许多细菌，放大看像几排弹丸，"实乃"消极、悲观、厌世情绪的表现"。此人甚至将带有感叹号的新诗视作"亡国之音"④。感叹号是感叹达到自身的高寒地带时特有的标记，是叹词的极简形式，也是现代汉诗发出哀鸣的绝佳标注；以哀悲为叹的美学原则内

①　弗兰克·秦格龙等编：《麦克卢汉精粹》，前揭，第 98 页。
②　罗吉·福勒：《现代西方文学批评术语词典》，前揭，第 113 页。
③　废名：《废名集》，第六卷，北京大学出版社，2009 年，第 3060 页。
④　转引自陈根生：《标点符号是怎样引进我国的》，《语文教学》1988 年第 7 期。

含于现代汉诗也由此得到了确认。感叹号是量度哀歌的仪器，也是哀歌到达极致时不愿放手的记号。从表面上看，"凡所读，无不加标点，义显意明，有不待论说而自见者。"① 但现代印刷术却得陇望蜀，它怂恿标点对阅读拥有强权："眼动以空间为界……眼停的地方自然会落在有标点的地方。标点符号相对空格来说对视觉更具有吸引力，更具有使眼睛间歇的引力，眼睛会很自然地在此停顿。眼睛在空格和标点符号处停顿时，文字信息已经传输到人脑，光刺激转变为电刺激和文字信息在人脑登记形成感觉记忆（短时记忆）。"② 标点符号与眼动或视觉之间的物理学关系，分明强化了"视韵"的效果，但更应该说成精确了"视韵"的效果，音响的高低、动静，尽在标点符号对视觉和听觉的掌控之中；而"人说话时有不同的语气。有时直陈，有时感叹，有时质疑，有时音节需要拖长，有时表达需要时断时续……这些不同的语气，在书面语上也需要不同的标点符号，把表达者的语气和音容准确形象地显示出来"③。对于印刷在纸张上的现代汉诗，标点起到了透析慨叹、标记慨叹、指示慨叹的作用；它能更好地将隐藏在"说话"中的慨叹从纸面上"牵引"出来，通过眼睛进入耳朵，被"内听"（此构词法模仿了"内视"）所捕捉。于此之中，以哀悲为叹的"叹"得到了破译，哀歌之"哀"则自在其间④。

---

① 《宋史·何基传》。

② 孙坤等：《当代国外标点符号研究》，《当代语言学》2010 年第 2 期。

③ 袁晖等：《汉语标点符号流变史》，湖北教育出版社，2002 年，第 1 页。

④ 麦克卢汉的论说在此可以作为旁证："字母表将口语的视象成分作为最重要的成分保留在书面语中，将口语中其他所有的感官成分转化为书面形态，"而标点则有助于将之还原为听觉和声音（麦克卢汉：《理解媒介》，前揭，第 185 页）。

明人陆深有言："叹息复叹息，为乐当及时……人生聚散那有常，白日苦短夜何长。"① 为维护诗体自身的贞操，陆深在"叹息复叹息"前面有意埋没了叹词"唉"，却又让两个"叹息"把"唉"的寓意给烘托了出来，以示"唉"到底阴魂不散。不用说，作为农耕时代的士大夫，陆氏对古典汉诗的叹息特性很了解（叹息是感叹之一种），从不怀疑哀歌在慨叹中的正宗地位，其"自我形象"早已被慨叹所浸润，这使他笔下看起来本应欢快的及时行乐，也沾染了一股子哀婉气息——被隐藏的"唉"让这种挥之不去的气息逃无可逃。谢灵运哀叹道："天下良辰美景，赏心乐事，四者难并。"② 饶是如此，沾染了哀婉气息的"乐"并没有因为打折扣，或因为拥抱了自己的"跳楼价"，才获得了这副腰身和模样。哀婉气息正是乐的本来面目；书写颓废的古典汉诗中即使有乐存在，也是冻僵了的乐，冷峻、崖岸高峻却略带寒气，像凝结的火——这正是哀歌的题中应有之义。即便如此，陆深还是像他的前人那样，将及时行乐（比如写诗）当作无靠的人生能够仰仗的唯一依靠，甚或最后的依靠。无奈感是其慨叹的基本底色，以哀悲为叹的美学原则是他无所逃遁的归宿；而凡有志于成功或幻想成功者，其慨叹（无论他是否写诗）必然与哀歌相关——"叹息复叹息"中"复"字暗示了这一点。从逻辑上看，形而下的万古愁确实存在着解药或抵偿物，但现实中东山再起、时来运转的人少之又少，郁郁而终者居其大半；形而上的万古愁根本无解，假装的抵偿物和虚拟的解药，只能起到转移视线、麻痹心智的作用。以上两者的和合，不多不少，刚好为"复"字注入了本质内涵；被"及时"而"行"的"乐"，只得放

——————————

① 陆深：《俨山集·芳树篇》。
② 谢灵运：《拟邺中集诗序》。

低身躯，居于哀婉的氛围之中。

　　与陆深不同，李亚伟的慨叹是这样的："唉，水是用来流的，光阴是用来虚度的，／东方和西方的世界观，同样也是用来抛弃的。"（李亚伟：《河西走廊抒情》第十四首）作为一个主动放弃成功观念，热衷于游戏人间的行乐者，李亚伟的"唉"虽然也可能有"复"的意味杂于其间，却不再是《红楼梦》里"唉声叹气"① 的那个"唉"；被"唉"滋生与创化出来的，虽然还是慨叹，却不再是无奈感，因为抒情主人公（或李亚伟）早已自动缴械认输，因为抛弃东西方的世界观意味着主动疏离俗世勋业。李亚伟的"唉"没有输给及时之乐，也不可能输给即刻之乐；这个"唉"表征的，正是叹息中玩世不恭的皮笑肉不笑，也是皮笑肉不笑的玩世不恭发出的叹息，接近于庄子的逍遥游②，远离了骚体的阴郁和哀婉。它们早已潜藏于书写颓废的诗篇，尤其是诗篇的时空构架：一个黑点的现在自动委身于"连神仙也看不尽的人间"；而因主动疏离导致的轻松感、自由感，尤其是调笑的神态，则充盈、弥漫于诗行之间，令诗句光滑、圆润、步履优雅、富有弹跳力，集慵倦和张扬于一体，却没有遗憾，没有犹豫，没有抱怨，尤其是没有不舍和恨——不同于陆深之"唉"的那个"唉"暗示了这一切。用读陶渊明和苏东坡的方式读李亚伟这几行诗，尚嫌轻微的哀歌调子寄于其间；用读陆深（或杜甫、李商隐）的方式来读李亚伟的"唉"，则是对"唉"的极度误认，是将"南腔"活生生弄成了"北调"，颇有那种风马

---

① 参阅《红楼梦》第三十三回。

② 爱莲心（Robert E. Allinson）将"逍遥游"译为"The Transcendental Happiness Walk"，突出的正是其超越性（Transcendental）和欢快感（Happiness）（参阅爱莲心：《向往心灵转化的庄子——内篇分析》，周炽成译，江苏人民出版社，2004 年，第 2 页）。

牛不相及、乱点鸳鸯谱带来的喜剧效应。而穿插在诗句中的那些个逗号和句号，这标点符号后宫中的"常在"和"答应"，这些抿嘴浅笑的小精灵，在再度精确了"视韵"的效果后，尚有能力表明："唉"只是轻微的喜乐，不需要感叹号认领的张牙舞爪；这些颓废并且微笑着还露出牙齿的诗句，既超越了哀歌传统，又以其主动的疏离，越过了悲剧传统管辖的范围。不用说，宋炜心情平静，而内含大乐与纯乐的诗篇，会让哀歌传统和悲剧传统都倍感震惊——

> 我在峰顶观天下，自视甚高；
>
> 普天之下，我不作第二人想；
>
> 日出只在我眼中，别无他人看到；
>
> 日落也是我一个人的：
>
> 我走出身体，向下飞，
>
> 什么也触不到。
>
> 我才是世上第一个不死的人。

（宋炜：《登高》其一）

诗的新路向

早在 20 世纪 80 年代前期，以钟鸣、张枣、柏桦、李亚伟、宋炜、赵野、肖开愚、陈东东、万夏、潘维……为代表的南方诗人，已经开始有意识地经营**颓废并且笑着的诗篇**。近人刘师培对中国南方的颓废传统及其蔑视天性，早有过近乎于现象学维度上的描述："楚国之壤，北有江汉，南有潇湘，地为泽国。故老子之学起于其间。从其说者，大抵遗弃尘世，渺视宇宙，以自然为主，以谦虚为宗。如接舆、沮、溺之避世，许行之并耕，宋玉、屈原之厌世，溯其起源，悉为老聃之支派。此南方之学所由发源于泽国之地也。"①魏征的表述无疑更早、更简洁："江左宫商发越，贵于清绮；河朔词义贞刚，重乎气质。气质则理胜其词，清绮则文过其意。理深者便于时用，文华者宜于咏歌。此其南北词人得失之大较也。"② 地理决定论可能很荒谬，否认或无视地理因素的参与势必更加荒谬。钟鸣、肖开愚、欧阳江河、柏桦、江弱水等人对作为概念的"南方诗歌"多有阐扬，见地杂陈而缤纷③；但正如钱钟书说宋人可以写唐诗④，北人可以画"南宗"画⑤，"南方诗歌"并非地理意义上的南方人的专利，其要义仅在于颓废并且笑着，不在于南人北人的籍贯与身份，恰如柏桦所说："而冬天也可能正是春天／而鲁迅也可能正是林语堂。"（柏桦：《现实》）⑥ 这种大体上培植于南方的蔑视精神，以及在它支持下构筑诗篇的方式，这个被忽视或被错认的思路，**可以被认作当代中国诗人在另辟诗歌新道路方面所做的艰辛努力。**

诗歌新道路突破了纯粹的哀歌传统和悲剧传统。它甚至不能被认作悲剧传统和哀歌传统的简单混合，或和合；也不能机械地被看

① 刘师培：《南北学派不同论》，《刘师培史学论著选集》，上海古籍出版社，2006 年版，第 179 页。
② 魏征：《隋书·文学传序》。
③ 对他们的观点堪称综述和总评性质的文章为余旸所撰写（参阅余旸：《诗歌界的"南北之分"？》，肖开愚等主编：《中国诗歌评论》2014 年春季号，上海文艺出版社，2014 年，第 10—53 页）。
④ 参阅钱钟书：《谈艺录》，生活·读书·新知三联书店，2002 年，第 1—2 页。
⑤ 参阅钱钟书：《七缀集》，前揭，第 8—10 页。
⑥ 但明清江南一代的文人较之于北方文人，确实更容易被颓废所掳获，为诗为文都有颓废气，同样被哀歌所笼罩，强打欢颜的时候不多［参阅史景迁（Jonathan D. Spence）：《前朝梦忆》，温恰溢译，广西师范大学出版社，2010 年，第 157—176 页］。吕正惠则对南方文人在颓废时的矫情提出了温和的批判（参阅吕正惠：《抒情传统与政治现实》，前揭，第 40—42 页）。

作打通了中西和古今。在一个地球村的时代，中西早不是问题①；有了母语和文化遗传，古今并不是大问题。颓废并且笑着（哪怕仅仅是暗带笑意），慵倦夹杂张扬，是诗歌新道路的标志性形象；颓废并且笑着不仅有能力排除哀歌传统和悲剧传统共同宠爱的感伤气质，还能将它们随身携带的自恋扼杀在萌发处，幽闭在自恋暗自起意的当口。自恋是现代恶疾、暗疮、不死的癌症，是意识或意志的艾滋病，丧失了起码的免疫系统。麦克卢汉说："在一个有文字的、形态同一的社会里，人对多种多样、非连续性的力量，已经丧失了敏锐的感觉。人获得了第三向度和'个人观点'的幻觉。这是他自恋固着（narcissus fixation）的组成部分。"② 自恋起源于孤独，中经心理变态，而终结于毁灭，一如艾略特（Thomas Stearns Eliot）惊呼的："我没想到死亡毁了那么多人……"（艾略特：《荒原》，查良铮译）而"对于感染了价值虚无症的单子之人（或个人）来说，每个既新鲜潮湿又干燥乏味的个体，都是互不相连的孤岛。较之于这种身材结实、肌肉发达，时不时还做做怒目金刚'科'的岛屿，自恋的无用性不证自明，但它的有用性也不证自明：自己对自己的同情来得既虚幻、实在，又格外及时，但也更进一步坐实了个人的孤岛特性，和强烈的无助感。"③ 诗歌新道路带来了新的抒情模式；新模式之所以能够扼杀力量非凡的自恋，正在于颓废的诗篇以其特殊的时空构架，不仅能够蔑视俗世勋业，还有能力蔑视原本蔑视俗世勋业的蔑视本身——诚如李亚伟在《酒之路》中暗示过的。一种既

---

① 据信，地球村（Global village）一词是麦克卢汉首次提出。麦克卢汉声称："由于电力使地球缩小，我们这个地球只不过是一个小小的村落。一切社会功能和政治功能都结合起来，以电的速度产生内爆，这就使人的责任意识大大提高。"（麦克卢汉：《理解媒介》，前揭，第5页）
② 麦克卢汉：《理解媒介》，前揭，第31页。
③ 敬文东：《论垃圾》，《西部》2015年第4期。

能杀人也倾向于杀向自己的武器，不会允许矫情与自恋被纳于自身——自己并不必然值得同情，自我抚摸既奢侈，又没有意义，还令人难堪，令旁观者作呕。李洱深谙个中三昧：好的作家或诗人应该有一种"在写作上勇于自杀的趣味，先杀死自己，然后让别人来守灵"①。

麦克卢汉认为，"如果没有一种反环境，一切环境就是看不见的。""艺术家的角色就是创造反环境，用反环境去创造感知手段，让反环境去给人打开感知的大门，否则人们就处在难以明察的麻木状态之中。"② 所谓反环境（counter environment），更大程度上是对现实环境的戏拟，直到成为它的反讽形式，并映衬出现实环境的荒谬，还确保了成功捕捉到这种荒谬的全部可能性。反环境是艺术（比如诗）能够制造出来的全新时空构架，也是艺术无从摆脱的义务。对此，臧棣有清醒的认识："至于说到诗人的工作性质，我是这样想的，诗歌就是用风格去消解历史，用差异去分化历史，以便让我们知道还可能存在着另外的生存面貌。""诗歌由于自身的文化特性，它专注于描绘人的形象的可能性，探寻丰富的生命意识；这样的工作很少会和历史保持一致，而由于历史自身专断的特性，诗歌便在文化的政治意义上成为'历史的异端'。"③ "另外的生存面貌""历史的异端"，很可能是反环境的同义词或绰号，是诗歌写作的基本义务。

麦克卢汉的洞见既高明，又常识：无论是悲剧传统，还是哀歌传统，都是为了通过诗歌写作，为写诗者或读诗者提供一种陌生化

---

① 李洱：《问答录》，上海文艺出版社，2013 年，第 55 页。
② 弗兰克·秦格龙等编：《麦克卢汉精粹》，前揭，第 70 页。
③ 臧棣：《假如我们真的不知道我们在写些什么……》，《山花》2001 年第 8 期。

的新环境（新的时空构架），用以凸显读诗者或写诗者置身其间的那个环境，诱使他们聚焦于该环境中从前未被他们注意到的东西，让他们震惊之余，幸免于"难以明察的麻木状态"，走出见惯不惊、熟视无睹的庸人之境。人之所以对自己寄身其间的环境麻木不仁，是因为"任何社会，只要它存在，或它感觉到自己还是个正常运转的社会，它就会继续给自己的环境投资"，因此，"军事化社会往往使自己更加军事化，一个官僚主义社会往往使自己更加官僚化"①。这个社会的最终目的，是造就各种各样的"麻木状态"，以延缓自身的衰亡——唯有臣民的麻木，才有统治和统治者的成功；而成功仰求的，仅仅是稳妥而不生浪花的环境：顶好是"死水"而无"微澜"。就像"遗嘱有一个好处是，它暗示有个未来"② 一样，钟鸣站得高，看得远，他认为，如果没有反环境，没有对真资格罪恶的真资格侦讯，诗歌就将沦为从词开始到词结束的游戏——"除了词，还是词"③，不指称词之外的任何人间世事，两种形式的万古愁仅仅趴在词的表面，无关乎内心与灵魂：

> 见刀子就戳，见梦就做，见钱就花。
>
> 花红也好，花白也好，都是花旗银行的颜色。
>
> 见花你就开吧。花非花也开。
>
> ……
>
> 见女儿你就生吧。用水，用古玉和子宫生。
>
> 一个子宫不够，就用五个子宫生。

---

① 休·特雷夫-罗珀语，转引自弗兰克·秦格龙等编《麦克卢汉精粹》，前揭，第70页。
② 布罗茨基：《小于一》，前揭，第90页。
③ 钟鸣：《新版弁言：枯鱼过河》，钟鸣《畜界，人界》，前揭，第7页。

母亲不够，就用奶奶外婆生。

女人不够生，就让男人一起生。

（欧阳江河：《万古销愁》）

词与词之间的搭配精妙无比，几乎是自动生成的，像打开龙头的自来水，哗哗直下，借助的是惯性；词与词的焊接处不见脂肪，黏合剂也踪影全无，甚至连必须存在的榫与卯都不在场，滑溜、顺畅，摩擦系数接近于零。但终归是词的天下，词的集中营，词的盛宴，唯余抽象的时间形式和空间形式，让人想起了半个西昆体，或四分之一的江西诗派，跟题目中的"万古销愁"只有字面上的联系，仅有气若游丝般的相关性。而新开辟的诗歌道路似乎从一开始，就在感叹中成功地免于从词到词的游戏。这得力于颓废者洞明世事却不悲观，饱享此时此刻，却不抱成功人生的任何希望。当一切都可以放下时，心也可以放下；而放心带来的，正是轻松和从容①。但免于从词到词之泥淖更重要的缘由是：新道路要求颓废诗篇拥有实实在在的时空构架，容不得抽象、干燥和平胸，因为颓废的生活片段是实实在在的，是鲜活感性的，拥有具体而非抽象的时空构架。就像阿比·瓦堡（Abraham Moritz Warburg）所谓上帝"喜欢把自己隐藏在细节之中"②，颓废的气息更愿意藏身于湿漉漉的生活实体——只剩下骨架的身体不是身体，正如不被感知的时间不是时间。王夫之曰："身之所历，目之所见，是铁门限。即极写大景，如'阴晴众壑殊''乾坤日夜浮'，亦必不逾此限。非按舆地图便可云

① 参阅敬文东：《从心说起》，《天涯》2014年第5期。
② 参阅乔吉奥·阿甘本：《潜能》，前揭，第11页。

'平野人青徐'也，抑登楼所得见者耳。"① 虽然王氏的言辞稍显过分，也大有可能过于严格，却未必不是实情。因此，首先必须是词与物发生关系，并且是裸体式的，零距离的，就像裸露的现在；其次，才是跟物发生过关系的那些词彼此之间发生关系，但又绝不是自动的，不是从"见钱就'花'"的"花"，自动引出"花红""花白""花旗银行"和"花非花"中的那些"花"，也不是从"见女儿你就'生'吧"的"生"，自动引出那么多乱七八糟，徒具修辞效果的"生"——那顶多是身体的骨架，甚至连骨架都算不上，只是空壳的词。这些与物相隔绝的词进行的自我推衍，纯属词的自恋，词的自我抚摸，词的自慰。这即是词的更年期，却并没有绝经。书写颓废的诗篇在操作上遵照如下程序：词与物发生关系牵引着词与词彼此间发生关系，进而牵引颓废的诗篇走向自己的最后一个字，直至完成诗篇——词本身不可以通过人对它的望文生义，而成为诗歌的起兴之物。发生在词－物－词之间的三重关系，能保证书写颓废的诗篇是及物的，具体、鲜活，拒绝"理过其辞淡乎寡味""诗皆平典似《道德论》"② 的那种诗，拒绝词的自恋；而放心之后的轻松和从容，能保证书写颓废的诗篇面带笑意，哪怕是玩世不恭的皮笑肉不笑。

诗歌新道路能够克服感伤和自恋，谨守人生的无意义本质，把持每一个共时性的黑点现在，在慵倦与张扬相杂陈的蔑视神情中，纵情于醇酒、妇人，或它们的替代品，欢快于"连神仙也看不尽的人间"。和悲剧与哀歌传统制造的反环境相比，诗歌新道路制造的反环境——亦即"另外的生存面貌""历史的异端"——显得更打

---

① 王夫之：《姜斋诗话》卷二。
② 参阅小川环树：《论中国诗》，谭汝谦译，贵州人民出版社，2009 年，第 21页。

眼，也更极端。援引醇酒、妇人入诗，是为了凸显现实环境的荒谬，但也是为了制造反环境中的即刻之乐和及时之乐；诗歌新道路热衷于自身内部的时空构架，其实质是解剖现实环境，让它的整体以切片为方式共时性地存活。此时，每个切片都是一个小小的反环境；无数小型的反环境多次笑着羞辱了现实环境，把哀怨与冲突扔到爪哇国。笑着的蔑视才是更高级别的蔑视，笑着的颓废则将慨叹提升到一个新的境界：寄居在这种诗篇中的慨叹是对人生无意义本质的肯定，却又没有因此否定人生——李亚伟的"唉"再一次道明了其中的一切。诗歌新道路，亦即颓废并且面带慵倦笑意的诗歌写作，不仅是颓废者行乐的方式，更有望创造新的诗歌样态，开辟新的诗歌境地。它是现代汉诗的战略性转向，超越于哀歌传统和悲剧传统，并热衷于自己的传统，因此提升了叹词，更新了感叹的内涵。瞧，宋炜哪像个落拓文人？瞧瞧他的慨叹该是何等迷人，肉香、酒色、笑容一应俱全：

> 其实我有的也不多，数一数吧，就这些
> 短斤少两的散碎银子，可我想用它们
> 向你买刚下山的苦笋，如果竹林同意；
> 我要你卖满坡的菌子给我，如果稀稀落落的太阳雨同意；
> 让我的娃儿去野店里打二两小酒吧，如果粮食同意；
> 我老了，我还想要小粉子的身体，如果她们的心同意；
> （其实我也想说：我要小粉子的心，如果她们的身体
> 同意）① ……

（宋炜：《还乡记》其一）

---

① "粉子"，蜀语，意为美女。

结　语

　　行文至此，提出**感叹诗学**这个概念，也许算得上水到渠成，至少不应该被判作牵强附会、故弄玄虚。所谓感叹诗学，就是汉语诗歌必须以感叹为本质；汉语诗歌——无论现代还是古典——一切有可能出现或存在的其他特性，都建立在感叹的基础之上。至于感叹来自作为内爆型延伸的诗之兴，感叹的记号（亦即叹词）遭遇的规训与反规训，不过是因为在某些人或某些机构看来，内爆型延伸带来的结果具有威胁性；而颓废并且笑着的现代汉诗，蔑视性的现代汉诗，恰好以感叹具有超迈的力量为生长点。只是颓废并且笑着的诗歌听从了感叹的指令，顺从了感叹的脾性，为现代汉诗走出了另一条路而已，归根到底来自传统的力量，没什么特别性的了不起。

　　自有新诗（或现代汉诗）以来，论者们更愿意热衷于新诗在**横的移植方面**所享有的特性，对新诗就是"用中文写的外国诗"[①] 强调得很热烈，也很过分，对它在**纵的继承方面**的可能性和必要性，

---

① 　梁实秋：《新诗的格调及其他》，《诗刊》创刊号（1931 年 1 月）。

却谈论既少，更遑论成功，废名所谓"新诗将是温（庭筠）李（商隐）一派的发展"①的断言早已被遗忘。莱文（H. T. Levin）说得好："传统不应该被看成是对固化的主题和常规的惯性接受，而是应该被当作对已经传承的东西进行再创造的有机的习惯。"②马泰·卡林内斯库的观点看上去更为直接，也更不修边幅：所谓传统，就是人们"顶多能创造一种私人的、本质上可改变的过去"，因为"过去模仿现时远甚于现时模仿过去"③。自古以来，感叹就是中国人在命运、万物、天地面前表达和表白自己的基本方式，有别于西方人的反抗态度，以及他们对悲剧（性）的追求。感叹存乎于几千年来未曾中断的汉语之中。伽达默尔（H. Gadamer）的著名论断值得重提：不是历史隶属于我们，而是我们隶属于历史；早在我们通过反思理解自己之前，我们已经在我们生活的家庭、社会成见和国家中理解着自己了④。伽氏之所以敢于如此放言，那是因为他相信：语言先于我们而凝结了一切；语言暗含一切并先于我们。对于汉语来说，感叹是基因性的，具有不变、不朽之特性，几乎与不死的死神同寿；它仅仅赞同以此为基础进行的"再创造"。无所谓文言或白话，只要人们还在使用汉语，感叹就是中国人在表情达意方面的宿命。而所谓宿命，就是无所遁形于天地间的意思。

在新诗诞辰一百周年之际，谈论感叹诗学，或许是论诗者无从脱逃的命运。它不是你愿不愿意的问题，也不是你看没看见的问题。它就是表达的命运之本身。

---

① 废名：《谈新诗》，人民文学出版社，1984年，第110页。
② 转引自弗兰克·秦格龙等编：《麦克卢汉精粹》，前揭，第150页。
③ 马泰·卡林内斯库：《现代性的五副面孔》，前揭，第9页
④ 参阅伽达默尔：《真理与方法》，洪汉鼎译，上海译文出版社，2004年，第357页。

参考文献

中文文献

《尚书》

《周易》

《礼记》

《论语》

《吕氏春秋》

《列子》

《孟子》

《庄子》

《史记》

《坛经》

《景德传灯录》

《二程集》

《张载集》

陈子龙：《陈忠裕全集》

程树德：《论语集释》

班固：《汉书》

董仲舒：《春秋繁露》

董斯张：《吹景集》

冯班：《钝吟杂录》

范晔：《后汉书》

独孤及：《毗邻集》

郭熙：《林泉高致》

胡寅：《斐然集》

皇甫谧：《高士传》

房玄龄：《晋书》

刘勰：《文心雕龙》

刘义庆：《世说新语》

刘鹗：《老残游记》

刘淇：《助字辨略》

刘昫：《旧唐书》

李时珍：《本草纲目》　　　　　王夫之：《姜斋诗话》

陆游：《老学庵笔记》　　　　　魏征：《隋书》

陆深：《俨山集》　　　　　　　徐渭：《徐渭集》

李延寿：《北史》　　　　　　　袁枚：《随园诗话》

马建忠：《马氏文通》　　　　　扬雄：《法言》

缪荃孙：《艺风堂杂钞》　　　　姚思廉：《陈书》

欧阳询：《艺文类聚》　　　　　章学诚：《文史通义》

苏辙：《栾城应诏集》　　　　　钟嵘：《诗品》

屠龙：《白榆集》　　　　　　　钟嵘：《诗品序》

脱脱：《宋史》　　　　　　　　郑樵：《通志》

王充：《论衡》　　　　　　　　张彦远：《历代名画记》

王铚：《默记》　　　　　　　　张大复：《梅花草堂笔谈》

王通：《中说》　　　　　　　　赵翼：《瓯北诗话》

王世贞：《艺苑卮言》　　　　　朱熹：《朱子语类》

卫泳：《悦容编》　　　　　　　朱一新：《无邪堂答问》

艾青：《艾青全集》山东文艺出版社，1991 年。

白川静：《中国古代民俗》，何乃英译，陕西人民美术出版社，1988 年。

陈嘉映：《思远道》，福建教育出版社，2000 年。

陈嘉映：《何为良好生活》，上海文艺出版社，2015 年。

陈世骧：《中国文学的抒情传统：陈世骧古典文学论文集》，三联书店，
　　2015 年。

蔡英俊主编：《中国文学的情感世界》，黄山书社，2012 年。

蔡英俊：《语言与意义》，华中师范大学出版社，2011 年。

蔡英俊：《比兴物色与情景交融》，大安出版社，1986 年。

陈丽虹：《赋比兴的现代阐释》，中国美术学院出版社，2002 年。

陈国球：《结构中国文学传统》，华中师范大学出版社，2011 年。

陈正宏等：《中国禁书史》，学林出版社，2004年。

陈徒手：《人有病，天知否？》，人民文学出版社，2000年。

戴望舒：《戴望舒作品新编》，王文彬编，人民文学出版社，2009年。

傅璇宗等：《李德裕文集校笺》，河北教育出版社，2000年。

傅道彬：《诗可以观》，中华书局，2010年。

废名：《谈新诗》，人民文学出版社，1984年。

废名、朱英诞：《新诗讲稿》，陈均编，北京大学出版社，2008年。

费振钟：《堕落的时代》，上海书店出版社，2007年。

郭沫若：《卜辞通纂》，科学出版社，1982年。

郭沫若、周扬编：《红旗歌谣》，红旗杂志社，1959年。

郭小川：《谈诗》，上海文艺出版社，1978年。

郭锡良：《汉语史论集》，商务印书馆，1997年。

郭晓惠等编：《检讨书：诗人郭小川在政治运动中的另类文字》，中国工
　人出版社，2001年。

顾颉刚：《古史辨》，上海古籍出版社，1982年。

高明：《帛书老子校注》，中华书局，1996年。

高友工：《美典：中国文学研究论集》，三联书店，2008年。

龚鹏程：《文学批评的视野》，华中师范大学出版社，2011年。

黄玉顺：《易经古歌考释》，巴蜀书社，1995年。

黄永玉：《比我老的老头》，作家出版社，2005年。

黄裳：《笔祸史谈丛》，北京出版社，2003年。

黄梦辰：《清代各省禁书汇考》，书目文献出版社，1989年。

洪子诚等：《中国当代新诗史》，北京大学出版社，2010年。

胡怀琛：《小诗研究》，商务印书馆，1924年。

何国平：《山水诗前史》，暨南大学出版社，2011年。

江弱水：《古典诗的现代性》，三联书店，2010年。

简繁：《沧海之后》，人民文学出版社，2015年。

姜涛：《"新诗集"与中国新诗的诞生》，北京大学出版社，2005年。

蒋寅：《镜与灯——古典文学与华夏民族精神》，河北教育出版社，2014年。

毛泽东：《建国以来毛泽东文稿》第一一八册，中央文献出版社，1993年。

李泽厚：《由巫到礼，释礼归仁》，三联书店，2015年。

李泽厚：《己卯五说》，三联书店，2008年。

李泽厚：《历史本体论》，三联书店，2008年。

李泽厚：《实用理性与乐感文化》，三联书店，2008年。

李泽厚：《华夏美学》，三联书店，2008年。

李泽厚：《中国古代思想史论》，人民出版社，1985年。

李零：《中国方术续考》，中华书局，2006年。

李零：《丧家狗》，山西人民出版社，2007年。

李洱：《问答录》，上海文艺出版社，2013年。

李曦珍：《理解麦克卢汉》，人民出版社，2014年。

李洁非：《文学史微观察》，三联书店，2014年。

李洁非：《典型文案》，人民文学出版社，2010年。

刘小枫：《拯救与逍遥》，上海人民出版社，1988年。

刘福春：《中国新诗编年史》（上下卷），人民文学出版社，2013年。

刘志荣：《潜在写作：1949—1976》，复旦大学出版社，2007年。

刘继业：《新诗的大众化和纯诗化》，北京大学出版社，2008年。

刘师培：《刘师培史学论著选集》，上海古籍出版社，2006年版。

刘禾：《跨语际实践》，宋伟杰等译，三联书店，2002年。

刘慈欣：《三体Ⅲ：死神永生》，重庆出版社，2010年。

吕正惠：《抒情传统与政治现实》，华中师范大学出版社，2011年。

吕叔湘：《中国文法要略》，辽宁教育出版社，2002年。

林河：《古傩寻踪》，湖南美术出版社，1997年。

流沙河：《流沙河诗话》，四川文艺出版社，1995 年。

黎锦熙：《新著国语文法》，商务印书馆，2000 年。

老威：《底层访谈录》，长江文艺出版社，2000 年。

燎原：《昌耀评传》，人民文学出版社，2008 年。

敬文东：《指引与注视》，中国文史出版社，2001 年。

敬文东：《牲人盈天下——中国文化的精神分析》，广西师范大学出版社，
2011 年。

敬文东：《梦境以北》，台湾秀威书局，2015 年。

敬文东：《诗歌在解构的日子里》，北京大学出版社，2008 年。

敬文东：《皈依天下》，未刊稿，2012 年，北京。

敬文东：《用文字抵抗现实》，昆仑出版社，2013 年。

敬文东：《艺术与垃圾》，作家出版社，北京，2016 年。

敬文东：《事情总会起变化》，台湾秀威书局，2009 年。

敬文东：《失败的偶像》，花城出版社，2003 年。

敬文东：《被委以重任的方言》，中国人民大学出版社，2003 年。

敬文东：《颓废主义者的春天》，台湾秀威书局，2009 年。

欧阳江河：《站在虚构这边》，三联书店，2001 年。

彭峰：《诗可以兴》，安徽教育出版社，2003 年。

潘颂德：《中国现代新诗理论批评史》，学林出版社，2002 年。

钱钟书：《管锥编》，中华书局，1986 年。

钱钟书：《谈艺录》，三联书店，2002 年。

钱钟书：《七缀集》，三联书店，2002 年。

秦晓宇：《七零诗话》，敦煌文艺出版社，2006 年。

瞿秋白：《瞿秋白文集》，人民文学出版社，1954 年。

饶宗颐：《西南文化创世纪》，上海古籍出版社，2010 年。

商承祚：《殷契佚存》，金陵大学中国文化研究所，1933 年。

苏秉琦：《中国文明起源新探》，辽宁人民出版社，2011 年。

尚永亮：《生命在西风中骚动——中国古代文人与自然之秋的双向考察》，陕西人民教育出版社，1989 年。

施蛰存：《唐诗百话》，陕西师范大学出版社，2014 年。

孙锡信：《近代汉语语气词》，语文出版社，1999 年。

孙玉石：《现实的和哲学的：鲁迅〈野草〉重释》，上海书店出版社，2001 年。

邵洵美：《诗二十五首》，上海时代图书公司，1936 年。

苏雪林：《苏雪林文集》，安徽文艺出版社，1996 年。

谭正璧：《诗歌中的性欲描写》，上海古籍出版社，2012 年。

伍蠡甫主编：《现代西方文论选》，上海译文出版社，1983 年。

伍蠡甫主编：《西方文论选》，上海译文出版社，1979 年。

闻一多：《神话与诗》，上海人民出版社，2005 年。

王德威：《抒情传统与中国现代性》，三联书店，2010 年。

吴奔星等编：《胡适诗话》，四川文艺出版社，1991 年。

王家新：《黄昏或黎明的诗人》，花城出版社，2015 年。

王力：《中国现代语法》，商务印书馆，2000 年。

王尚文：《后唐宋体诗话》，中国社会出版社，2011 年。

王汎森：《权力的毛细管作用》，北京大学出版社，2015 年。

王朔：《鸟儿问答》，天津人民出版社，2007 年。

徐希平整理：《闻一多西南联大授课录》，北京出版社，2014 年。

许杰：《〈野草〉诠释》，百花文艺出版社，1981 年，第 121 页。

徐志摩：《猛虎集》，新月书店，1931 年。

解志熙：《美的偏至》，上海文艺出版社，1997 年。

薛雯：《颓废主义文学研究》，上海人民出版社，2012 年。

萧涤非：《汉魏六朝乐府文学史》，人民文学出版社，1984 年。

杨树达：《积微居金文说》，中华书局，1997 年。

杨树达：《词诠》，中华书局，1979 年。

杨玉成：《奥斯汀：语言现象学与哲学》，商务印书馆，2002年。

杨乾坤：《中国古代文字狱》，陕西人民出版社，1999年。

易华：《齐家华夏说》，甘肃人民出版社，2015年。

叶嘉莹：《叶嘉莹说诗讲稿》，中华书局，2008年。

叶维廉：《中国诗学》，三联书店，1992年。

叶舒宪：《诗经的文化阐释》，湖北人民出版社，1994年。

余英时：《中国思想传统及其现代变迁》，广西师范大学出版社，2004年。

颜炼军编：《张枣译诗》，人民文学出版社，2015年。

袁晖等：《汉语标点符号流变史》，湖北教育出版社，2002年。

宗白华：《美学与意境》，人民出版社，1987年。

周作人：《雨天的书》，北新书局印行，1927年版。

周策纵：《古巫医与六诗考》，上海古籍出版社，2009年。

周策纵：《弃园诗话》，世界图书出版公司，2014年。

周冰：《巫·舞·八卦》，中央编译出版社，2008年。

周英雄：《结构主义与中国文学》，东大图书公司，1983年。

张松建：《抒情主义与现代中国诗学》，北京大学出版社，2012年。

张雨：《诗教之殻与审美之维——当代诗歌中的比兴研究》，中国社会科
学出版社，2015年。

张隆溪：《道与逻各斯》，冯川译，江苏教育出版社，2006年。

张大春：《小说稗类》，广西师范大学出版社，2004年。

张柠：《感伤时代的文学》，新星出版社，2013年。

张枣：《张枣随笔选》，人民文学出版社，2012年。

朱大可：《华夏上古神系》，东方出版社，2014年。

朱谦之：《中国音乐文学史》，上海人民出版社，2006年。

章克标等：《文学入门》，开明书店，1930年。

翟燕：《清代北方话语气词研究》，山东大学出版社，2013年。

赵家璧主编：《中国新文学大系·文学争论集》，上海良友图书印刷公司，

1935 年。

赵家璧主编:《中国新文学大系·理论建设集》,上海良友图书印刷公司,
1935 年。

赵汀阳:《第一哲学的支点》,三联书店,2013 年。

赵汀阳:《一个或所有问题》,江西教育出版社,1998 年。

赵沛霖:《兴的源起》,中国社会科学出版社,1987 年。

稚夫编:《中国性爱诗选》,澳大利亚原乡出版社,2013 年。

詹冬华:《中国古代诗学时间研究》,中国社会科学出版社,2014 年。

朱自清:《朱自清全集》,江苏教育出版社,1996 年。

梅维恒:《内陆欧亚研究文选》,兰州大学出版社,2014 年。

埃·吉尔伯特等:《美学史》,夏乾丰译,上海译文出版社,1997 年。

爱莲心:《向往心灵转化的庄子——内篇分析》,周炽成译,江苏人民出
版社,2004 年。

爱德华·索亚:《第三空间》,陆扬等译,上海教育出版社,2005。

爱因斯坦:《爱因斯坦文集》,许良英等编译,商务印书馆,2010 年。

爱德华·萨义德:《开端:意图与方法》,章乐天译,三联书店。

爱德华·霍尔:《超越文化》,何道宽译,北京大学出版社,2010 年。

爱德华·霍尔:《无声的语言》,何道宽译,北京大学出版社,2010 年,
第 33 页。

爱德华·索亚:《第三空间》,陆扬译,上海教育出版社,2005。

奥斯汀:《如何以言行事》,杨玉成等译,商务印书馆,2012 年。

A. N. 怀特海:《怀特海文录》,王维贤等译,浙江文艺出版社,1999 年。

艾瑞克·霍布斯鲍姆:《断裂的年代》,林华译,中信出版社,2014 年。

柏格森:《形而上学导论》,刘放桐译,商务印书馆,1963 年。

保罗·纽曼:《恐怖:起源、发展和演变》,赵康等译,上海人民出版社,
2005 年。

彼得·琼斯编：《意象派诗选》，裘小龙译，漓江出版社，1986 年。

皮埃尔·阿多：《伊西斯的面纱》，张卜天译，华东师范大学出版社，2015 年。

巴什拉：《火的精神分析》，车槿山译，三联书店，1992 年。

勃兰兑斯：《十九世纪文学主潮》，张道真译，人民文学出版社，1997 年。

博尔赫斯：《诗艺》，陈重仁译，上海译文出版社，2015 年。

彼得·伯克：《文化史的风景》，丰华琴等译，北京大学出版社，2013 年。

波德莱尔：《我心赤裸——波德莱尔散文随笔集》，肖聿译，北京：中国广播电视出版社，1999 年版。

波德莱尔：《波德莱尔美学论文选》，郭宏安译，人民文学出版社，1987 年。

柏拉图：《理想国》，郭斌和等译，商务印书馆，1995 年。

柏拉图：《柏拉图对话录》，王太庆译，商务印书馆，2004 年。

布罗茨基：《小于一》，黄灿然译，浙江文艺出版社，2014 年。

德斯蒙德·莫里斯：《人类动物园》，刘文荣译，文汇出版社，2002 年。

戴维·洛奇：《写作人生》，河南大学出版社，金晓宇译，2015 年。

大卫·勒布雷东：《人类身体史和现代性》，王园园译，上海文艺出版社，2010 年。

大卫·哈维：《后现代的状况》，阎嘉译，商务印书馆，2003 年。

第欧根尼·拉尔修：《名哲言行录》，马永翔等译，吉林人民出版社，2003 年。

恩里克·比拉－马塔斯：《巴托比症候群》，蒋琬梅译，上海人民出版社，2015 年。

弗兰克·秦格龙等编：《麦克卢汉精粹》，何道宽译，南京大学出版社，2000 年。

福柯：《规训与惩罚》，刘北城译，三联书店，2000 年。

格罗塞：《艺术的起源》，蔡慕晖译，商务印书馆，1987 年。

哈维兰:《当代人类学》,王铭铭等译,上海人民出版社,1987年。

海德格尔:《存在与时间》,陈嘉映等译,三联书店,1999年。

海亚姆:《鲁拜集》,张鸿年译,湖南文艺出版社,2001年。

霍布斯鲍姆:《断裂的年代》,中信出版社,2014年。

汉娜·阿伦特:《人的条件》,竺乾威等译,上海人民出版社,1999年。

亨利·列斐伏尔:《空间与政治》,李春译,上海人民出版社,2008年。

赫西俄德:《工作与时日·神谱》,张竹明等译,商务印书馆,1997年。

杰里米·里夫金:《零边际成本社会》,赛迪研究院专家组译,中信出版社,2014年。

加缪:《西西弗神话》,杜小真,人民文学出版社,2012年。

杰姆逊:《快感:文化与政治》,王逢振等译,中国社会科学出版社,1998年。

伽达默尔:《真理与方法》,洪汉鼎译,上海译文出版社,2004年。

卡尔·波普尔:《客观知识》,舒伟光译,上海译文出版社,1987年。

卡内提:《群众与权力》,冯文光等译,中央编译出版社,2003年。

卡米拉·帕格利亚:《性面具》,王玫等译,内蒙古大学出版社,2003年。

卡特琳·德·西吉尔:《人类与垃圾的历史》,刘跃进等译,百花文艺出版社,2005年。

卡西尔:《人论》,甘阳译,上海译文出版社,1986年。

卡罗琳·考斯梅尔:《味觉》,吴琼等译,中国友谊出版公司,2001年。

柯文:《在中国发现历史》,林同奇译,中华书局,1989年。

凯特林娜·克拉克、迈克尔·霍奎斯特:《米哈伊尔·巴赫金》,语冰译,中国人民大学出版社,1992年。

兰波:《地狱一季》,王道乾,春风文艺出版社,2000年。

卢梭:《论语言的起源》,洪涛译,上海人民出版社,2003年。

拉法格(Paul Lafargue):《思想起源论》,王子野译,三联书店,1978年。

拉波特：《屎的历史》，周嫱译，商务印书馆，2006 年。

罗兰·巴特：《批评与真实》，温晋仪译，上海人民出版社，1999 年。

罗吉·福勒：《现代西方文学批评术语词典》，袁德成译，四川人民出版
　　社。

罗歇－很里·盖朗：《何处解急：厕所的历史》，黄艳红译，中国人民大
　　学出版社，2015 年。

理查德·克莱恩，《香烟》，乐晓飞译，中国社会科学出版社，1999 年。

麦克卢汉：《理解媒介》，何道宽译，译林出版社，2011 年。

马泰·卡林内斯库：《现代性的五副面孔》，顾爱彬等译，商务印书馆，
　　2002 年。

马丁·布伯：《我与你》，陈维刚译，三联书店，1988 年。

毛姆：《总结》，孙戈译，译林出版社，2012 年。

马丁·贝尔纳：《黑色雅典娜》，郝田虎等译，吉林出版集团有限责任公
　　司，2011 年。

米什莱：《女巫》，张颖绮译，电子工业出版社，2014 年。

切斯瓦夫·米沃什（Czesław Miłosz）：《诗的见证》，黄灿然译，广西师
　　范大学出版社，2011 年。

列维－布留尔：《原始思维》，丁由译，商务印书馆，1986 年。

尼采：《苏鲁支语录》，徐梵澄译，商务印书馆，1997 年。

帕特莉卡·劳伦斯（P. Laurence）：《丽莉·布瑞斯珂的中国眼镜》，万
　　江波等译，上海书店出版社，2008 年。

乔治·斯坦纳：《语言与沉默》，李小均译，上海人民出版社，2013 年。

齐美尔：《桥与门》，周涯鸿等译，上海三联书店，1991 年。

乔治·布莱：《批评意识》，郭宏安译，百花洲文艺出版社，1993 年。

乔吉奥·阿甘本：《潜能》，王立秋等译，漓江出版社，2014 年。

索绪尔：《普通语言学教程》，高名凯译，商务印书馆，1980 年。

叔本华：《叔本华文集》，钟鸣等译，中国言实出版社，1996 年。

梭维斯特：《屋顶上的哲学家》，黎烈文译，文汇出版社，1997 年。

松原朗：《中国离别诗形成论考》，李寅生译，中华书局，2014 年。

史景迁：《前朝梦忆》，温恰溢译，广西师范大学出版社，2010 年。

斯宾格勒：《西方的没落》，齐世荣等译，商务印书馆，2001 年。

石江山（Jonathan Stalling）：《虚无诗学》，姚本标译，中国社会科学出版社，2013 年。

舍斯托夫：《雅典与耶路撒冷：宗教哲学论》，张冰译，浙江人民出版社，2000 年。

托多诺夫：《走向绝对》，朱静译，华东师范大学出版社，2014 年。

《五十奥义书》（修订本），徐梵澄译，中国社会科学出版社，1995 年。

维柯：《新科学》，朱光潜译，人民文学出版社，1986 年。

韦勒克：《近代文学批评史》，杨自伍译，上海译文出版社，1997 年。

希尼：《希尼诗文集》，吴德安译，作家出版社，2000 年。

小川环树：《论中国诗》，谭汝谦译，贵州人民出版社，2009 年。

约瑟夫·布罗茨基：《悲伤与理智》，刘文飞译，上海译文出版社，2015 年。

约翰斯顿：《地理学与地理学家》，唐晓峰等译，商务印书馆，1999 年。

叶夫图申科：《提前撰写的自传》，苏杭译，花城出版社，1998 年。

约翰·伯格：《观看之道》，戴行钺译，广西师范大学出版社，2005 年。

亚里士多德：《诗学》，郝久新译，中国社会科学出版社，2009 年。

詹姆逊：《后现代主义与文化理论》，唐小兵译，北京大学出版社，1997 年。

陈伯海：《释"诗可以兴"》，《华中师范大学学报》2006 年第 3 期。

陈世骧：《对于诗刊的意见》，《大公报·文艺》1935 年 12 月 6 日。

陈东东：《张枣：我要衔接过去一个人的梦》，《收获》2015 年第 3 期。

陈瑞生：《给宋炜的齐东野语》，《红岩》2014 年第 3 期。

崔山佳：《语气词"啊"出现在〈红楼梦〉前》，《中国语文》1997 年第 4 期。

程秀山：《斥反动诗——"林中试笛"》，《青海湖》1957 年第 9 期。

昌耀：《一份"业务自传"》，《诗探索》1997 年第 1 辑。

陈根生：《标点符号是怎样引进我国的》，《语文教学》1988 年第 7 期。

冯强：《诗歌与行动》，于坚主编：《诗与思》第 2 辑，重庆大学出版社，2015 年。

福柯：《不同空间的正文与上下文》，陈志梧译，包亚明主编《都市与文化》第 1 辑，上海教育出版社，2001 年。

冯至：《漫谈新诗努力的方向》，《文艺报》1958 年第 3 期。

郭攀：《叹词、语气词共现所标示的混分性情绪结构及其基本类型》，《语言研究》2014 年第 3 期。

安清跃《〈论语〉中的语气词》，《信阳师范学院学报》1989 年第 2 期。

贺敬之：《郭小川诗选英文本·战士的心永远跳动（代序）》，《郭小川诗选续集》，河北人民出版社，1980 年。

刘传新：《中国诗歌之本》，《东岳论丛》1989 年第 2 期。

刘丹青：《叹词的本质——代句词》，《世界汉语教学》2011 年第 2 期。

刘丹青《实词的叹词化和叹词的去叹词化》，《汉语学习》2012 年第 3 期。

李欧梵：《漫谈中国现代文学中的"颓废"》，《今天》1993 年第 4 期。

梁宗岱：《论诗之应用》，《大公报·星座副刊》第 45 期（1938 年 9 月 14 日）。

梁实秋：《新诗的格调及其他》，《诗刊》创刊号（1931 年 1 月）。

毛泽东：《毛泽东给陈毅同志谈诗的一封信》，《诗刊》1978 年第 1 期。

梅广：《释"修辞立其诚"》，《台大文史哲学报》2001 年 11 月第 55 期。

蒲风：《五四到现在的中国诗坛鸟瞰》，《诗歌季刊》第一卷第 1—2 期（1934—1935 年）。

彭康:《什么是"健康"与"尊严"》,《创造月刊》第1卷第12期
（1928年7月）。

沈丹蕾:《今文〈尚书〉的语气研究》,《广西师范大学学报》2001年第
3期。

苏慧霜:《二南、楚歌、乐府——楚地南音探微》,《励耘学刊》2011年
第2辑。

树才:《一与多》,《世界文学》2015年第3期。

商伟:《二十一世纪富春山居行:读翟永明〈随黄公望游富春山〉》,翟永
明:《随黄公望游富春山》,中信出版社,2015年。

沈从文:《论徐志摩的诗》,《现代学生》第二卷第二期（1932年8月）。

孙毓棠:《谈抗战诗》,《大公报·文艺》第641期（1939年4月15日）。

孙坤等:《当代国外标点符号研究》,《当代语言学》2010年第2期。

《文学研究会宣言》,《小说月报》第12卷第1号。

王一川:《从古典诗学中活移——兼谈诗言兴的现代性意义》,《文化与诗
学》（第一辑）,上海人民出版社,2004年。

王敖:《抒情与翻译之间的呼语——重读早期郭沫若》,《新诗评论》2015
年第1期。

王敖:《怎样给奔跑中的诗人们对表》,《新诗评论》2008年第2辑。

萧艾:《卜辞文学再探》,《殷都学刊》编辑部:《全国商史学术讨论会论
文集》,1985年。

西渡:《废名新诗理论探赜》,《新诗评论》2005年第2期。

萧三:《谈〈望星空〉》,《人民文学》1960年第1期。

杨树森:《论象声词与叹词的差异性》,《中国语文》2006年第3期。

杨立华:《获麟绝笔以后》,《读书》2004年第8期。

颜炼军:《"大国写作"或向往大是大非》,《江汉学术》2015年第2期。

余旸:《诗歌界的"南北之分"?》,肖开愚等主编:《中国诗歌评论》
2014年春季号,上海文艺出版社,2014年。

钟鸣：《笼子里的鸟儿与外面的俄耳甫斯》，《当代作家评论》1999 年第 3 期。

钟鸣：《翟永明的诗哀和獭祭》，《收获》2015 年第 2 期。

郑敏：《世纪末的回顾：汉语语言的变革与中国新诗创作》，《文学评论》1993 年第 3 期。

张枣：《朝向语言风景的危险旅行》，《上海文学》2001 年第 1 期。

张洁宇：《一个严肃而深刻的"玩笑"——重读〈我的失恋〉兼谈鲁迅对新诗的看法》，《鲁迅研究月刊》2012 年第 11 期。

张应斌：《〈古诗十九首〉的颓废主义诗歌》，《湛江师范学院学报》2006 年第 4 期。

朱英诞：《一场小喜剧》，《中国文艺》第五卷第五期。

章克标：《回忆邵洵美》，《文教资料简报》1982 年第 5 期。

臧棣：《后朦胧诗：作为一种诗歌的写作》，王家新编：《中国诗歌：九十年代备忘录》，人民文学出版社，2000 年。

臧棣：《假如我们真的不知道我们在写些什么……》，《山花》2001 年第 8 期。

敬文东：《从身体说起：关于鲁迅的絮语》，《山花》2010 年第 2 期。

敬文东：《丰益桥的夏天——张后访谈敬文东》，《山花》2010 年第 7 期。

敬文东：《论垃圾》，《西部》2015 年第 4 期。

敬文东：《对一个口吃的精神分析》，《南方文坛》2000 年第 4 期。

敬文东：《在革命的星空下》，《文艺争鸣》2002 年第 3 期。

敬文东：《轻盈的诗歌写作》，《名作欣赏》2015 年第 6 期。

敬文东：《具象能拯救知识危机吗？——重评韩少功的〈暗示〉》，《当代作家评论》2014 年第 5 期。

敬文东：《回忆八十年代或光头与青春》，《莽原》2001 年第 6 期。

敬文东：《从心开始》，《天涯》2014 年第 5 期。

敬文东：《从铁屋子到天安门》，《上海文学》2008 年第 8 期。

敬文东：《太过坚强的空间和过于脆弱的意志——关于 20 世纪后半页中
　国文学空间主题的札记》，祝勇主编：《阅读》，中国社会科学出版社，
　2004 年。

吉川幸次郎：《推移的悲哀》，《中外文学》6 卷 4 期（1977 年 9 月）。

卡尔·克劳斯：《以我狭窄的视野》，《倾向》1994 年秋季号。

列斐伏尔：《空间：社会产物与使用价值》，王志弘译，包亚明主编：《都
　市与文化：现代性与空间生产》，上海教育出版社，2003 年。

玛利安·高利克：《中西文学对峙中的颓废主义》，王燕译，《中国现代文
　学研究丛刊》2009 年第 1 期。

英文文献

Alex Preminger, *Princeton Encyclopedia of Poetry and Poetics*, Prince-
　ton University Press, 1969.

G. S. Kirk, *Myth: Its Meaning and Function in Ancient and Other Cul-
　tures*, Cambridge University Press, 1971.

G. Hughes, *Swearing: A Social History of Foul Language, Oaths and
　Profanity in English*, Penguin Press, 1998.

Gary Snyder, *The Back Country*, New York: New Directions, 1968.

James J. Y. Liu, *Chinese Theories of Literature*, University of Chicago
　Press, 1975.

Jerome S Bruner, *The Culture of Education*, Harvard University Press,
　1996.

Octavio Paz, *Children of the Mire*, Harvard University Press, 1991.

Pauline Yu, The Reading of Imagery in the Chinese Poetic Tradition, Pri-
　noeton University Press, 1987.

后　记

　　唯有将写作视为种地，将写作者的身份等同于农民的身份，也许才更有可能是诚实的。农民只有付出艰辛和汗水，土地才愿意给他好收成、好回报，也就是说，好脸色。又是一年将尽，我终于写完了几年来念兹在兹的这本小书。在雾霾横生的京城，我居然暗自怀揣着一个农人的喜悦。像农人抚摸、清点自己的收成那般，我检视着刚刚完成的粗糙文字。此刻，我唯一的自得也是农民式的：这些成果——假如它竟然算得上成果——确实是我用心血、汗水和劳作换来的，是诚实、诚恳的产物，不曾有过化肥、农药、添加剂和坏心眼。它是有机的、环保的，我敢担保它无毒、无害。又是一年将尽，我只将收成在质量上的好坏，在产量上的轻重、多寡，统统视作天意。如果它最终不如人意（以我的经验，在一般情况下，肯定不如人意），那是天不佑我，非写之罪也。

　　自1999年上半年取得文学博士学位以后，因痛感自己知识欠缺、见识浅陋，遂花费了不少精力，囫囵吞枣地由西学而中学，大而化之地由哲学、史学而人类学和神话学，甚至考古学和海外汉学（假如"汉学"是单独的学科），补课超过十五个年头。十五年中，我对于中国现当代文学这个老本行，采取的，竟是业余和玩票的态度；充当的，竟是走穴者的身份。此等古怪情形，多次招致朋友们"不务正业"的善意责怪，也多次招致旁观者们"自寻死路"的调笑——但也说不上多少恶意，因为此等行径根本不配获得像样的恶意。我当然知道，无论流浪多久，迟早要回归老本行；我也知道，无论怎样努力补课，知识都无穷得让人恐惧，自己的见识也不会高明到哪里去。岁月如水，我已经空有了一把年纪，不能再像此前那般晃荡下去了，遂于今年重回本行，将多年来锱铢必较后苦心积攒的散碎银子拿了出来——这就是本书的由来，希望各位看官不要调笑。当然，调笑也无妨，作者的老脸岂能有事？因为我不会无聊到奢望这本小书能给文学研究带去哪怕丝毫的贡献。

唯愿此书能表达我对文学的热爱。正是这种爱，才让我不惜代价，磕磕碰碰一路走到今天。在这个荒寒的世界，极端的年代，这本小书就是我取暖的伙伴。它从未背叛我，但我也在努力说服自己不要背叛它，还能给它冬天以温热，夏天以清凉。鲁迅写给瞿秋白的对联有云："人生得一知己足矣，斯世当以同怀视之。"这也是我想说给这本小书的话。但这样说，是不是酸得掉牙？

——打住。

感谢我的学生李大珊从台湾为我复印断版多年、难以查找的文献，以支持本书的写作；感谢我的学生张梦瑶、王辰龙为我写作本书购买、查阅和下载了很多资料。在写作本书的过程中，我和张、王二人多次在我家附近多家不同型号的小酒馆里，谈论过构思和设想。其中的或甘或苦，也许感染了他们，并成为佐酒的调味品，度过了许多个因白天写作而疲惫的夜晚。

是为记。

2015 年 12 月 28 日，北京魏公村。

图书在版编目（CIP）数据

感叹诗学/敬文东著. -- 北京：作家出版社，2017.9

ISBN 978 - 7 - 5063 - 9483 - 3

Ⅰ. ①感… Ⅱ. ①敬… Ⅲ. ①诗歌研究 - 中国 - 当代

Ⅳ. ①I207.22

中国版本图书馆 CIP 数据核字（2017）第 099615 号

感叹诗学

作　　者：敬文东

责任编辑：李宏伟

装帧设计：⊚合和工作室

出版发行：作家出版社

社　　址：北京农展馆南里 10 号　　　邮　　编：100125

电话传真：86 - 10 - 65930756（出版发行部）

　　　　　86 - 10 - 65004079（总编室）

　　　　　86 - 10 - 65015116（邮购部）

E - mail：zuojia@ zuojia. net. cn

http：//www. haozuojia. com（作家在线）

印　　刷：三河市紫恒印装有限公司

成品尺寸：145 × 210

字　　数：172 千

印　　张：7.375

版　　次：2017 年 9 月第 1 版

印　　次：2017 年 9 月第 1 次印刷

ISBN 978 - 7 - 5063 - 9483 - 3

定　　价：45.00 元